KB073464

당신에게
고양이를
선물할게요

THE TALE OF LOVE
AND OTHER STORIES 阿弥陀佛么么哒

당신에게 고양이를 선물할게요

다빙 지음 | 최인애 옮김

라이팅하우스

차례

| 일러두기 |

* 작중 등장인물의 이름은 특별한 의미가 있는 경우에만 뜻을, 의미가 없는 경우에는 발음을 따랐습니다. 중국 특유의 명칭법 중 같은 글자를 반복한 경우에는 한 글자만 명칭으로 번역했습니다.
* 괄호 안의 주는 모두 옮긴이가 단 것입니다.

사진을 찍은 사람과는 연락이 끊긴 지 벌써 몇 년째다. 다시 만날 수 있기만을 바라는 중…….
사진에 찍힌 아이야, 이제 어른이 되었니?

*

아는 것과 행하는 것이 일치되길,
그리고 마음이 늘 평안하길.

*

선량함은 타고나는 것이고, 선의는 선택이다. 그리고 선의는 인간 본성에서 영원히 가장 밝게 빛나는 면이다. 선의를 선택함은 천성을 선택함이요, 빛을 선택하는 것이다. 또한 어쩌면 영원을 선택하는 것일지 모른다. 이 고귀한 인성이 사람에게서 발현되고 빛나는 순간이 비록 찰나에 불과하다 할지라도.

*

깊든 얕든 인연이란 만날 때가 있으면 헤어질 때도 있는 법, 그저 흘러가는 대로 따라가면 그만이다. 그러니 집착하지 말자. 인연이 다했음을 아쉬워하되, 집착하지 말자.

다빙의 작은 집이 문을 연 첫해에 찍은 사진

*

세계는 넓고 이야기 있는 사람은 많다. 또 이야기 있는 사람에게는 공통점이 있다. 그들에게는 밝게 일렁이는 삶의 불꽃이 있다.

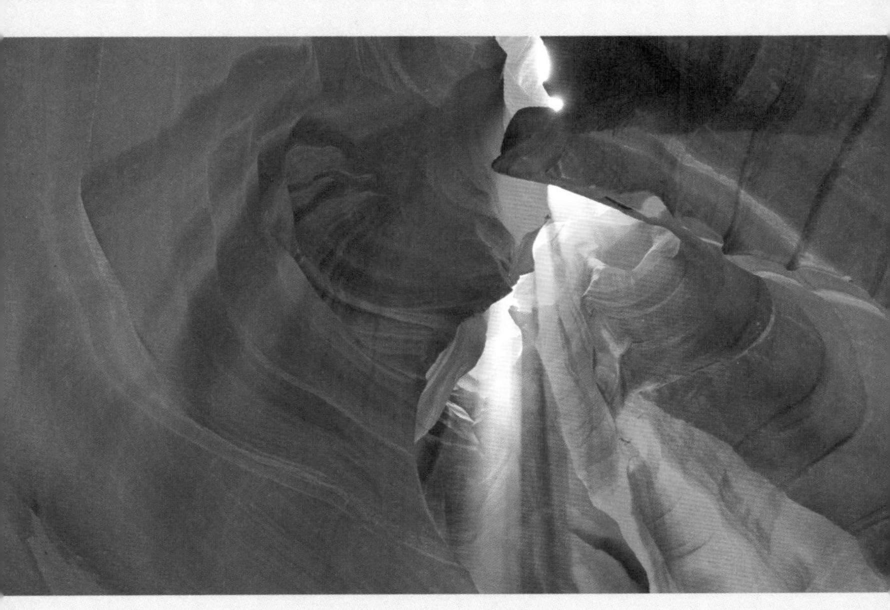

*

어쩌면 모든 사건과 사물은 마음에 따라 생기고 만들어지는 것인지도 모른다. 한 사람의 마음이 무언가로 가득 차 있을 때, 그는 그것에 따라 느끼고 볼 수밖에 없다.

*

이 세상에 정해진 운명 같은 것은 없다. 당신이 과거와 현재에 선택한 의미 있는, 혹은 의미 없는 결정들이 모여서 운명을 만들 뿐이다. 인생이란 원래 번잡하고 번거로운 것이다. 이를 어떻게 대하고 초월하고 이겨나가느냐는 결국 나 자신에게 달려 있다.

*

술을 마셔야 할 때는 반드시 진탕 마시고, 노래를 불러야 할 때는 절대 점잔 빼고 앉아 있으면 안 된다. 어쩌면 재미없는 것은 이 세상이 아니라 열심히 재미를 찾지 않는 우리일지도 모른다.

*

당신이 무얼 좋아하는지는 중요하지 않다. 중요한 것은 당신이 좋아하는 대상을 어떻게 대하느냐다. 당신에게 좋아할 능력이 있는지, 그 대상에 가닿기 위해 충분히 애쓰고 있는지, 지키고자 하는 의지가 있는지, 얻거나 버리겠다는 패기가 있는지, 선택할 권리가 있음을 아는지. 중요한 것은 이런 것들이다.

당신에게
고양이를
선물할게요

힘들 때, 무력할 때, 외로울 때, 운명의 거대한 파도가 모든 것을 집어삼킬 듯 덮쳐올 때, 당신이 가장 필요로 하는 것은 무엇인가? 따뜻한 국수 한 그릇, 싱그러운 풀꽃, 등 뒤에서 안아주는 따스한 포옹, 다정한 눈빛…… 혹은 고양이 한 마리. 그래, 고양이가 필요할 수도 있다.
당신의 고양이는 누구인가? 당신은 또 누구의 고양이인가?

1

여기, 가엾은 한 아이가 있다. 부끄럽게도 모두의 시선이 그를 향했다. 그가 엄마에게 귀를 잡힌 채 교문 밖으로 끌려 나가는 모습을 전교생이 보고 있었다. 아이는 최대한 고개를 숙였다. 할 수만 있다면 땅바닥에 얼굴을 묻고 싶었다. 아이는 고개를 있는 대로 숙인 채 작게 외쳤다. "엄마, 엄마! 아파요." 엄마는 망설임 없이 그를 걷어찼다. 소가죽 구두가 엉덩이에 부딪치며 팡 하는 소리가 났다. "입 다물어!"

오후 두시 반, 톈진시 허베이구의 쩡찬다오 초등학교는 쉬는 시간을 틈타 운동장으로 뛰쳐나온 아이들로 북적였다. 시끄럽게 떠들며 웃어대던 아이들은 뛰어가다가도 그들 곁에만 오면 약속이라도 한 듯 하나같이 급정거를 했다. 그러고는 호기심이 가득한 얼굴로 자석에 이끌리는 것처럼 그들을 따라 걸었다. 불구경과 싸움 구경을 좋아하는 것은 태곳적부터 인간의 DNA에 새겨진 천성임이 분명했다. 그러지 않고서야 아버지 세대와 아들 세대가 싸움 구경하는 모습이 이토록 같을 리 없지 않은가. 아이들은 자기 아버지 세대가 그랬듯, 팔짱을 끼거나 주머니에 손을 찔러 넣은 채 착실하게 그들 뒤를 따랐다. 그러면서도 불똥이 튀지 않을 만큼 합리적이고 안전한 거리를 유지하는 노련함을 보였다. 어떤 것들은 가르쳐 주지 않아도 알아서 배우게 되는데 싸움 구경을 할 때의 표정도 그중 하나였다. 아이들은 실눈을 뜨고 양쪽 당사자를 번갈아 보며 이가 몇 개나 보일 정도로 입을 벌리고 웃고 있었다. 꼭 자신들의 아버지가 그랬던 것처럼 말이다.

엄마의 날카로운 시선이 아이들의 천박한 웃음에 날아가 꽂혔다. 하지만 얼마 안 가 오히려 엄마의 얼굴이 벌겋게 달아올랐다. 아무도 아랑곳하지 않았기 때문이었다. 엄마는 붉어진 얼굴로 씩씩거렸다. 망할, 교문이 왜 이렇게 먼 거야? 사실 거리로 따지면 백 미터 남짓할 뿐이었다. 하지만 어찌나 기진맥진했는지 교문까지 가는 길이 꼭 탕구(塘沽:톈진의 항구)만큼 멀어 보였다.

마침내 교문 밖으로 나왔다. 엄마는 그제야 걸음을 늦추더니 조용히 거친 숨을 내쉬었다. 귀를 틀어잡고 있던 손에서도 자연스레 힘이 빠졌다. 아이는 살짝 고개를 들고 엄마의 안색을 살핀 후 다시 엄마의 신발 끝을 바라보았다. 자전거가 찌링찌링 소리를 내며 곁을 스쳐가고, 15번 버스가 꼬리에서 검은 연기를 뿜으며 덜컹덜컹 눈앞을 지나갔다. 눈부시도록 밝은 한여름 오후, 학교 밖은 시끌벅적하고 어수선한 어른의 세계였다. 그곳에서 무슨 바람이 불었는지 아이가 애타게 조르기 시작했다.

"엄마, 엄마. 새끼 고양이 한 마리만 사 주세요."

"먼저 애들 패고 다니는 짓부터 그만 해. 뭘 해 달라고 하려면 그때 하라고."

엄마는 잠시 사이를 두었다가 갑자기 화가 치솟는 듯 무섭게 윽박질렀다.

"망할 새끼! 이 상황에서 지금 뭘 사 달라는 말이 나와?"

아이는 주춤하며 변명했다.

"하지만 일부러 그런 건 아니에요. 애들이 나랑 안 놀아줘서……."

엄마는 다시 아이의 귀를 움켜잡고 힘껏 들어 올리더니 절굿공이 찧듯 손가락으로 이마를 콩콩 때렸다.

"애들이 왜 너랑 안 노는데? 너랑 안 놀아 주면 때려도 되는 거야? 네가 무슨 깡패야? 조폭이야? 어쩜 하는 짓이 이렇게 지 애비를 쏙 빼닮았대? 응?"

이마 위에 하얀 자국이 생겼다 이내 붉게 변했다. 아이는 두 손으로 이마를 가리고 손가락 사이로 엄마를 올려다보며 조그맣게 웅얼거렸다. 새끼 고양이 한 마리만 사 주세요. 나랑 놀아 줄 작은 야옹이요. 귀는 쫑긋하고 솜털처럼 부드러운 아주 작은 고양이 한 마리면 충분해요.

아이는 벌써 한 시간 가까이 칠이 벗겨진 초록색 걸상에 오도카니 앉아 있었다. 그러다 겨우 용기를 내어 쭈뼛거리며 말했다. "아빠, 고양이 한 마리만 사 주세요……."

그러나 아빠는 고개도 들지 않고 빽 소리만 질렀다. "망할 네 엄마한테 사 달라고 해!"

아빠는 바빴다. 거실은 온통 깨진 유리조각으로 가득했다. 거울도 온수병도 심지어 TV까지 성한 게 없었다. 유리조각이 반짝이는 거실 한복판에 쭈그리고 앉아서 아빠는 사진을 한 장 한 장 찢고 있었다. 앨범 한 권을 다 찢으면 다른 앨범을 꺼내 들었다. 결혼증명서와 가족관계증명서는 제일 먼저 찢겨서 이미 흔적도 없었다.

엄마는 어디 갔는지 알 수 없었다. 엄마가 나가면서 문을 쾅 닫은 게 신호탄이라도 된 양, 아이의 온몸에는 솜털이 오소소 일어섰다. 그러다 한참이 지난 후에 등줄기에서 식은땀이 배어 나왔다. 질 좋은 교복 셔츠가 금세 축축하게 젖어 들었다. 하지만 아이는 잔뜩 긴장한 나머지 옷을 갈아입을 생각은커녕 미동조차 하지 못했다.

날이 이미 어두웠지만 아빠는 불을 켜지 않았다. 아이는 감히 불을 켤 엄두가 나지 않아서 어둠 속을 더듬더듬 짚어서 자기 방문 손잡이를 찾았다. 살짝 열린 창틈으로 이웃집에서 밥 짓는 냄새가 새어들어 왔다. 갓 지은 쌀밥과 갈치구이 냄새였다. 절로 침이 넘어갔다. 등 뒤에서는 여전히 쫙쫙 사진 찢는 소리만 울렸다. 아이는 시험삼아 아빠를 불러 보았지만 돌아온 것은 쾅 하는 굉음이었다. 아빠가 아코디언을 내던진 모양이었다. 아이는 두려움에 벌벌 떨면서도 '이제 아코디언 연습을 안 해도 되겠네'라고 생각했다. 가슴이 쿵쾅쿵쾅 미친 듯 뛰었다. 손잡이를 돌려 조용히 문을 열고 방에 들어와 천천히 닫았다. 방문을 막듯이 등에 대고 선 아이는 그제야 심호흡을 했다. 몇 차례 크게 들이쉬고 내쉰 뒤에야 숨을 쉬는 게 조금 편해졌다.

아이는 어른이 아니다. 아이의 세계는 어른만큼 넓지 않다. 아빠와 엄마, 선생님과 친구들, 집과 학교가 전부다. 어른도 세상살이가 쉽지 않다. 수시로 닥치는 좌절과 실패에 무력감을 느끼고 의기소침해지며 원망이 생긴다. 하지만 무력감을 통증처럼 수치화해서 나눌 수 있다면 어른이 느끼는 무력감은 아이의 무력감에 결코 미치지 못할 것이다. 아이에게는 바로 눈앞의 세계가 인생의 전부다. 그래서 때로는 약간의 균열이 아이의 온 세계를 무너뜨릴 수도 있다.

여러분은 아홉 살 시절을 얼마나 기억하는가? 아마 대부분 흐릿할 것이다. 그러나 이 아이에게 아홉 살은 평생 잊을 수 없는 나이가 되었다. 아홉 살 생일 아침, 주린 배를 움켜쥐고 일어난 아이 앞에 아주 특별한 생일선물이 놓여 있었기 때문이다. 장난감도, 아이가 바라 마지않던 새끼 고양이도 아니었다. 차갑고 딱딱한 그것은, 바로 부모님의 이혼 소식이었다.

2

새 집, 새 침실, 새 침대. 새 침대보에는 작은 동물들이 바다에서 항해하는 그림이 프린트되어 있었다. 강아지도 있고 말도 있고 코끼리도 있었지만 고양이는 없었다. 매일 학교에서 돌아오면 아이는 자기 방 침대에 누워 멍하니 시간을 보냈다. 방 밖은 이해할 수 없는 차원이었다. 다른 애들은 모두 엄마 아빠가 있는데 자기에겐 엄마만 있다는 사실을 도무지 받아들일 수가 없었다. 그래서 아이는 뜬눈으로 밤을 새웠다. 침대보를 매만지며 밤새 상념에 시달렸다. 생각이 생각의 꼬리를 물고 계속 떠올랐다. 자기 머리건만 도저히 통제할 수가 없었다. 마치 빠져나올 수 없는 동굴 속으로 끊임없이 들어가는 것 같았다.

통제할 수 없는 것은 또 있었다. 바로 주먹이었다. 아이는 학교에서 점점 더 많이 싸웠다. 텐진 쩡찬다오 지역은 아이들이 짓궂고 거칠기로 유명했다. 그러나 토박이 아이들이 혀를 내두를 만큼 아이는 단연 '전투적'이었다. 쉽게 화를 내고 더 쉽게 주먹을 휘둘렀으며 아무 때 아무 데서나 성질을 부렸다. 그런 아이와 말을 섞으려는 사람은 없었다. 엄마만 빼고 말이다.

그렇다고 엄마가 그에게 다정했던 것도 아니었다. 엄마는 기분이 자주 변했다. 말투는 차가웠고 아이를 향한 눈빛도 대개는 냉랭했다. 아이는 자신이 무엇을 잘못했는지 몰랐고, 엄마도 자신이 뭘 잘못하고 있는지 몰랐다. 물론 엄마가 상냥한 때도 있었다. 하루에 딱 한 번, 새벽이 아침으로 변해가는 짧은 순간이 그랬다. 보통 아직 잠에 취해 있을 때였다. 그럴 때의 엄마는 다정하고 온화했다. 뜬눈으로 밤을 꼬박 새운 뒤 새벽이 다가오면 아이는 베개를 안고 엄마 방으로 달려갔다. 그리고 엄마의 등에 꼭 붙어 누워서 속삭였다. "엄마, 야옹이 한 마리만 사 주세요." 소리가 너무 작아서 잠에 취한 엄마는 듣지 못했다. 하지만 자연스레 몸을 돌려 아이를 꼭 끌어안고는 다시 깊은 잠에 빠져들었다. 이런 말은 낮에 할 수 없는 것들이었다. 엄마는 매우 깔끔한 성격이고, 털 달린 것이라면 무엇이든 싫어했다. 아이는 힘껏 엄마 품에 파고든 뒤 1부터 1000까지 셌다. 그러고는 못내 아쉬워하며 자리에서 일어나 방을 나왔다.

불면증으로 한숨도 자지 못하는 날이 계속되면서 아이의 폭력성도 점점 강도를 더해갔다. 매일 싸우던 것이 매 쉬는 시간마다로 변하더니, 아예 습관처럼 자리 잡았다. 결국 선생님과 엄마는 그를 톈진시 아동병원으로 데려갔다. 그에게 병이 있다고 생각한 것이다. 의사는 아이에게 이것저것 물었다. 그중에는 아주 이상하고 괴상한 질문도 있었다.

"세상에서 가장 작은 새는 무슨 새일까?"

아이는 어리둥절한 얼굴로 의사를 바라보다 대답했다.

"작은 새요."

최종적으로 ADHD(주의력결핍 과잉행동장애)라는 진단이 아이에게 떨어졌다.

그날부터 아이는 약을 아주 많이 먹어야 했다. 대부분 처방전이 없이는 살 수 없는 약이었다. 정신과 계열의 치료약을 먹기 시작한 이후로 아이는 점점 둔해지고 멍해졌다. 자연히 싸우는 횟수도 줄어들었다. 하지만 어쩌다 한번 싸우게 되면 예전보다 훨씬 폭력적으로 변해서 피를 보지 않으면 안 될 지경이 됐다. 온 얼굴이 피범벅이 된 상대 아이가 울면서 도망가도 주먹을 치켜들고 끝까지 쫓아갔다. 주변에서 보기엔 난폭하고 흉악하게 보였겠지만 사실 그럴 때의 그는 극도로 흐리멍덩한 상태였다. 그러던 어느 날 또다시 다른 아이를 쫓아가던 중 아이는 기절하고 말았다. 갑자기 눈앞이 하얗게 변하고 온몸의 감각이 사라졌다. 얼마나 지났을까. 정신을 차려 보니 엄마의 품속이었다. 엄마는 울고 있었다. 폐부가 찢긴 듯 고통스럽게 울고 있었다. 그날부터 엄마는 아이에게 약을 먹이지 않았다. 싸우려면 싸우라고, 하고 싶은 대로 하라고 했다. 그 이후로 엄마는 아이에게 더 이상 관여하지 않았다.

어느 날 엄마가 이상할 정도로 다정하게 아이를 불렀다. 며칠 동안 출장을 다녀와야 하니 잠시 친할머니 집에 가 있으라고 했다. 아이는 군말 없이 스스로 짐을 꾸렸다. 막 집을 나서려는 순간, 엄마가 그를 불러 세웠다. 그러더니 한참 물끄러미 바라보다 무언가 결심한 듯 입을 열었다.

"가기 전에 오늘 하루는 엄마랑 놀자."

엄마는 짐을 빼앗아 내려놓고 아이의 손을 잡아끌었다. 두 사람은 맥도날드에서 햄버거를 먹고, 베이닝공원에 놀러 갔다. 사실 그날 아이는 아팠다. 볼거리에 걸려서 얼굴이 탱탱 부어 있었다. 엄마는 하도 부어서 꼭 만두처럼 보이는 아이에게 물었다. "베이닝공원에서 못 타 본 놀이기구가 있니? 있으면 말해. 오늘 엄마가 다 태워 줄게."

공원에서 신나게 논 다음에는 옷을 사러 갔다. 봄, 여름, 가을, 겨울 사계절 옷을 산더미처럼 샀다. 당장 필요한 아동복뿐만 아니라 향후 몇 년 동안 입을 옷까지 한꺼번에 마련했다. 엄마는 심지어 정장 한 벌도 구입했다. 얼마나 많이 샀던지 한 번에 들 수 없을 정도였다.

엄마는 미친 듯이 돈을 썼다. 이 백화점에서 저 백화점으로 그를 끌고 뛰었다. 마치 누군가와 달리기 시합이라도 하는 것 같았다. 아이도 정신없이 따라 뛰다가 어느 순간 울기 시작했다. 처음에는 작게 흐느꼈지만 곧 큰소리로 울음을 터뜨렸다. "엄마, 나 곧 죽을 것 같아요." 아이는 울면서 외쳤다. "너무 행복해서 죽을 것 같아요. 엄마가 날 사랑해 줘서 너무 행복해요!" 아이는 만두 같은 얼굴을 들고 엄마를 바라봤다.

"엄마, 아주 멀리 떠날 생각이라는 거 알아요. 서랍 안에 있는 여권을 봤거든요. 외국 글씨로 된 초청서도 봤고요."

아이는 주머니에서 여권을 꺼내 엄마에게 내밀었다. 성냥한 갑도 같이 건넸다.

"사실은 이 여권 태워 버리려고 했어요. 엄마가 가지 못하게요. 엄마 없이는 살 수 없을 것 같았거든요. 하지만 엄마가 날 사랑하는 걸 알았으니 이제 괜찮아요. 저도 엄마 사랑해요. 그러니 가세요. 아무리 멀리 가신대도 엄마를 사랑할 거예요."

엄마는 비행기표를 미뤘다. 여러 번 그렇게 했다. 하지만 결국은 떠났다. 아이의 인생 첫 공항 구경은 엄마를 배웅하면서 이뤄졌다. 입국장 밖에서 엄마는 그의 머리를 꼭 껴안고 숨이 넘어갈 듯 울었다. 아이는 억지로 엄마의 품을 빠져나와 멀리까지 달려갔다. 그리고 오가는 수많은 사람들 사이에 서서 큰소리로 외쳤다.

"어른이 되면 찾으러 갈 테니 기다리세요. 엄마, 절대 나 말고 다른 아이를 낳으면 안 돼요!"

엄마가 입국장으로 사라졌다. 아이는 그제야 황망하게 왔던 길을 다시 달려갔다. 눈물과 콧물이 가슴팍에 떨어졌다. 동행한 친척이 입국장으로 뛰어들어 가려던 그를 붙들었다.

아이는 엉엉 울며 소리쳤다.

"그런데 엄마! 엄마가 보고 싶어지면 어떻게 해요?"

아이는 베이징공항에서 톈진으로 돌아오는 내내 울었다. 할머니 집에 도착했을 때는 하도 울어서 쓰러지기 일보 직전이었다. 비틀비틀, 새로운 방에 들어선 아이는 익숙한 침대보 위에 엎드려서 흐느꼈다.

그때 무언가가 몸 아래에서 꿈틀댔다. 낯설지만 기분 좋은 온기가 느껴졌다. 아이는 깜짝 놀라 몸을 일으켰다. 잠시 멈췄던 눈물이 다시 뚝뚝 떨어졌다. 그것은 새끼 고양이였다. 아이는 고양이를 꼭 끌어안았다. 막 잠에서 깨어난 고양이는 한가롭게 하품을 하더니 부드러운 눈길로 아이를 올려다봤다. 귀가 쫑긋하고 솜털처럼 부드러운, 아주 작은 고양이였다.

야옹이야, 야옹이야. 나의 야옹이야. 아이는 고양이를 안고 방 안을 빙글빙글 돌았다. 웃음과 울음이 한꺼번에 터져 나와 그의 마음을 가득 채웠다.

3

야옹이는 아이의 가족이 됐다. 새침한 다른 고양이들과

달리 야옹이는 아이에게 한없이 다정했다. 밤이 되면 두 어린 생명은 서로 꼭 끌어안고 잠이 들었다. 아무리 추운 겨울밤도 이들의 잠을 방해하지 못했다. 가끔 이른 새벽에 잠을 깨면 얼굴을 위로 한 채 누워서 자는 야옹이가 보였다. 부드러운 뱃가죽이 오르락내리락하는 것을 보고 있노라면 스르륵 다시 잠이 왔다. 야옹이가 온 뒤로 아이는 더 이상 불면에 시달리지 않았다.

고기면 고기, 채소면 채소. 아이가 먹는 것은 무엇이든 야옹이도 먹었다. 한동안 아이는 굶기와 폭식을 번갈아 했는데, 그때 야옹이가 밖에 나갔다 한참 만에 돌아오더니 무언가 질질 끌고 와 그의 앞에 내려놓았다. 죽은 뱀이었다. 아이는 심장이 튀어나올 만큼 놀라서 궤짝 위로 올라가 비명을 질렀다. 자세히 보니 옆집에서 애완용으로 키우는 작은 보아뱀이었다. 야옹이는 아이에게 먹이기 위해 그것을 사냥해 온 듯했다. 물론 먹지는 못했다. 하지만 그렇게 긴 뱀을 작은 야옹이가 어떻게 잡았는지는 끝내 미스터리로 남았다.

고양이는 사람이 불러도 무시한다지만 야옹이는 그렇지 않았다. 아이가 부르면 어디서든 한달음에 달려왔다. 가끔 밤에 엄마 생각이 난 아이가 울면서 깰 때면 야옹이는 아이의 품을 파고들었다. 귀가 쫑긋이 솟은 작은 머리통이 얼굴에 닿으면, 아이는 조금씩 울음을 그치고 다시 편안히 잠들 수 있었다. 외출할 때도 둘은 언제나 함께였다. 아이가 어깨 위에 올려 주면 야옹이는 얌전하게 웅크리고 앉아 발톱으로 가볍게 옷을 잡았다. 그렇게 다니면서 단 한 번도 아이를 다치게 한 적은 없었다. 어깨에 얹고 다니는 것이 습관이 되다 보니 어딜 가든 야옹이와 같이 가는 게 당연해졌다. 물론 야옹이가 자라면서 나중에는 더 이상 어깨 위에 올릴 수 없었지만.

열여섯 살이 됐을 때, 조부모가 집을 파는 바람에 그는 독립해서 혼자 살게 됐다. 짐은 단출했다. 낡은 침대보와 커다란 가방 하나에 가득 담긴 옷, 고양이 한 마리가 전부였다. 침대보는 어려서부터 덮던 것이고 옷은 엄마가 사 주고 간 것이었다. 고양이는 그의 것이었다. 그 역시 고양이의 것이었다. 넓디넓은 톈진시, 시끌벅적한 시장 바닥에서 아이와 고양이는 서로를 의지하여 살아갔다.

그는 밥을 먹어야 했고 야옹이도 먹여야 했다. 그래서 열여덟 살이 된 친구의 신분증을 빌려서 번화가인 빈장다오의 한 가게에 일자리를 구했다. 집은 션양다오의 낡은 주택에 세 들어 살았다. 울퉁불퉁한 나무바닥을 가리기 위해 집주인이 붉은 페인트를 아주 두껍게 칠해 놓았는데, 세월과 함께 페인트가 벗겨져서 바닥이 더 울퉁불퉁해진 그런 집이었다. 아이는 울퉁불퉁한 바닥에 앉아 아코디언을 연주했다. 전통 연주곡인 〈경주마〉와 러시아 민요인 〈카츄사〉를 연주하는 그의 옆에서 야옹이가 늘어지게 기지개를 폈다. 반짝이는 아침 햇살이 좁은 방 안을 가득 채웠고, 그 빛을 받아 야옹이는 금테를 두른 듯 빛났다. 그는 감탄하며 말했다.

"지금 우리 둘을 봐. 이야, 정말 낭만적이다!"

매일 아침 연주를 마치면 작업복을 입고 고양이를 품에 안은 채 부리나케 달렸다. 출근 시간에 늦지 않으려는 이유도 있고, 집세를 독촉하는 집주인을 피하려는 심산도 있었다. 첫 달 월급은 가게에 보증금 형태로 억류되기 때문에 실제로 월급을 받는 것은 두 번째 달부터였다. 그러니 그때까지는 숨어 다닐 수밖에 없었다. 다행히 시민 도시 톈진의 명성에 걸맞게 가게 주인은 그가 고양이를 데리고 출근하는 것을 포용성 있게 허락해 주었다. 그가 하는 일은 가게 앞에 서서 손뼉을 치며 손님을 모으는 것이었다. 한번 와서 보세요, 들어와서 보세요! 신제품을 할인합니다! 할인율도 엄청나요! 나중에는 꾀가 생겨서 일부러 고양이를 안고 포즈를 취했다. 그리고 사람들이 고양이의 귀여운 자태에 홀린 듯 다가서면 한 걸음씩 가게로 들어가는 식으로 고객을 유인했다. 그는 매달 1100위안을 받았는데, 엄밀히 따지면 그와 야옹이가 함께 번 셈이었다.

동료 중 젊은 사람들은 퇴근하면 함께 생맥주를 마시며 어울려 놀았다. 하지만 그는 그 자리에 한 번도 끼지 않았다. 같이 카드놀이를 하자고 해도, 피시방에서 게임을 하자고 해도 가지 않았다. 집에서 야옹이가 함께 드라마를 보기 위해 그를 기다리고 있었기 때문이다. 둘은 사극을 가장 좋아했다. 그는 낡은 소파에 파묻히고, 야옹이는 그의 다리 사이에 파묻혀서 드라마를 감상했다. 앞에 놓인 접시에는 튀긴 콩과 말린 생선이 반씩 담겨 있었다. 생선은 그가 매번 재래시장에서 한 광주리에 1위안씩 하는 작은 생선을 사다 손질해서 솥에 찌고 말린 것이었다. 야옹이는 간식 중에도 그가 직접 말린 생선을 제일 좋아했다. 드라마를 다 보고 나면 같이 나가서 스케이트보드 연습을 했다. 그가 쿵하고 엉덩방아를 찧을 때마다 곁에서 구경하던 야옹이는 재미있다는 듯 야옹야옹거렸다.

빈장다오에 희끗희끗 눈발이 날리는 겨울이 왔다. 하지만 그에겐 겨울을 날 만한 옷이 없었다. 엄마가 몇 년 치 옷을 미리 사 주긴 했지만 키 클 것만 생각했지, 사춘기 소년이 뚱

뚱해질 수도 있다는 점은 고려하지 않았기 때문이다. 그는 스스로에게 옷 한 벌을 사 주고 싶었다. 그것도 자신이 알고 있는 것 중 가장 세련되고 멋진 브랜드인 G-STAR로. 그는 꼬박 한 달을 고민하다가 마침내 850위안짜리 솜점퍼를 샀다. 옷을 사고 남은 돈으로는 밥 먹기조차 빠듯했다. 그래서 그는 굶고 야옹이만 먹였다.

어느 정도 경험이 쌓인 후 아이는 직접 장사를 시작했다. 빈장다오에 즐비한 좌판 장사의 행렬에 뛰어든 것이다. 제일 처음 판 것은 빈랑(檳榔:빈랑나무의 열매, 환각성과 중독성이 있다)과 양말이었다. 겨울에는 양말을, 여름에는 빈랑을 팔았다. 그러다 비가 오면 우산도 팔고, 바람이 많이 분다 싶으면 마스크도 팔았다.

좌판 장사는 여러모로 힘든 일이었다. 여름엔 더워서 개처럼 늘어지고 겨울엔 추워서 공처럼 움츠러들었다. 가장 힘든 부분은 도시미화 관리원이 수시로 단속을 나온다는 점이었다. 부리나케 도망치느라 물건을 챙기지 못한 날에는 서러워서 저도 모르게 눈물이 났다.

그가 장사를 하는 동안 고양이는 얌전하게 곁을 지켰다. 물론 쌓아 둔 양말 더미 아래에서 늘어지게 자다가 양말을 사려고 뒤적거리던 손님을 깜짝 놀라게 하긴 했지만.

어느 날부터인가 아이는 좌판에 예의 낡은 침대보를 깔고 양말을 펼쳤다. 이렇게 하면 도시미화 관리원이 떴을 때 재빨리 수습해서 도망칠 수 있었다. 네 귀퉁이를 잡고 싹 들어 올리면 양말과 함께 고양이도 폭 싸여서 따로 챙길 필요가 없었다. 어려서부터 그와 고양이가 함께 깔고 잔 침대보가 이처럼 대단한 역할을 하리라고 누가 알았겠는가. 낡은 침대보의 놀라운 용도를 발견한 후, 새로운 침대보를 사기 전까지 그는 고양이를 안고 맨바닥에서 잤다.

침대보는 워낙 낡아서인지 얼마 안 가 양쪽 끝이 헤져서 끈처럼 늘어졌다. 하지만 그렇게 되니 오히려 물건을 수습하기에 더 좋았다. 네 귀퉁이를 잡을 필요 없이 늘어진 끈만 잡아당기면 그물처럼 전부 싸 짊어지고 뛸 수 있었던 것이다. 덕분에 완벽하게 도망칠 준비를 하는 데 겨우 1분밖에 걸리지 않았다. 나중에는 빈장다오의 모든 노점상이 그가 발명한 방법을 도입해서 다 함께 도시미화 관리원의 혈압을 올렸다. 그래도 도시미화 관리원이 가장 얄미워한 사람은 그였다. 그가 어깨에 멘 침대보 보따리에서 고양이가 머리만 내밀고 신나게 야옹거렸기 때문이다. 놀리는 것 같기도 욕하는 것 같기도 한 그 소리는 그가 멀리 달아날수록 메아리처럼 여운만 남긴 채 희미해져 갔다.

불량배가 와서 시비를 건 일도 있었다. 서른 남짓한 남자들이었는데, 물건만 가져가고 돈을 주지 않았다. 그가 따지고 들자 다짜고짜 뺨을 때리고 가슴팍을 쳤다. 질 수 없다는 생각에 간이의자를 던지며 맞서 싸웠지만 혼자 성인 남자 몇을 당할 수 있을 리 없었다. 결국 얻어맞고 쫓기다 겨우 길가에 세워진 차 밑으로 굴러들어갔다. 불량배들은 그제야 발길을 돌리며 큰소리로 으름장을 놨다.

"다음부터 눈에 띌 때마다 한 대씩 맞을 줄 알아!"

그 역시 지지 않고 맞받아쳤다. "그러시던가! 안 그러면 네가 내 아들이다!"

고개를 돌려 보니 함께 차 밑으로 숨어든 야옹이가 그에게 몸을 딱 붙이고 바들바들 떨고 있었다.

그즈음 아이는 기타를 배우기 시작했다. 교습비는 시간당 50위안으로 결코 적지 않았다. 그러나 꼭 배워야 했다. 그에게는 두 가지 인생 목표가 있었다. 하나는 자신과 야옹이가 끼니를 걱정하지 않고 사는 것이었고, 다른 하나는 기타를 배워서 음악으로 먹고사는 것이었다. 기타 수업은 일주일에 네 번이었다. 그와 야옹이가 좌판을 벌여 놓고 장사하는 시간도 자연히 늘어났다.

톈진의 겨울은 매서웠다. 칼바람을 맞으며 장사를 하다 보면 금세 손이 곱고 동상에 걸렸다. 손이 그렇다 보니 기타 수업에서 진도를 따라가는 일도 쉽지 않았다. 선생님은 기본이 안됐다며 그를 나무랐다. 그리고 평소에 반드시 장갑을 껴서 손을 보호하라고 신신당부했다. 길거리 장사는 고된 일이었다. 게다가 날이 궂든 비가 내리든 좌판을 펼쳐야 했다. 안 그러면 당장 끼니를 때울 수도, 기타 교습비를 낼 수도 없었다. 장갑도 못 꼈다. 장갑을 끼면 돈을 거슬러 주기 힘들 뿐 아니라 손의 촉감으로 가짜 돈을 분별해 내기도 어려웠다. 결국 겨울이 반도 가기 전에 그의 손은 엉망이 되고 말았다. 그러자 언젠가부터 야옹이가 그의 손을 핥기 시작했다. 개뿐 아니라 고양이도 사람 손을 핥는다는 것을 그는 그때 처음 알았다. 야옹이의 혀는 분홍색이고 까끌까끌했다. 그는 자신의 동상 입은 손을 할짝할짝 핥는 야옹이를 바라보다가 가만히 손을 뻗어 등에 난 털을 쓰다듬었다. 나이가 들어서인지 야옹이의 털도 더 이상 예전만큼 반짝이지 않았다.

그때 누군가의 그림자가 가로등 빛을 막아섰다. 그는 손님인 줄 알고 얼른 고개를 들었다. 그러나 곧 목구멍까지 올라온 장사 멘트를 저도 모르게 꿀꺽 삼키고 말았다. 기타 선생님이 웬 아이의 손을 잡고 눈앞에 서 있었다. 지나던 길에 우연히 그를 발견한 듯했다. 선생님은 한동안 아무 말 없이 그를 멍하니 바라보았다. 어린 제자가 길거리에서 좌판을 벌이고 있으리라고는 상상조차 못한 표정이었다. 잠시 후, 선생님은 자기 아이의 손에 이끌려 주춤주춤 그 자리를 떠났다. 야옹이는 아직도 그의 손을 핥고 있었지만 그의 눈길은 멀어지는 선생님의 뒷모습을 쫓았다. 처음에는 난처함이, 곧이어 부러움이 물밀 듯 밀려왔다. 선생님과 손잡은 아이를 향한 부러움이었다. 아이는 따뜻한 옷을 입고 손에 예쁜 뜨개장갑을 끼고 아빠를 끌어당기고 있었다. 아마 엄마가 떠 주었겠지. 두껍고, 아주 따뜻해 보이는 뜨개장갑이었다.

일주일 후, 선생님이 그를 불렀다. 창다오에 기타 판매점을 개업할 생각이라면서 조심스레 말을 꺼냈다.

"혹시 기타 가게에서 일할 생각은 없니? 돈도 벌고 기타 연습도 마음껏 할 수 있으니 좋을 것 같은데."

그는 너무 기뻐서 저도 모르게 박수를 쳤다. 그러다 손의 상처를 건드리는 바람에 또다시 저도 모르게 신음을 흘렸다. 선생님은 복잡한 눈길로 그를 물끄러미 바라보다가 그의 품을 가리키며 한마디 덧붙였다.

"물론 일하러 올 때 고양이를 데리고 와도 좋단다."

4

몇 년 후, 아이는 꿈꾸던 대로 음악으로 먹고 살게 됐다. 결혼식 축가 및 행사 전문 가수로 뛰게 된 것이다. 가끔은 나이트클럽 무대에 서기도 했다. 하지만 어딜 가든 야옹이가 함께했다. 나중에는 직접 곡도 쓰고 앨범도 냈으며 전국순회 공연까지 다녔다. 그의 노래가 중국 로큰롤 차트에 링크되고, 마침내 최대 음악축제인 '미디 페스티벌Midi Festival' 무대까지 오르게 됐다. 그때도 여전히 그는 야옹이와 함께였다.

또다시 몇 년이 흘렀다. 아이는 홀로 리장까지 흘러와 다빙의 작은 집에서 가수로 지내기 시작했다. 아이의 이름은 왕지양, 1989년생이다.

왕지양은 물병자리 괴짜다. 꼭 고양이처럼 웃는 그는 톈진에서 나고 자란 탓에 아주 걸쭉한 사투리를 구사한다. 그래서 그가 입만 열면 사람들은 모두 배꼽을 잡고 웃느라 바쁘다. 그의 대표곡은 〈작은 고양이〉다. 이 곡은 특히 손님들의 사랑을 많이 받아서 거의 매일 신청이 들어온다. 그뿐 아니라 '야옹야옹 야오옹, 야옹야옹 야야옹옹' 하는 후렴구에서는 어김없이 관중이 다 같이 합창하는 진풍경이 펼쳐진다. 그야말로 모두가 하나 되어 짝을 찾는 고양이들처럼 울어 대는 것이다.

저번 설은 그와 함께 보냈다. 리장의 고향집에서 그는 나의 연로한 부모님과 함께 만두를 빚었다. 어머니는 붉은 봉투에 세뱃돈을 넣어 내게 하나, 그에게 하나 주셨다. 그는 한참을 망설이다 겨우 그것을 받아들더니 이리저리 살펴보며 자꾸만 손으로 매만졌다. 나는 그를 툭 치며 말했다.

"왜 그래, 세뱃돈이 너무 적어?"

그는 깜짝 놀라 손사래를 쳤다.

"아녜요, 그게 무슨 말이에요. 그냥 너무 감사해서 그래요. 사실 세뱃돈을 받아 본 게 하도 오랜만이라…… 너무 기뻐서 어떻게 해야 할지도 모르겠네요."

그가 어머니께 감사 인사를 하겠다며 바닥에 머리를 찧으려는 것을 가까스로 말리고, 얼른 마늘이나 까라며 그를 부엌에 밀어 넣었다. 그때까지만 해도 나는 그가 혈혈단신 고아인 줄 몰랐다. 수년 동안 세뱃돈을 받아 보지 못했다는 것도 몰랐다. 그 수년 동안, 그가 한 마리 고양이에 의지해 살아왔다는 사실도 몰랐다.

그렇게 설을 보내고 난 어느 늦은 봄날 저녁, 〈작은 고양이〉를 완창한 왕지양이 뜬금없이 내게 작별 인사를 했다. 기타를 안고 배시시 웃으며 샤먼으로 갈 생각이라고, 다시 돌아오지 않을지도 모른다고 말했다. 그와 나는 기타를 등에 지고 함께 중국 대륙을 횡단한 추억이 있었다. 하이난다오에서 신장까지 무려 4천 킬로미터를 비와 바람을 맞으며 같이 걸었다. 그때 같이했던 친구들 사이에는 지금까지도 전우애와 같은 끈끈한 우정이 있다. 그랬기에 떠나겠다는 그를 잡을 수는 없었지만 솔직히 아쉬운 마음은 어쩔 수가 없었다. 내가 섭섭한 심정을 토로하자 그는 잠시 뭔가를 생각하다 입을 열었다.

"그럼 이야기를 하나 해 드리고 갈게요. 작은 고양이에 관한 거예요. 제가 드리는 선물이라고 생각해 주세요."

그렇게 시작된 이야기가 중반에 이르렀을 때 그는 잠시 멈추고 담배를 꺼냈다. 손이 떨려서 몇 번 만에 겨우 불을 붙이고 웃으며 말했다. "음…… 나중에 야옹이는 결국 죽었어요." 얼굴은 웃었지만 손은 떨고 있었다. 이후부터 그는 혼잣말처럼 이야기를 이어갔다.

다른 사람이 다 나를 떠난대도 그 녀석만은 떠나지 않을 줄 알았어요. 하지만 어느새 녀석은 늙어 버렸고, 내 발치에 머무는 시간이 많아졌어요. 더 이상 내 무릎 위로 뛰어오르지 못했거든요. 녀석은 편안하게 갔어요. 내 품 안에서 나를 바라보다가 천천히 눈을 감았지요. 녀석이 마지막으로 날 보던 눈빛은 맨 처음 날 보던 것과 완전히 같았어요. 따스하고 다정했어요. 나는 녀석을 한참 동안 안고 있었어요. 차마 땅에 묻을 수가 없었어요. 그래서 내가 가장 아끼는 옷으로 녀석을 감싼 뒤, 가장 높은 나무에 올라가 가지가 갈라진 곳에 내려놨어요. 옷은 몇 년 전에 엄마가 사 준 정장이었고 나무는 집 앞 마당에 있었어요. 매일 오갈 때마다 고개를 들면 녀석을 볼 수 있었죠.

전 야옹이의 마지막 눈빛을 평생 잊지 못할 거예요. 마치 사명을 다 완수했다는 듯, 피곤해도 기쁘고 안심한 눈빛이었어요. 내가 억지를 부린다고 할지 모르지만 정말 그랬어요. 그리고 그 순간 깨달았죠. 난 더 이상 아이가 아니었어요. 놀랍게도 어른이었어요. 그것도 아주 잘 자란, 한 사람의 어른.

생각해 보니 야옹이가 내 곁에 온 그날 이후로 한 번도 다른 애들과 싸우지 않았어요. 만약 야옹이가 없었다면 난 어떻게 됐을까요? 조폭 똘마니가 돼서 자릿세나 뜯으러 다녔을지 몰라요. 그러다 일찌감치 감옥에 들어가 콩밥을 먹었을지도요. 어쨌든 떳떳하게 잘 살려고 열심히 노력하지도, 기타를 배워 음악을 할 마음도 갖지 않았을 거예요. 난 좋은 사람은 아니에요. 하지만 야옹이 덕에 적어도 나쁜 사람이 되지는 않았어요.

왕지양은 더 이상 내게 말하지 않았다. 그는 자신에게 말하고 있었다.

사실 나 같은 아이는 자포자기하고 막 살기 쉬워요. 우리 같은 아이를 구하는 방법은 실은 정말 간단해요. 아주 작은 온기, 그거면 충분해요. 그렇지 않나요?

5

왕지양이 한 사람의 어른으로 자랄 때까지 야옹이는 곁을 지켰다. 그의 말대로, 그 작은 온기 덕에 왕지양은 적어도 나쁜 사람이 되지 않을 수 있었다.

지금의 그는 약간의 명성을 가진 포크송 가수다. 유머러스하고 친절해서 모두가 그를 좋아하지만 일부 싫어하는 사람도 있다. 가끔 말이 지나치게 많고 혼잣말을 잘한다는 게 그 이유다. 남들이 듣건 말건 이야기를 계속하는 모습이 이상하게 느껴지는 모양이다. 하지만 그건, 오랜 세월 동안 그의 대화 상대가 오직 작은 고양이뿐이었다는 사실을 몰라서 하는 소리다. 그의 잘못이 있다면 고양이가 곁을 떠난 지 몇 년이 지난 지금까지도 그 습관을 고치지 못한 것뿐이다.

야옹이가 죽은 후 왕지양은 깊은 상심에 빠졌다. 그래서 기타 하나 덜렁 들고 유랑길에 올랐다. 다행히도 나쁜 사람이 되지는 않았다. 그저 발길 닿는 대로 여러 곳을 돌아다니며 노래를 썼다. 그러다 시베이 깐수성 톈수이시의 바이투어에 이르렀을 때, 마음에 한 가지 바람이 생겼다. 어려움에 처한 벽지 초등학교를 도와주고 싶다는 바람이었다. 그래서 포크송 라이브 공연장이자 술집인 '다빙의 작은 집'에서 가수 생활을 하는 동안 그는 누구보다도 열심히 자기 앨범을 팔았다. 그때까지만 해도 나는 앨범 판 돈 대부분이 '아이들'을 후원하는 데 쓰인다는 사실을 몰랐다. 알고 보니 왕지양은 바이투어 화링촌이라는 시골마을의 초등학교를 돕고 있었다. 얼마나 큰 도움을 주었던지, 학교에서는 그를 명예 교장으로 추대했고 학교 이름마저 '지양초등학교'로 바꾸겠다고 했다. 나중에 이 사실을 알고 그에게 묻자 그는 농담처럼 말했다.

"교장은 무슨, 난 제대로 공부한 적도 없는걸요. 게다가 도와준 아이들이 많은 것도 아니고…… 그저 그 아이들에게 '야옹이' 노릇을 조금 해 준 것밖에 없어요."

그는 잠시 생각하다 다시 입을 열었다.

"그 아이들도 제게 '야옹이'가 되어 주었고요."

그렇게 그가 도와준 야옹이는 예순세 명이었다. 초등학교의 전교생 수 역시 예순세 명이다. 기회가 된다면 시베이의 야옹이들과 그의 인연에 대해 언젠가 따로 글을 써 보려 한다.

다만 한 가지 이해되지 않는 것이 있었다. 왜 왕지양은 이곳을 떠나려 할까? 우리가 그에게 준 온기가 부족했던 걸까? 이곳을 떠나 샤먼으로 가지 않으면 안 되는 이유가 대체 무엇이란 말인가?

왕지양은 담배 한 개비를 끝까지 피운 이후에 비로소 입을 뗐다.

"야옹이는 내 곁에 오래 있어 줬고, 떠난 지도 오래됐어요. 야옹이가 떠난 후에 난 줄곧 혼자였고요. 혼자였어도 외롭지는 않았어요."

그는 갑자기 엄마 얘기를 꺼냈다. 그렇게 떠난 후 한 번도 만나지 못했던 엄마가 지금 중국에 돌아와 샤먼에서 살고 있다고 했다.

엄마가 떠난 후 그는 엄마를 그리워했다. 그리움이 다하자 미움이 찾아왔다. 그래서 뼈에 사무치도록 미워했다. 자신을 매몰차게 버린 것에 대해, 옷으로 가득 찬 가방 하나와 고양이 한 마리만 남기고 가 버린 것에 대해 원망했다. 실컷 미워하고 원망한 다음에는 잊었다. 어차피 자신을 필요로 하지 않는 엄마라면 자신도 잊는 게 맞다고 생각했다. 그래서 잊고 혼자 어른이 되었다. 물론 쉽게 잊히지는 않았다. 몇 년 동안 머릿속에서 많은 기억을 억지로 지워 냈다. 그리고 마침내 자신에게 엄마가 있었다는 사실조차 잊었다.

그런데 어찌된 일인지, 오늘 〈작은 고양이〉를 부르면서 잊은 줄 알았던 수많은 일들이 다시 떠올랐다고 했다. 밀물이 밀려오듯 옛날 일들이 한꺼번에 밀려와서 숨도 쉴 수 없을 정도로 벅차올랐다고 했다. 입국장 앞에서 자신의 머리를 끌어안고 숨이 끊어져라 울던 엄마의 모습, 그 품을 박차고 나와 멀리까지 달려가서 '어른이 되면 찾으러 가겠다'고 외치던 자신의 모습, 다른 아이를 낳지 말라고 외치던 순간까지. 스물다섯 살의 왕지양은 밤이 내려앉은 다빙의 작은 집에 앉아서 눈을 가늘게 떴다. 담뱃불은 손가락 사이에서 깜박였고 기타는 그의 품에 안겨 있었다. 그는 또다시 혼잣말을 시작했다.

"내가 벌써 어른이 되어 버렸으니 엄마도 곧 노인이 되겠지요? 지금 어떻게 지내고 계실까요? 아마 우리에게 남은 시간도 많지 않겠죠……." 그가 웃었다. 어쩌면 지금 엄마에게는 고양이 한 마리가 필요할지도 몰라요.

6

여러분이 이 글을 읽고 있을 때쯤이면 왕지양은 이미 엄마 곁으로 돌아가 있을 것이다. 아미타불 뽀뽀뽀. 혹시라도 샤먼에 가게 된다면, 어쩌면 그와 마주칠 수도 있다. 청춰안(曾厝垵：예술가들이 모여 있는 예술 거리)에서, 혹은 환다오루(環島路：샤먼의 유명한 해안 관광로)에서 어깨를 스치게 될지도 모른다. 그를 알아보기는 어렵지 않을 것이다. 약간 통통하고 눈을 가늘게 뜬 채 고양이처럼 웃는 사람을 발견한다면 그게 바로 왕지양이다. 듣자 하니 주로 황혼이 질 무렵에 어머니를 모시고 산책을 한다고 하니 참고하기 바란다.

샤먼은 바닷바람이 풍성한 곳이라고 들었다. 부디 그 풍성한 바닷바람이 어려웠던 과거를 쓸어 가고 두 모자의 어깨를 부드럽게 쓸어 주었으면 좋겠다. 아주 오랜만에 서로를 찾은 어머니와 한 마리 고양이를 부드럽게 감싸 주었으면 참으로 좋겠다.

이별 마일리지

◇◇

사람들은 자주 말한다.

"내가 가장 좋아하는 것은……."

하지만 내가 볼 때 우리가 무얼 좋아하는지는 중요하지 않다. 중요한 것은 우리가 좋아하는 대상을 어떻게 대하느냐다. 우리에게 좋아할 능력이 있는지, 가닿기 위해 충분히 애쓰고 있는지, 지키고자 하는 의지가 있는지, 취하거나 버리겠다는 패기가 있는지, 선택할 권리가 있는지, 이런 것들이 중요하다.

그리고 좋아한다면 그저 좋아해야 한다. 집착을 열정으로 여기지도, 포기를 내려놓음으로 착각하지도, 제멋대로 구는 것을 인연에 순응하는 것으로 오해하지도 말아야 한다.

마지막으로 한마디 더. 만약 누군가를 진심으로 사랑한다면 이별에 대처할 때, 슬픔을 피하려 애쓰지도 마라.

1

라오장에게서 전화가 왔다. “나다. 지금 내가 마음이 아파 죽겠거든. 같이 산책 좀 가자.”

나는 마구 욕을 하면서도 침대를 박차고 나와 옷을 갈아입고 세수를 하고 비행기표를 예매했다. 시간은 새벽 4시. 라오장은 충칭에, 나는 지난에 있었다.

사람이 일평생 살다 보면 웬수 같은 친구 한두 놈쯤 생기기 마련이다. 하는 말마다 짜증을 돋우고 절대 밥 한번 사지 않으며 아무 때나 제 편할 때 전화를 해 대는, 집에 놀러 오면 신발도 제대로 갈아 신지 않고 다짜고짜 냉장고부터 뒤지는, 다른 사람 앞에서는 갖은 점잔을 다 떨면서 유독 내 앞에만 서면 천하의 철면피가 되는 그런 웬수 말이다. 그러나 내게 무슨 일이 생겼을 때 가장 먼저 달려와 내 편이 되어 주는 사람 역시 이런 웬수다. 이 웬수는 내가 직장에서 잘

리면 술 마시며 같이 욕해 주고, 실연을 당하면 밤을 새우며 함께 담배를 피워 준다. 내 주머니 사정이 궁할 땐 아쉬운 소리를 하지 않아도 알아서 돈을 보내 주고, 싸움이 붙었을 땐 굳이 돌아보지 않아도 먼저 웃통을 벗고 내 곁에 선다. 내 인생에 이런 웬수 같은 친구는 손에 꼽을 정도인데 라오장도 그중 하나다. 만나면 짜증나고 안 만나면 보고 싶고 또 만나면 또 짜증나고……. 그래, 인정할 것은 인정하자. 그 녀석에겐 내가 바로 그 웬수겠지.

비행기가 충칭 장베이공항에 도착했을 때까지만 해도 나는 라오장이 말한 산책이 기껏해야 차오톈먼 부두에서 해방비까지 걷는 것이겠거니 생각했다. 설마 그게 중국 대륙을 횡단하는 4천 킬로미터짜리 산책이리라고는 꿈에도 생각지 못했다. 그보다 더 환장할 노릇은 3999.99킬로미터를 주파할 때까지도 대체 그가 누구 때문에 가슴앓이를 하는지 몰랐다는 점이다.

2

라오장은 충칭의 젊은 총각으로, 나와 동갑이며 나보다

더 미쳤다. 그와 나는 충칭에 바 하나를 공동 소유하고 있다. '가을도 겨울도 아닌'이라는 이름의 이 바는 충칭의 술집 업계에서 세 가지로 유명하다. 가장 문화적이고, 가장 적자가 많으며, 사장이 가장 미친 것으로 말이다. 한마디로 술 마시고 노래 부르며 뭐든 하고 싶은 대로 하는 대신 돈 문제는 하늘의 뜻에 맡겼다고나 할까. 내가 그런 라오장과 어쩌다 동업자가 되었는지 지금 생각해도 억울해 죽겠다.

관인차오에서 9각 훠궈를 먹었을 때의 일이다. 둘 다 술에 거나하게 취했을 무렵, 라오장이 새로 쓴 노래를 당장 들려줘야겠다며 생떼를 썼다. 충칭의 민중 중에는 숨겨진 고수가 많은 모양이다. 그렇지 않고서야 허름한 훠궈 가게에 기타는 물론 카포까지 갖춰져 있을 리 없잖은가. 라오장은 생뚱맞게 등장한 기타를 휙 둘러메고 입을 크게 벌려 노래하기 시작했다. 워낙 스스로에게 감동을 잘하는 녀석인지라 라오장의 노랫소리에는 금세 울음기가 배어들었다. 그가 노래를 마쳤을 때, 작은 훠궈 가게 안은 감동의 도가니였다. 종업원은 코를 훌쩍였고 옆 테이블의 착하디착한 충칭 아가씨는 남몰래 눈물을 훔쳤다. 훠궈 가게 주인장은 눈가가 벌게진 채로 주방에 뛰어들어갔다 나오더니 우리 테이블에 천엽 한 접시를 손수 서비스해 주었다. 의기양양해진 라오장은 잔뜩 거들먹거리며 젓가락으로 천엽 한 점을 집어 입에 쏙 집어 넣었다. 아마 그는 꽤 취했던 모양이다. 천엽을 먼저 익혀야 한다는 사실을 잊은 것을 보면. 아마 나는 그리 취하지 않았던 모양이다. 그런 그를 말리지 않은 것을 보면.

라오장은 생 천엽을 힘겹게 씹으며 혀 꼬부라진 소리로 물었다.

"이 노래 어떠냐?"

나는 천엽에 온 신경을 빼앗긴 채 입에서 나오는 대로 대답했다. "엉망이야."

"얼마나 엉망인데?"

"말도 못할 만큼 엉망이야."

그가 떨떠름하게 물었다. "좀 구체적으로 얘기해 봐야." 갑자기 충칭 사투리가 나오기 시작했다. "대체 어떻게 엉망이라는 거야?"

천엽이 어찌나 질긴지 그가 한참을 씹는데도 여전히 탱탱하게 살아 있었다. 나는 멍하니 천엽을 바라보며 대답했다. "값도 못 매길 정도로 엉망이야!"

훠궈 냄비에서 희뿌연 김이 모락모락 올라왔다. 라오장이 갑자기 눈물을 뚝뚝 흘리며 엉엉 울기 시작했다. 울면서 천엽을 씹고 울면서 내게 물었다. "그건 대체 얼마나 엉망인 거야. 값도 못 매길 정도라는 게 뭐냐고?"

그는 꼭 미친 사람처럼 울어 댔다. 마치 내가 방금 아무 죄 없는 고아를 걷어차 하수구에 빠뜨리기라도 한 양, 가게 안의 모든 사람이 나를 째려봤다. 나는 황급히 라오장의 목을 끌어당겨 안고는 열심히 그를 달랬다. 적어도 여섯 자리 숫자, 그러니까 몇 십만 위안은 너끈히 받을 수 있을 만큼 대단한 노래라고 말이다. 그렇게 한참 동안 그를 달래고 어르면서 입속의 생 천엽을 뱉게 했던 것이 어렴풋이 기억난다. 서로 뜨거운 포옹을 나누며 감상적인 말을 한바탕 쏟아 놓았던 것 같기도 하다. 그 후 기억이 끊겼다. 나머지 일은 정말이지 하나도 기억나지 않는다. 이튿날, 술에서 깬 나는 통장에서 여섯 자리 숫자의 돈이 빠져나간 것을 발견하고 피눈물을 흘렸다. 심지어 모바일로 계좌 이체를 했더라.

그래, 여태껏 내 인생에 이만한 풍파가 없었던 것도 아니고 이미 벌어진 일 후회한들 어쩌겠는가. 어쨌든 그날 이후 나는 '겨울도 가을도 아닌'이라는 바의 공동 사장이 됐다. 매년 수익금도 분배받는다. 제일 많이 받은 게 세 자리 숫자였고, 그나마도 딱 한 번뿐이긴 했지만.

아무튼 이 한마디는 꼭 하고 싶다.

"천·엽·타·도!"

3

국내선 도착 게이트 앞에서 만난 라오장의 모습은 그야말로 엉망이었다. 수염은 제멋대로 자라 있고 눈에는 핏발이 곤두서 있었다. 게다가 어쩌면 그렇게 마르고 초췌해졌는지. 훠궈집에서의 그날만 빼고 단 한 번도 찡그린 얼굴을 보인 적 없는, 늘 헤실헤실 웃어 대던 그였건만 대체 무슨 일이 있었기에 사람이 이 모양이 된다는 말인가? 놀란 내 시선에는 아랑곳없이 라오장은 고인 물처럼 덤덤한 얼굴로 말했다.

"비행기 곧 뜬다. 가자."

가자고? 어딜? 나 방금 비행기에서 내렸는데? 나는 영문도 모르는 채 국내선 출발 게이트로 끌려가서 어리둥절한 상태로 표를 끊고 검색대를 지나 충칭발 상하이행 비행기에 몸을 실었다. 하지만 그에게 한 방 날리는 것은 일단 보류했다. 그가 표를 사기도 했거니와 무엇보다도 넋이 나간 표정으로 이렇게 말했기 때문이다.

"아무것도 묻지 말고 그냥 나랑 바람이나 쐬러 가 주라."

그 말을 하면서 그는 바쁘게 움직이는 승무원을 멍하니 바라봤다. 멍하다 못해 멍청해 보일 정도였다. 그래, 같이 가 주는 것쯤이야 뭐 어렵나. 아무리 미쳤다 해도 여린 구석이 있는 놈이니 뭔가 사정이 있겠지. 내가 그렇게 마음을 다스리는 와중에 그의 노골적인 시선을 견디다 못한 승무원이 다가와서 물었다.

"손님, 무엇을 도와드릴까요?"

그는 멍청하니 바라볼 뿐 아무 말도 하지 않았다. 심지어 눈썹도 움직이지 않았다. 꼭 바보 같았다. 아, 이 얼마나 쪽팔린 상황이란 말인가. 나는 재빨리 나섰다.

"이 친구 담요가 필요하다네요."

비행기가 이륙한 뒤 승무원이 담요를 가져왔을 때, 라오장은 이미 좌석에 몸을 구겨 넣고 깊은 잠에 빠져 있었다. 귀에 이어폰을 꽂고 고개를 푹 숙인 채였다. 승무원이 내게 물었다.

"친구 분은 괜찮으세요?"

나는 라오장을 쳐다봤다. 미간에 내 천(川)자가 새겨지고 입은 꾹 다문, 가히 괴로워 보이는 얼굴이었다. 승무원은 그를 가만히 살펴보고는 세심한 손길로 담요를 덮어 주었다. 쓰촨항공 승무원들은 얼굴만 예쁜 게 아니라 마음씨도 착하구나. 그런 생각을 하며 나도 담요 하나 달라고 했더니 이런 대답이 돌아왔다.

"죄송합니다, 손님. 담요는 이미 다 나갔습니다."

새벽 댓바람부터 설쳤으니 피곤할 만도 하건만 잠은 오지 않았다. 그래서 라오장의 얼굴에 난 수염을 세며 상념에 빠졌다.

이 미친놈은 홍콩대학에서 건축학 석사를 딴 건축설계사였다. 한때 모 건축 사무소의 촉망받는 인재로서 말레이시아 랑카위에 유람선 선착장을, 태국 치앙마이에 육성급 리조트 호텔을 설계한 바 있으며 국내의 수많은 오성급 호텔 설계에 참여했더랬다. 하지만 천재 기질과 또라이 끼는 동전의 앞뒤와 같은 법. 라오장 역시 설계안을 두고 고객과 대판 싸웠다는 소식이 종종 들려왔다. 충칭 남자 특유의 더러운 성질을 발휘하여 고객의 코앞에 삿대질을 해가며 개뿔도 모른다는 둥, 무식하기가 삼천리라는 둥 퍼부어 댔다나. 듣기로는 영국 리버풀대학에 교환학생으로 갔을 때도 그놈의 성질을 못 버려서 한번 논쟁이 붙었다 하면 팔을 걷어붙이고 상대를 잡아먹을 듯 덤벼들었다고 한다. 오죽하면 지도 교수들조차 그를 피해 다니고, 그의 충칭 억양이 실린 영어가 들리기만 해도 바들바들 떨었을까.

정말 이상한 것은 이 사람 같지도 않은 녀석에게 일을 맡기려는 고객이 끊임없이 나타났다는 점이다. 고객들은 욕을 먹으면서도 기쁘게 그의 손을 잡았고 그가 얼마나 열심히, 얼마나 책임감 있게 일하는지 칭찬해 마지않았다. 주관이 뚜

렷하고 창의력이 있다는 평가도 늘 뒤따랐다. 한마디로 당시 라오장은 미친 데다 괴팍하지만 실력과 운이 더럽게 좋은 건축가였던 셈이다.

하지만 우리 모두가 그의 승승장구를 믿어 의심치 않고 있을 때, 그는 스스로 자신을 격추시켜 버렸다. 물론 그가 미친놈이라는 것은 다들 익히 알고 있었다. 그렇지만 한창 잘 나갈 때 건축 사무실을 때려치우고 산같이 쌓인 주문서를 걷어찬 뒤 술집을 차릴 정도로 미친 줄은 누구도 몰랐다. 술집 이름도 '겨울도 가을도 아닌'이라니, 이 얼마나 괴상한 작명 센스란 말인가. 장소 선정은 더 괴상해서 충칭 강북의 찾아가기도 힘든 구석진 곳에 가게를 차려 놨다. 꾸밈새도 못지않게 괴상했다. 고전적이면서 미래적이라고 할까. 벽면은 최상품 대나무를 엮어 세우고 바닥은 투명 에폭시 시공을 해서 반들반들한데, 거기에 저 멀리 루구호에서 공수해 온 전통나무배를 뒤집어 테이블이라고 놓았다. 그뿐이랴. 바는 큰 나무 한 그루를 그대로 깎은 원목판에, 음향 설비는 인민대회당에서 써도 될 만큼 거대한 놈을 들여놨다. 간단히 말해서 오성급 호텔 로비를 리모델링하고도 남을 돈을 술집 인테리어에 쏟아부은 것이다. 앞으로 꼬박 20년 동안 장사를 한대도 본전이나 제대로 건질는지 알 수 없었다. 한때 촉망받는 건축설계사였던 라오장은 그렇게 온 힘과 전 재산을 투자하여 무려 술집 사장으로 변신했다. 그것도 개업하기 전부터 밑질 게 빤히 보이는 술집의 사장 말이다.

주변 사람들은 그런 그를 순전히 미쳤다고 했지만 사실 나는 그의 이런 광기가 꽤 마음에 들었다. 꼭 안정된 직장에서 성공하는 것만이 올바른 인생이라고 할 수는 없다는 게 내 생각이었다. 게다가 그는 성인이었고 안정된 궤도 속의 인생도 이미 경험했다. 어딘가 지능이 모자라거나 불완전한 것도 아니었다. 그러니 인간된 도리에 어긋나지 않고 스스로에게 떳떳하며 맹목적인 충동에 휩쓸린 것만 아니라면 무슨 일을 해도 상관없지 않은가. 그래서 난 그를 응원하기 위해 일부러 충칭까지 달려갔다.

충칭에 도착해서 보니 그는 공사가 한창인 술집에서 벽돌을 나르고 있었다. 나는 일단 그를 도와 벽돌을 날랐다. 그리고 허리가 끊어질 때쯤이 돼서야 그에게 물었다.

"라오장아, 하나만 묻자. 인부들도 많은데 왜 굳이 우리가 직접 벽돌을 날라야 하는 게냐?"

그가 부지런히 손을 움직이며 대답했다.

"지금 나르는 벽돌을 쌓아서 무대를 만들 거야. 기타 치고 노래하는 무대. 그런데 앞으로 그 무대에서 기타 치고 노래할 사람이 누구냐, 바로 나잖아. 그러니 무대도 당연히 내 손으로 직접 쌓아야지."

잘났다, 이놈아. 나는 속으로 중얼댔다. 충칭에서 네가 제일 잘났다, 그래.

나는 그와 함께 흙손을 들고 시멘트를 발랐다. 안 그래도 더운 날씨에 땀을 줄줄 흘리면서 애썼건만, 라오장은 내 솜씨가 영 성에 안 찬다며 저리 가라고 손을 휘휘 저었다. 결국 난 온몸에 흙을 치덕치덕 묻힌 채 꿔다 놓은 보릿자루마냥 한쪽 구석에 쭈그리고 앉았다. 저만치에 인부들이 느긋하게 앉아 담배를 피우며 한가롭게 이야기를 나누는 모습이 보였다. 나는 혀를 끌끌 찼다. 정작 일해야 할 인부들은 노닥거리는데, 사장이라는 놈이 엉덩이를 쭉 내밀고 흙손을 휘두르는 꼴이라니. 심지어 그는 노래까지 흥얼거리고 있었다. 그러다 갑자기 나를 돌아보고 요상하게 웃더니만 수수께끼 같은 소리를 했다.

"개업하는 날에 말이다, 내가 여기서 아주 성대하게 할 거야……."

대체 뭘 성대하게 하겠다는 것인지. 그는 그 이상 말하지 않았다. 대신 또다시 엉덩이를 치켜들고 시멘트를 바르며 콧노래를 흥얼댔다. 그것으론 모자랐는지 중간 중간 혼자 추임

새까지 넣었다. 얼쑤, 잘한다! 한 곡 더! 이런 식으로.

아마 포크송 콘서트를 성대하게 열겠다는 뜻이겠지, 아니면 자기 신곡 쇼케이스나. 나는 그렇게 추측했다. 라오장은 건축가이면서 괜찮은 포크송 가수이기도 했다. 본인도 이번 생은 건물을 짓거나 기타 치면서 보낼 운명이라는 말을 종종 했고, 직접 작사 작곡한 노래도 지금까지 지은 건물만큼이나 많았다. 하지만 안타깝게도 그의 노래를 들어본 사람은 그가 지은 건물에 사는 사람보다 적었다. 그래서 나는 그가 자기 자신에게 무대를 선사하기 위해서 이 라이브 바를 차린 것이라고 생각했다.

수많은 사람이 2, 30세가 되면 죽어서 자기 자신의 그림자로 변해 버린다. 이후의 인생은 기껏해야 자기 자신을 끊임없이 복제하며 살아갈 뿐이다. 그러나 라오장은 그런 인생에 안주하지 않았다. 건설업이라는 분야에서 어느 정도 성과를 거둔 뒤, 얼마 남지 않은 청춘을 꼭 쥐고 새로운 꿈을 이루는 데 뛰어들었다. 계속해서 성장하는 길을 택한 것이다. 그의 선택이 잘못됐다고 누가 말할 수 있겠는가? 하지만 주변 사람들은 그런 그를 멍청하다고 했다. 실제로 이 라이브 바를 열기 위해 라오장은 엄청난 압박을 이겨 내야 했다. 가족과 친구를 비롯해 그를 아는 모든 사람이 반대했기 때문이다. 찬성하고 응원해 준 이는 단 한 명, 여자친구뿐이었다.

아무리 압박이 크다 해도 꿈을 좇을 권리는 여전하다. 그렇기에 자신의 결심을 밀어붙인 라오장의 행동이 지나쳤다고는 할 수 없다. 개업하는 날 열릴 콘서트 역시 아무리 성대해도 결코 지나치지 않을 것이다. 아마 라오장이라면 기타를 안고 나체로 질주하지 않을까. 나는 기쁜 마음으로 그날을 기다렸다.

결론부터 말하자면 그날 콘서트는 열리지 않았다. 평범하게 개업식이 진행됐을 뿐이다. 심지어 성대하지도 않았다. 아니, 성대할 수 있었지만 결과적으로 성대해지지 못했다고 해야 되나. 찾아온 사람은 굉장히 많았다. 한여름이었지만 다들 초대장에 쓰인 대로 정장을 입고 나타났다. 몇몇 여성은 웨딩드레스를 방불케 하는 이브닝드레스 차림이었다. 하지만 그뿐, 예상 밖의 이벤트는 없었다. 경품 추천이나 서프라이즈, 특별한 프로그램도 없었다. 라오장의 신곡 쇼케이스 공연도 열리지 않았다. 그는 노래를 부르는 대신 헤실헤실 웃으며 사람들과 인사하고, 권하거니 받거니 하며 술을 마셨다. 그러더니 금방 만취해서는 무대 위로 기어올라가 씨근씨근 잠들어 버렸다. 사람들은 아무 말 없이 서로 눈치만 보다가 하나 둘씩 흩어졌다. 결국 무대 위에는 새끼 돼지처럼 잠든 라오장과 나만 남았다. 대체 무슨 꿈을 꾸는 건지, 그는 킬킬대다가 곧 박장대소하더니 이윽고 눈물까지 흘리며 웃었다. 하지만 왠지 깨울 수가 없어서 자면서 웃는 그의 모습을 그저 지켜만 봤다.

개업식 다음 날, 라오장은 9각 훠궈를 먹자며 나를 불러냈고 또다시 엉망으로 취했으며 감정에 북받쳐 고래고래 노래했다. 그는 눈물을 줄줄 흘리며 생 천엽을 씹었고, 나는 여섯 자리 숫자의 돈을 잃고 피눈물을 흘렸다. 지금에 와 하는 말이지만 그건 전 재산의 반에 달하는 액수였다. 아, 정말. 천엽은 타도해야 한다.

개업한 지 4개월쯤 지난 어느 날, 그는 새벽 4시에 대륙 반대편에 있는 나에게 전화를 걸어 말했다. 내가 마음이 아파 죽겠으니 같이 산책이나 가자. 그리고 지금, 나는 머릿속에 온통 물음표를 박은 채 충칭발 비행기를 타고 상하이로 날아가고 있었다. 이어폰을 귀에 틀어박고 미간을 잔뜩 찌푸린 채 의자에 구겨지듯 앉아 깊은 잠에 빠진 라오장과 함께.

라오장은 비행기가 착륙하고 나서야 눈을 떴다. 하지만 여전히 잠에 취했는지 멍한 얼굴로 비틀거리며 출입구 쪽으로 나갔다. 그러다 담요를 가져다준 승무원과 부딪칠 뻔한 것을 내가 얼른 팔을 잡아당겨 막았는데, 그 와중에 그만 출입구

프레임에 머리를 박게 하고 말았다. 그래도 그 덕에 라오장은 정신을 좀 차린 듯했다. 그는 머리를 문지르며 걸어가면서도 자꾸 뒤를 돌아봤다. 뭔가 아쉽거나 두고 온 게 있는 사람 같았다. 아니면 방금 머리를 박은 문 프레임을 노려본 것일 수도 있고.

우리는 길게 이어진 복도를 걸으며 하품을 해 댔다. 하품 한 번 하고 나면 또 하품이 났다. 눈꼬리에 찔끔 맺힌 눈물을 닦으며 나는 라오장에게 이제 어디로 가느냐고 물었다.

"달려!"

갑작스런 한마디와 함께 라오장은 미친놈처럼 뛰기 시작했다. 나는 정신없이 그의 뒤를 따라 달리며 생각해 낼 수 있는 모든 종류의 욕을 퍼부었다. 그렇게 우리는 국내선 도착게이트를 빠져나와 출발게이트 쪽 발권 창구까지 한달음에 달려갔다. 뛰면서 라오장은 내게 어서 신분증을 내놓으라고 재촉했다. 얼떨결에 신분증을 꺼내 주자 전광석화의 속도로 비행기표를 끊어 오더니 내 손에 억지로 쥐어 주고 또다시 뛰었다. 모든 과정이 나의 의지와는 전혀 상관없이, 차마 뭐라 할 새도 없이 이뤄졌다. 그를 따라 무작정 뛰면서 비행기표를 본 나는 피가 거꾸로 솟았다. "상하이발 충칭행이라니 뭐하자는 거야 이 자식아! 왜 다시 돌아가!"

공항 안의 모든 사람이 나를 쳐다봤다. 내가 생각해도 꽤나 무서운 모습이었을 듯싶다. 온몸의 털을 곤두세우고 사자개처럼 포효하며 미친놈처럼 뛰어 댔으니. 하지만 라오장은 일언반구 변명도 없이 나를 돌아보며 적반하장 격으로 소리를 질렀다.

"빨리 뛰어! 비행기 금방 뜬다고!"

우리는 가장 마지막으로 비행기에 오른 승객이었다. 그것도 방금 내렸다가 다시 탄 승객이었다. 비행기 문을 통과하자마자 나는 녀석의 멱살을 잡았다.

"야 이 미친놈, 이 웬수 같은 새끼야. 무슨 일인지 제대로 설명 안 할래?"

하지만 그는 예의 그 멍청한 표정으로 여기저기 둘러보기만 할 뿐, 아무 말도 하지 않았다. 우리는 싸우듯 엉켜서 좌석에 처박혀 앉았다.

아, 이리 민망할 수가. 저만치에 아까 담요를 가져다준 바로 그 승무원이 멍하니 우리를 보고 있었다. 그녀는 이륙 전 안전수칙을 안내하면서도 우리 쪽을 계속 흘끔거렸다. 아마 우리 둘 다 어딘가 좀 이상한 사람이라고 생각했겠지. 그렇지 않고서야 누가 비행기를 시내버스 타듯 왕복으로 타겠는가. 내 추측이 적중했는지 이륙도 하지 않았는데 승무원이

한 발 한 발 우리 쪽으로 걸어와 조심스레 물었다.

"손님, 이번에도 담요가 필요하신지요?"

나는 고맙지만 괜찮다고, 귀찮게 해 드리고 싶지 않다며 최대한 정상적인 사람처럼 대답했다. 하지만 그녀 눈에도 라오장이 전혀 정상처럼 보이지 않았던지, 내게 했던 질문을 토씨 하나 빠뜨리지 않고 똑같이 그에게 또 했다. 하지만 라오장은 아무 대답도 하지 않았다. 이상할 정도로 침묵했다. 승무원도 더 이상 말을 하지 않고 그저 그를 가만히 바라보았다. 그렇게 5초가 흐르고 10초가 흘렀다. 두 사람 사이에 공기가 무겁게 응축되고 서로 대치하는 것 같은 분위기마저 감돌았다. 옆에 있는 내가 다 긴장될 지경이었다. 이 승무원은 우리 상황을 몰래 확인하려고 온 게 분명했다. 어쩌면 불순한 의도를 가진 비행기 납치범으로 생각해서, 억지로 비행기에서 내리게 하려는 것일지도 몰랐다. 앗, 혹시 우리를 잡으라고 소리라도 지르면 어쩌지. 달려들어 입이라도 막아야 하나?

하지만 아무도 우리를 잡으러 오지 않았고, 그녀도 소리를 지르지 않았다. 그저 한동안 라오장과 시선을 교환하다 이윽고 자리를 떴다. 그러다 문득 뭔가 생각난 것처럼 몸을 돌리더니 승무원 특유의 예의 바른 미소를 지으며 가볍게 목례를 했다. 역시, 쓰촨항공 승무원은 얼굴만 예쁜 게 아니라 마음씨도 착하다.

비행기가 이륙하고 나서야 나는 안도의 한숨을 내쉬었다. 그러다 옆을 돌아보고는 다시 마음이 선뜩해졌다. 라오장, 라오장아. 대체 어떻게 된 게냐?

4

라오장이 웃고 있었다. 불과 몇 시간 전까지만 해도 죽을상으로 입을 꽉 다물고 있던 놈이 지금은 온 얼굴을 구겨가며 웃고 있었다. 소리 없이, 끊임없이 웃고 있었다. 대체 그 표정을 뭐라 표현해야 좋을지 모르겠다. 속 시원하게 웃는 것 같기도, 괴로움에 쓴웃음을 짓는 것 같기도 했다. 욕지기를 하는 것 같기도, 천식 발작을 일으킨 것 같기도 했다. 아무튼 급격한 변화였다. 신기하게도 웃을수록 조금씩 혈색이 돌아오고 미간에 내려앉았던 우울함도 조금씩 물러갔다. 그는 웃으면서 나를 바라봤다. 흩어져 있던 눈빛이 차차 단단히 응집되더니 곧 예전의 헤실헤실 웃던 모양을 회복했다. 웃음이 잦아들 때쯤에는 내가 익히 알고 있던 라오장으로 돌아와 있었다. 마치 심신의 괴로움과 고통을 피해 다른 차원으로 도망갔다가 원기를 되찾고 원래 자리로 돌아온 것 같은 모습이었다. 나는 왜인지 목이 멨다. 그래서 가까스로 소리를 내어 물었다.

"라오장아, 지금 내 앞에서 무슨 변검 공연이라도 하는 거냐?"

그는 또다시 웃으며 말했다.

"아, 걱정하지 마. 나 이제 괜찮아. 금방 좋아질 거야."

그러더니 한 손으로 얼굴을 문지르며—꼭 웃음기를 문질러 지우는 것 같았다—다른 손으로 내 어깨를 잡았다.

"다빙, 같이 와 줘서 고맙다. 너한테 큰 빚을 졌어. 이 몸이 곧 몇 배로 갚아 줄게. 대장부라면 감당할 줄도, 내려놓을 줄도 알아야겠지."

"이런 웬수야, 네가 괜찮아지든 말든 누가 신경이나 쓴대? 대체 이게 무슨 짓인지나 설명해! 당장 제대로 설명하지 않으면 우정이고 친구고 뭐고 확 절교해 버린다!"

내가 길길이 날뛸 낌새를 보이자 라오장은 황급히 손을 저으며 말했다.

"진정해, 진정. 지금 어떻게 설명해야 좋을지 생각하는 중이니까……."

이미 황혼이 드리운 시간, 창밖에는 주황빛 구름층이 광활한 초원처럼 넓게 펼쳐져 있었다. 3만 피트 상공에서만 볼 수 있는 초원이었다. 라오장은 차광판을 내려 주황빛 평원을 가렸다. 그리고 '겨울도 가을도 아닌'에서부터 이야기를 해야겠지 하며 운을 뗐다.

"'겨울도 가을도 아닌'은 내게 두 가지 꿈이 담긴 곳이야. 한 가지는 자네도 짐작하겠지."

물론이다. '음악의 꿈'. 그는 수년간 건축가로 일하며 성공가도를 달렸다. 그러나 서른 살에 접어들면서 점차 진정한 의미의 성공이 무엇인지 고민하기 시작했다. 그는 고민 끝에 대담한 결정을 내리고 전혀 새로운 한 걸음을 내딛었다. 라이브 바, 그것도 포크송 라이브 바는 적자일 수밖에 없다지만 그는 확신이 있었다. 이 가게를 통해 안정적인 생활을 영위할 수 있을 뿐만 아니라 자기 스스로 선택하고 일군 토양 위에서 음악적 발전도 이룰 수 있다고 굳게 믿었다. 결국은 자신의 마음이 향하는 곳에 진짜 인생이 있다고 확신했다. 게다가 정성이 지극하면 돌 위에도 풀이 난다고 하지 않던가. 그는 자신이 무엇을 원하는지 명확히 알고 있었고 또 노력은 결코 배신하지 않는다고 믿었다.

하지만 그가 맞서야 했던 압박은 상상 이상이었다. 주변의 모든 사람이 그의 결정에 반대했고 그의 도전이 결국 실패할 것이라 단정했다. 딱 두 사람만 예외였다. 한 명은 나, 철천지 웬수 다빙이었고 다른 한 명은 지아였다.

지아는 라오장의 여자친구였다. 그녀는 그의 노래를 무척이나 좋아했다. 촉촉이 젖은 눈빛으로 그를 바라보며 부드러운 목소리로 당신 노래는 아무리 들어도 질리지 않는다고 속삭였다. 두 사람은 돈 걱정에서 벗어나는 날이 오면 기타를 짊어지고 함께 세계여행에 나서기로 약속했다. 한 사람은 노래를 부르고 한 사람은 그에 맞춰 춤을 추며 멀리, 아주 멀리까지 가기로 약속했다.

이 얼마나 사랑스러운 여자친구인가. 온화하고 현명하며 아름답기까지 한 지아는 그에게 늘 힘을 주었다. 라오장, 당신이 하고 싶은 일을 해. 당신이 행복하기만 하다면 무슨 일을 하든 난 응원할 거야. 라오장은 그녀를 목숨처럼 사랑했다. 그녀야말로 하늘이 그에게 내려 준 최고의 축복이라 믿었다. 그녀를 얼마나 아꼈던지, 심지어 남들한테 그녀의 사진 한 장 보여 주는 것도 아까워했다. 한번 만나게 해 달라 말이라도 할라치면 지레 손을 내저으며 그녀가 너무 바빠서 시간이 없다고 딱 잘랐다. 지아가 바쁜 것은 사실이었다. 거의 항상 외지에 나가야 해서 두 사람이 함께할 시간도 많지 않았다. 그러니 라오장의 입장에서는 당연히 그 소중한 시간을 다른 사람과 나누고 싶지 않았으리라. 설령 가장 친애하는 웬수, 다빙이라 해도 말이다.

그러나 아무리 바쁠 때라도 지아는 라오장에게 전화하는 일을 잊지 않았다. 두 사람은 라이브 바에 관해 이런저런 아이디어를 내며 한참을 통화하곤 했다. 그러다 충칭에 돌아오면 집에도 들르지 않고 곧장 라오장에게 달려왔다. 그녀는 캐리어를 끌고 문을 들어설 때마다 이렇게 외쳤다.

"라이브 바, 잘 진행되고 있어?"

그러곤 그의 손을 소중하게 쓰다듬으며 안타까워했다.

"이런, 또 생석회에 화상을 입었나 보네. 조심 좀 하지 그랬어."

그는 직접 무대를 세우고 그녀는 충실한 관중이 되기로 약속했다. '겨울도 가을도 아닌'은 두 사람의 꿈이었다. 하지만 라오장은 지아 모르게 한 가지 꿈을 더 꾸고 있었다. 제아무리 미친 남자라도 언젠가는 자신을 묶어 둘 고삐를 만나기 마련이다. 라오장의 고삐는 지아였다. 물론 그는 그녀를 고삐가 아닌 든든한 기타 멜빵으로 생각했기에 기꺼이 스스로 그 고삐에 매이고자 했다. 그래서 개업하는 날에 맞춰 성대한 공연을 계획했다. 공연 중간에 기타를 치며 그녀에게 청혼하는 것이 바로 그의 두 번째 꿈이었다. 물론 반지도 준비했다.

그러나 청혼 계획은 좌절되고 말았다. 발단은 어느 날 걸려온 전화 한 통이었다. 지아의 부모님이었다.

"우리집에서 같이 식사한 지 오래됐지? 내일 잠깐 들르게나."

라오장은 선물꾸러미를 바리바리 싸들고 지아의 집으로 달려갔다. 문간에서 부모님께 씩씩하게 인사하고 난 뒤 지아를 찾았지만 그녀는 보이지 않았다. 그는 그제야 그녀의 부모님과 자신, 이렇게 세 사람만 식사를 하게 된 것을 알았다. 그리고 식사를 채 마치지도 못하고 라오장은 그녀의 집을 나왔다. 넋이 나간 듯 비틀거리는 걸음으로, 간신히.

지아의 부모님은 모두 공무원이었다. 오랫동안 공직에 몸담아 온 사람답게 한결같이 예의 바른 어투와 태도로 이렇게 말했다.

"라오장, 지금까지 자네는 젊고 전도유망한 건축가였네. 이제는 어엿한 사장님이지. 듣자 하니 음악 활동도 정식으로 하기로 했다면서? 축하하네. 정말 잘된 일이야. 그런데 말일세. 앞으로는 가게 경영에 더 신경 쓰도록 하고, 우리 지아와는 여기까지 해 주었으면 하네."

"자네도 이제 적은 나이가 아니지 않은가. 서른 살이면 안정을 추구해야 할 나이일세. 하고 싶다고 아무 일이나 막 할 수는 없다는 말이야. 그런데 앞길이 창창한 일은 걷어치우고 술집이니, 음악이니……."

라오장은 열렸다 닫혔다 하는 그들의 입을 바라보며 우두커니 듣기만 했다.

"알다시피 우리한테 자식이라고는 지아 하나뿐일세. 물론 무슨 대단한 재벌한테 시집보내겠다는 건 아니야. 그래도 최소한 안정적으로 생활할 수 있는 사람에게 보내고 싶네. 건축가? 좋지, 아주 좋아. 하지만 술집 사장이라니 안 될 말이네. 절대 안 돼."

"우리를 설득하려 애쓰지 말게. 자네도 부모가 있으니 알 것 아닌가. 자네는 부모님이 자신의 결혼 때문에 평생 마음 졸이며 불안하게 사시길 바라는가? 우리도 사랑이 뭔지 안다네. 하지만 인생이 어떤지를 더 잘 알지. 우리 충고를 듣게나. 가정을 이룬다는 것은 그리 호락호락한 일이 아니라네."

지아의 집을 나온 후 라오장은 한참을 걸었다. 차오톈먼 항구까지 걸어가서 계단에 앉아 담배를 꺼내 물었다. 저 멀리 기선의 기적소리가 울리는 것에 맞춰 그의 휴대폰이 울렸다. 지아였다. 수화기 너머에서 밝고 쾌활한 그녀의 목소리가 들려왔다.

"다음 달이면 개업이네. 그 생각만 하면 너무 행복하고 기뻐. 자기야, 개업 기념으로 노래 한 곡 써 봐. 그리고 그날 나한테 들려주는 거야. 어때?"

라오장이 그녀에게 물었다.

"지아야, 만약에 내가 어떤 이유 때문이든 갑자기 음악을 포기한다면 넌 나를 어떻게 볼 것 같아?"

그녀는 웃으며 농담처럼 말했다.

"그럼 더 이상 자기를 사랑 안 할 거야. 꿈을 좇을 용기도 없는 남자라니 매력 없어. 그나저나 웬 바보 같은 소리야? 요새 너무 피곤해서 이상한 생각이 드는가 보네. 조금만 더 버텨. 이제 금방이야. 자기가 그랬잖아. 지금 이 기회를 잡지 않으면 평생 후회할 거라고."

그녀는 아무것도 모르는 게 분명했다. 자신의 부모가 라오장을 불러낸 것도, 방금 그에게서 헤어지겠다는 약속을 받아 낸 것도. 그녀는 아무것도 몰랐다.

비행기가 하강하기 시작했다. 아까 그 승무원이 착륙을 위해 좌석마다 안내를 하며 천천히 다가오는 것이 보였다. 테이블을 접어 주시고 의자를 세워 주세요. 그녀가 우리 곁에 이르러 안내하기도 전에 라오장은 알아서 차광판을 올렸다.

칠흑같이 까만 밤하늘 아래, 반짝반짝 빛나는 충칭시가 점점 가까워지며 분명해졌다. 몸이 붕 뜨는 느낌과 함께 가벼운 이명이 들렸다. 라오장은 창밖을 한참 바라보다 불현듯 입을 열었다.

"그때 내가 훠궈집에서 불렀던 노래, 기억해?"

아니, 그날 너무 취해서. 내 대답에 그는 가볍게 고개를 끄덕이더니 이렇게 말했다.

"괜찮아. 사실 그 노래 지아한테 바치려고 했던 거야."

나는 잠시 멍하니 있다가 그의 뺨을 후려쳤다. 그리고 욕했다. 멍청한 놈! 이런 병신 같은 놈! 그는 맞대응하지 않았다. 벌게진 뺨을 쓰다듬으며 웃기만 했다. 그러더니 이어폰을 내밀었다. 나는 낚아채듯 그것을 받아들어 귀에 꽂고 음량을 천천히 키웠다. 승무원이 보지 못하도록 고개를 푹 숙이고 노래를 들었다.

지아야, 다음에 만나면 제발 내게 미소 지어 줘. 아무리 생각을 해 봐도 답이 나오지 않아, 그래서 더 이상 고집 부리지 않기로 했어. 지아야, 부모님께 져 드리자. 내게는 아직 세상이 남았지만 그분들에게는 너밖에 없잖아. 맞다, 지아야. 내가 취해서 했던 말 기억하니. 네 웨딩드레스는 내가 직접 지어 주겠다던. 아니다, 지아야. 마음의 상처는 헤집지 말자. 조금만 견디면 금방 좋아질 거야. 그만하자, 지아야. 내가 취해서 거는 전화 이제 더는 받지 마. 나도 견디다 보면 금방 너를 잊을 거야…….

'겨울도 가을도 아닌'의 개업식 날, 사실 그녀도 그 자리에 있었다. 새하얀 드레스를 입고 그곳에 왔었다. 하지만 아무도 그녀를 알아보지 못했다. 그녀가 이 라이브 바의 여주인이 될 수도 있었단 사실을 아는 이도 없었다. 한 사람 한 사람 술잔을 나누며 인사를 하다 마침내 그녀 앞에 이르렀을 때, 라오장은 남몰래 그녀에게 작은 선물을 건넸다. 반지가 아닌, 노래 한 곡이 든 MP3 플레이어였다. 가볍게 건배를 하며 두 사람은 짧은 대화를 나눴다. 지아가 그의 소맷부리를 잡으며 물었다. "내가 부모님을 포기하겠다고 하면 뭐라고 할 거야?"

라오장이 반문했다. "내가 음악과 이 라이브 바를 포기하겠다고 하면 넌 뭐라고 할까?"

그는 그녀의 손가락을 찬찬히 떼어 낸 뒤 이어폰을 그녀의 귀에 살포시 꽂아 주었다. 그러곤 아무 일도 없었다는 듯 다시 사람들과 인사를 하기 위해 걸음을 옮겼다. 잠시 후 그가 돌아보았을 때 그녀가 있던 자리는 텅 비어 있었다.

그날 이후 그는 그녀와 한 번도 만나지 않았다. 그 4개월 동안 그는 몸무게가 10킬로그램이나 줄었다. 세상에 죽어 버린 마음만큼 슬픈 것이 또 있을까. 어떤 아픔은 차마 입 밖으로 꺼낼 수조차 없기에 그는 어느 누구에게도 하소연하지 않았다. 대신 혼자서 산산조각 난 마음을 끌어안고 끊임없이 자기 자신을 설득하고 후회하고, 가까스로 추슬렀다 다시 무너지기를 반복했다. 그렇게 매일이 세상의 마지막 날인 것처럼 살던 어느 날 지아가 다시 사랑을 시작했다는 소식이 들려왔다. 부모의 강권이 아닌 자신의 의지로 시작한 사랑이라고 했다.

처음에는 잠시 마음이 홀가분했다. 마침내 해방된 느낌이랄까. 하지만 곧 세상이 뒤집힌 것 같은 고통이 그를 덮쳤다. 고통에 몸부림치던 그는 마침내 한 가지를 결심했다.

5

덜컹 하는 흔들림과 함께 비행기가 땅에 내려앉았다. 활주로가 빠르게 뒤로 사라지고 기내에 불이 켜졌다. 나는 라오장에게 말했다.

"알겠다. 그러니까 넌 마지막으로 지아의 얼굴을 한 번 보고 싶었던 거구나."

그는 고개를 끄덕였다. 나는 그를 한 대 툭 쳤다.

"왜 날 끌어들였는지도 알겠네. 혼자 센 척하더니 속은 여려 가지고. 비상책으로 내가 필요했던 거구만. 막상 그녀를 보면 견디지 못하고 기절이라도 할까 봐, 그렇지?"

그가 피식 웃었다. "무슨 소리야, 기절하긴 누가." 그러곤 웅얼거렸다. "이제 거의 다 됐어. 금방 괜찮아질 거야."

"그런데 아직 궁금한 게 있어. 우리는 그녀를 만나기 위해 상하이까지 날아간 거잖아. 그런데 공항 밖으로는 한 발자국도 나가지 않고 곧장 돌아온 이유가 뭐야? 결국 그녀를 마지막으로 한 번 보겠다는 목적은 달성하지 못한 셈인데 거의 다 됐다느니, 괜찮아질 거라느니 알 수 없는 소리만 해 대고. 갑자기 편안해진 이유가 뭐냐고?"

그사이 비행기 문이 열리고 트랩이 연결됐다. 시원한 바람이 기내로 불어오자 사람들은 기다렸다는 듯 일어서기 시작했다. 라오장은 내 질문에 아무 대답도 하지 않았다. 그저 천천히 일어서서는 흐트러진 옷매무새를 매만지고 아무렇지 않은 듯 사람들을 따라 출입구로 향했다. 나는 뒤를 따라 걸으며 그의 흔들리는 어깨를 향해 웬수 같은 자식이라고 중얼거렸다.

비행기 입구에 다다른 순간 라오장이 걸음을 멈췄다. 그러더니 살짝 고개를 기울이고 조용히 속삭였다.

"부디 행복하길 바라. 안녕, 지아."

입구에 서 있던, 예쁘고 마음씨 착한 그 승무원의 눈가가 금세 붉게 물들었다. 하지만 곧 가볍게 고개를 숙여 인사하고는 예의 바른 미소를 지어 보였다.

아미타불

뽀뽀뽀

선량함은 타고나는 것이고 선의는 선택이다.

그리고 선의는 인간의 본성에서 가장 밝게 빛나는 부분이다.

선의를 선택하는 것은 천성을 선택하는 것이요, 빛을 선택하는 것이다. 또한 어쩌면 영원을 선택하는 것이리라.

이 고귀한 인성이 사람에게서 발현되고 빛나는 순간이 비록 찰나에 불과하다 할지라도.

1

그들은 가게 구석에 나란히 앉아 있었다. 얼마나 긴장했는지, 손을 어디 두어야 할지 모르고 안절부절못하는 기색이 역력했다. 유행 지난 가방, 무채색 옷, 값싼 신발…… 수수하지만 말끔한 차림새에선 성실하고 정직하게 살아가는 보통 사람의 기품이 느껴졌다. 한 치 흐트러짐 없이 단정하게 빗은 머리며 맨 위까지 셔츠 단추를 꼭꼭 채운 모습은 여행객이라기보다는 출장 온 사람 같았다. 어색하게 앉아 있는 모습도 그렇고, 두 명이 달랑 맥주 한 병 시켜 놓은 것도 그렇고, 평소 술집 한 번 다녀본 적 없었으리라. 소도시에서 온, 소박한 삶에 만족하며 사는 봉급생활자임을 대번에 알 수 있었다.

하지만 그들이 나를 보자마자 그런 반응을 보인 이유는 도무지 감도 잡을 수가 없었다. 내가 들어선 그 순간부터 그들은 기대와 동요가 뒤섞인 눈빛으로 나를 뚫어져라 바라봤다. 어린 아이의 눈빛이야 반짝이기 마련이지만 중년 남녀에게서 그처럼 반짝이는 눈빛을 볼 줄이야. 내 생전 처음 겪는 일이었다.

정월의 리장은 시끌벅적하다. 거리는 여행객으로 북적거리고, '다빙의 작은 집'도 열기로 후끈하다. 노래와 술, 이야기를 나누며 연휴의 한 자락을 마음껏 즐기려는 사람들로 계단까지 빼곡하게 채워지기 때문이다. 그날 손님들은 대부분 젊은 여행객들이었다. 학생, 회사원부터 배낭여행객까지 하나하나가 비할 데 없이 젊었다. 중년은 아마 부부일 게 틀림없는 그들 두 사람뿐이었다.

나는 그들 맞은편에 앉았다. 그리고 고개를 까닥여 인사하고 가볍게 웃어 보였다. 다음 순간, 나는 깜짝 놀라고 말았다. 처음에는 내 웃는 얼굴이 뭔가 잘못됐나 싶었다. 그게 아니면 두 사람이 엄청난 충격을 받은 것처럼 서로의 손을 와락 움켜쥘 이유가 어디 있겠는가. 그들은 마디가 하얗게 되도록 손을 꽉 움켜잡은 채 나를 뚫어져라 바라봤다. 묘하게 번뜩이는 눈빛이 갈고리처럼 내게 와 박혔다.

우리가 예전에 만난 적이 있던가? 대관절 무슨 일로 나를 찾아왔기에 저런 표정을 짓는단 말인가? 내가 미처 묻기도 전에 중년 여인이 숨을 거칠게 훅 들이쉬더니 먼저 한마디를

토해 냈다. "드디어 찾았네요, 다빙 씨."

그녀는 이어서 떨리는 목소리로 말했다. "당신은 약속을 목숨처럼 지키는 분이라고 들었어요."

대체 누가 그런 헛소문을? 나는 당황해서 얼른 손사래를 쳤다. 하지만 열심히 흔들리던 손은 곧 허공에 멈춰 버렸다. 부처님 앞에 기도하듯, 여인이 내 앞에 마주 모은 두 손을 내밀며 눈을 꼭 감고 이렇게 중얼거렸기 때문이다. "부탁입니다, 제발…… 제발 우리를 도와주세요."

2

두 사람은 시골 중학교 교사였다. 저장성 칭톈현의 하이커우진에서 아이들을 가르치며, 풍족하지는 않지만 만족스럽고 행복하게 잘 살아왔노라고 했다. 그런 그들이 리장까지 찾아온 까닭은 순전히 나 때문이었다. 그들은 내게 도와달라고 했다. 아니, 정확히는 자신의 아들을 도와달라고 했다. 아들의 이름은 웨양. 1998년 10월 13일 태어난, 이른바 지우링허우 세대였다. 웨양의 어머니는 내 눈을 바라보며 힘주어 말했다. 웨양은 정말 착한 아이라고.

부모 눈에 착하지 않은 자식이 어디 있을까. 그러나 그녀는 고집스러웠다. 자신의 아들은 다른 집 애들과 다르다고 했다. "유달리 철이 든 아이예요." 그녀가 말했다.

시골 중학교에서 교사를 하다 보니 두 사람은 자연히 아들보다 학생들과 더 많은 시간을 보냈다. 하지만 아이는 울지도 보채지도 않았다. 대신 일찌감치 혼자 밥 먹고 혼자 잠드는 법을 배웠다. 아침에도 스스로 일어나 얌전히 옷을 챙겨 입고 조용히 학교에 갔다. 왜 엄마를 깨우지 않았느냐고 물으면 아이는 이렇게 대답했다. "엄마랑 아빠는 일하느라 피곤하시잖아요. 조금 더 쉬세요."

"교사다 보니 3월 8일 어머니날도 따로 시간을 낼 겨를이 없어요. 그런데 그날, 수업을 마치는 종소리가 울리자마자 아들이 교실 앞에 나타났어요. 어머니날 카드를 신나게 흔들며 큰소리로 '엄마, 어머니의 날 축하해요!' 하면서요. 직접 만든 카드에 작은 케이크까지 준비했더군요. 용돈이 적어서 손바닥만 한 조각 케이크를 사는 게 다였지만요. 마침 여학생들이 우르르 몰려나와 아들을 둘러싸고 귀엽다며 꺅꺅거리니까 어른처럼 허리에 손을 얹고 한 사람 한 사람에게 이렇게 당부하더군요. '누나들, 말 잘 들어야 해. 우리 엄마 힘들게 하면 안 돼!' 그리고 이렇게 말했어요. '우리 엄마가 얼마나 고생하시는 줄 알아…….'"

그녀의 목소리가 점점 잦아들었다. 두 눈도 나를 향하고 있으나 나를 보는 것 같지는 않았다. 대체 무슨 생각에 빠진 걸까. 내가 가볍게 헛기침을 하자 그녀는 화들짝 놀라더니 미안하다는 듯 고개를 까닥이고 계속 이야기를 이어갔다.

"다른 집은 엄마가 애를 달래는데 우리 집은 애가 엄마를 달래요. 옛날부터 그랬죠. 웨양이 아직 어릴 때 일인데, 주말 저녁에 애랑 둘이 기차역 앞 광장에 놀러 간 적이 있어요. 그런데 걸으면서 머릿속으로 수업 준비할 생각을 하다가 그만 아이를 잃어버렸지 뭐예요. 온 광장을 샅샅이 찾아봤지만 아이는 그림자도 보이지 않았어요. 한참 발만 동동 구르다가 안 되겠다 싶어 경찰에 신고하려는데, 때마침 휴대폰이 울렸어요. 전화기 너머에서 웨양이 큰소리로 외치더군요. '엄마! 엄마를 찾을 수가 없어서 저 먼저 집에 왔어요. 지금 집 아래 가게에 있어요.' 아이는 가쁜 숨을 몰아쉬며 또 외쳤어요. '엄마, 나는 괜찮으니 걱정하지 마요. 알았죠?'"

여기까지 이르렀을 때 그녀의 목소리가 잠기기 시작했다. 격앙된 감정을 애써 억누르는 모습이었다. 나는 물 한 잔을 그녀에게 건넸다. 그녀는 공손히 받아 들었지만 마시지는 않았다. 대신 진지한 눈빛으로 나를 보며 말했다.

“정말이에요, 저희 애는 어려서부터 남을 생각하고 아낄 줄 알았어요.”

“아, 네. 아드님이 정말 착한 아이인 건 알겠습니다. 그런데…….”

그녀는 다급히 내 말을 끊더니 같은 말을 반복했다.

“정말 어려서부터 남을 생각하고 아낄 줄 알았어요…….”

그리고 한층 절박한 목소리로 말했다.

“우리 웨양은 공부도 늘 일등이었어요. 아이의 성적 때문에 걱정해 본 적이 없을 정도예요. 다만 관심사가 지나치게 많은 것 같아 그게 걱정이었지요. 아이는 무슨 활동이든 적극적으로 참여했어요. 방송반이랑 학생회도 했고 웅변대회며 낭독대회, 수학경시대회도 빠짐없이 나갔어요. 장기대회에 나가 타 온 상장만도 한 무더기는 될 거예요. 장기 선생님이 웨양의 재능이 아깝다며 큰 도시로 보내서 잘 가르쳐 보라는 권유까지 했어요. 하지만 아이는 한사코 싫다고 했어요. 장기는 취미일 뿐이라면서요. 아마 돈 쓸 일이 걱정돼서 그랬겠지요. 우리가 힘들어질까 봐. 어찌나 부모를 생각하는지……. 웨양은 또 음악을 좋아했어요. 바이올린도 배우고, 색소폰은 10급까지 땄고요. 후루스(중국 소수민족 전통악기로 조롱박 모양의 피리) 실력 역시 뛰어나서 저장성 민족음악대회에서 3등을 하기도 했죠. 하지만 상을 받은 후에 곧 그만뒀어요. 선생님이 아무리 계속 배우라고 해도 듣지 않았죠. 그러더니 제게 그러더군요. 자기가 가장 좋아하는 악기는 기타라고요. 아이는 그렇게 말했지만 전 진짜 이유를 알고 있었어요. 사실 기타는 배우는 데 가장 돈이 덜 드는 악기거든요. 기타 수업료는 바이올린이나 후루스처럼 비싸지 않아요. 당연히 전 반대했어요. 부모라면 누구나 자식이 진짜로 원하는 걸 해 주고 싶지 않겠어요? 세간을 다 팔아치우는 한이 있더라도 자식의 꿈을 이뤄 주고 싶은 게 부모 마음이잖아요. 돈이야 여차하면 빌릴 수도 있고……. 하지만 아이는 제 목을 껴안고 비밀 이야기하듯 속삭였어요. '엄마, 그거 아세요? 음악은 참 신기한 것 같아요. 어떤 악기로 연주를 하든 그 안의 원리는 다 똑같거든요. 그러니까 엄마, 기타를 배우게 해 주세요. 다른 악기는 대학 가서 제가 돈을 벌어 배울게요. 앞으로 배울 수 있는 시간은 엄청 많아요.' 저는 아이를 꼭 끌어안고 말했어요. 착한 것, 아빠 엄마가 능력이 없어서 미안해. 네가 하고 싶은 것도 못 시켜 주고……. 그러자 아이는 입을 삐죽였지요. '엄마, 그게 대체 무슨 말이에요? 아빠 엄마처럼 대단하신 분들이 또 어디 있다고요. 두 분 모두 선생님이시잖아요!'

원래 음악에 천부적인 재능과 감각이 있던 아이라 기타를 아주 빨리 배웠어요. 비록 빌린 기타였지만요. 아직 배우는 중이니 굳이 자기 기타를 살 필요가 없다고, 웨양은 입버릇처럼 말했지요. 하지만 다른 사람들이 여전히 코드 잡는 법이나 화음 따위를 연습하고 있을 때 아이는 이미 혼자서 노래를 만들기 시작했어요. 평소 책을 많이 본 덕인지 가사를 썼다 하면 공책 반 권은 너끈히 채웠지요. 또 언젠가 음악 이론을 완벽하게 배워서 자기 힘으로 곡도 쓸 거라고 했어요.

웨양은 꿈이 정말 많았어요. 작가, 장기 선수, 가수…….
관심사도 취미도 넘칠 만큼 많았지만 그렇다고 학업을 게을리 한 적은 단 한 번도 없어요. 그랬으니까 성도(省都)에 있는 중학교에 1등으로 들어가지 않았겠어요? 그것도 칭톈현 같은 시골 출신이 말이에요."

부모라면 누구나 자식 자랑에 침이 마른다. 한번 발동이 걸리면 멈추기도 쉽지 않다. 이 소박한 어머니도 예외는 아니었다. 아들이 항저우에서 명문으로 꼽히는 원훼이 중학교에 붙었다고 말할 때 그녀의 얼굴에는 자랑스러워하는 빛이 역력했다. 하지만 이상하게도 목소리는 도리어 낮게 가라앉았다. 금방이라도 울음이 터져 나올 것처럼.

등교 첫날, 웨양의 손에 들린 짐은 누구보다 단출했지만 등에 멘 짐은 누구보다 특이했다. 그것은 기타였다. 성도의 중학교에 합격한 기념으로 부모가 사 준 선물이었다. 여태껏 그가 받아 본 것 중에 가장 비싼 선물이었다. 그 소중한 기타를, 웨양은 중학교 2학년 때까지 연주했다. 2012년부터 2013년까지였다.

3

2013년에는 많은 일이 있었다. 샤먼에서는 BRT고속버스에 불이 나는 바람에 마흔일곱 명이 목숨을 잃었다. 상하이와 안후이에서 H7N9형 조류독감이 발생했고 이후 장쑤성과 저장성 일대, 타이완까지 피해를 입었다. 중국 중동부 지역은 엄청난 스모그에 뒤덮였다. 베이징에서 상하이까지 부옇게 흐려진 하늘을, 사람들은 놀라움과 공포에 휩싸인 채 올려다보았다. 공공 분야에서 터진 일련의 굵직한 사건들은 세간의 관심과 주목을 받다가 기억되거나 잊혀졌다.

2013년 항저우에서도 작은 사건이 벌어졌다. 한 아이가 아무런 전조증상도 없이 쓰러졌고, 아이의 부모는 하룻밤 새 엄청나게 늙어 버렸다. 이런 사소한 일에 특별히 신경 쓸 사람은 많지 않을 것이다. 별다른 이유가 있지 않는 한 일면식도 없는 평범한 아이가 왜 쓰러졌는지 궁금해할 사람도 없다. 대부분의 사람들은 모르는 이의 사정을 그다지 알고 싶어 하지 않는다. 또 대부분의 건강한 사람들은 왜 이런 병이 생기는 것인지 궁금해하지 않는다. 도시 아이들 사이에서 이 병의 발생률이 어째서 13퍼센트까지 치솟았는지도 마찬가지로 궁금해하지 않는다.

2013년, 열다섯 살이 되던 해에 웨양은 백혈병에 걸렸다.

4

긴 이야기에 기운이 다 빠졌는지 이 가엾은 어머니는 쓰러지듯 남편의 어깨에 기댔다. 그러면서도 눈물을 흘리며 말을 이어갔다.

"다빙 씨, 여기 오기 전에 우리 부부는 당신의 책을 다 읽었어요. 그중에 이런 내용이 있더군요. '운명은 시샘쟁이라 사람에게 영원한 평안을 주는 데 인색하다. 언제나 아무 기척 없이 갑자기 들이닥쳐서 사람을 롤러코스터에 밀어 넣는다. 당신이 아무리 두려움에 떨며 발버둥 쳐도, 운명은 쉽게 멈춰 주지 않는다. 조금씩 요동치기는 했으나 그래도 원만했던 삶이 기어코 산산조각 날 때까지. 그런 뒤에 남은 생을 사는 동안 그것들을 이어 붙이라고 한다.'"

그녀는 남편의 어깨에 고개를 묻고 '운명은 시샘쟁이'라고 다시 한 번 중얼거리다 크게 흐느꼈다.

"대체 우리에게 시샘할 것이 뭐가 있었을까요? 대체 우리가 무슨 잘못을 했기에 그 착한 아이가 벌을 받느냐는 말이에요!"

중년에 접어든 이가 상심에 빠진 모습만큼 가슴 아픈 것이 또 있을까. 두 내외는 손을 뻗어 서로의 눈물을 닦아 주며 탄식했다. 그러나 눈물은 닦을수록 더 많이 흘러내렸다. 나 역시 그 광경을 보고 있기가 힘들 정도로 마음이 아팠다. 하지만 그보다는 난처함이 더 컸기에, 한참을 망설이다가 겨우 입을 뗐다.

"아주머니, 사정이 정말 딱하게 되었습니다. 백혈병은 치료하는 데 돈이 많이 들죠. 두 분 경제 사정이 그리 넉넉하지 못하다는 것도 대충 알겠고요. 그런데…… 매정하다고 욕하지 마십시오. 솔직히 제가 도움을 드릴 수 있을 것 같지는 않군요. 정말 죄송합니다. 웨양이 정말 착한 아이라는 건 잘 알겠습니다. 하지만 전 두 분 생각처럼 돈이 많은 사람이 아니라서요."

두 사람은 화들짝 놀라며 황급히 손사래를 쳤다. "아닙니다, 아니에요." 웨양의 아버지가 쓴웃음을 지으며 말했다.

"다빙 씨가 오해하셨군요. 우리는 돈을 바라고 온 게 아닙니다. 둘 다 평생 선생 노릇만 해 온지라 가난하긴 하지만 그래도 여태껏 남에게 손 벌리지 않고 소신을 지키며 살아 온 걸요"

그러더니 곧 작은 소리로 덧붙였다. "게다가 우리 웨양은 더 이상 돈이 필요치 않고요."

그제야 의문이 들었다. 지금은 한 해가 시작되는 시기였다. 이럴 때 그들은 왜 병원에 있는 아들 곁을 지키지 않고 나를 찾아 천릿길을 달려왔을까? 돈이 필요한 게 아니라면 대체 무엇이 필요하단 말인가?

5

그는 아내의 어깨를 끌어안고 눈물을 닦아 주었다. 그런 뒤 잠깐 나를 봤다가 다시 고개를 숙인 채 천천히 말을 이었다.

"웨양은 씩씩했습니다. 오히려 제 엄마를 위로했지요. 어려서부터 그렇게 철든 짓만 골라 하더니 병에 걸린 뒤에도 다르지 않았죠. 하지만 아들이 그럴수록 우리는 더 마음이 아팠습니다. 백혈병이라는 게 얼마나 사람을 힘들게 하는 병인지 모릅니다. 발병하고 첫 2년 동안 웨양은 온갖 화학치료를 다 받았어요. 매일 약 먹고 주사 맞고 피 뽑는 게 일이었지요. 화학치료 사이사이에 잠깐 병세가 나아지면 웨양은 가장 먼저 공부를 챙겼습니다. 그런 아들을 위해 우리는 가정교사를 불렀습니다. 주요 과목과 기타, 이렇게요. 아들에겐 둘 다 중요했으니까요.

웨양은 병원 사람들에게 인기가 좋았습니다. 아들이 기타 연주를 들려주면 다들 감탄하며 응원해 줬습니다. 웨양 역시 자신이 나을 거라고 굳게 믿었지요. 그래서 병이 나으면 이것도 하고 저것도 하자는 말을 종종 했습니다. 실제로 2014년 5, 6월에는 상태가 많이 호전돼서 다시 학교도 다녔어요. 오전 수업만 들었는데, 아 글쎄 이 녀석이 기말고사에서 엄청 좋은 성적을 올렸지 뭡니까. 내 아들이지만 참 대단하다 싶더군요. 정말 기쁘고 자랑스러웠습니다."

여기까지 이야기를 듣고 나는 안도의 한숨을 내쉬며 '축하한다'고 말하려 했다. 그러나 그의 행동을 보고는 목구멍까지 올라온 그 말을 얼른 삼켰다. 그가 고개를 숙이고 괴로운 듯 몸을 잔뜩 웅크렸기 때문이다. 코끝에서 눈물이 방울 방울 떨어졌다.

"우리는 웨양이 거의 다 나았다고 생각했어요. 그런데 의사가 7월에 나온 골수검사 결과를 보더니 나쁜 세포의 수가 다시 증가했다며 화학치료를 더 받아야 한다고 하더군요. 그것도 네 번에서 여섯 번 연속으로요. 그 어린 것이 무슨 죄가 있다고……. 고통스러운 화학치료가 다시 시작됐습니다. 힘들었지만 4차까지는 순조로웠어요. 매번 상태가 호전됐거든요. 하지만 5차 치료 후, 골수검사 결과지를 받아 든 아내는 울부짖었습니다. 저 역시 마른하늘에 날벼락을 맞은 듯 정신이 아득해졌고요. 나쁜 세포의 수치가 7월보다 훨씬 높게 나온 겁니다. 병이 재발했다는 선고나 다름없었지요. 세상에 이렇게 지독한 일이 또 어디 있답니까?

저는 아들에게 이 소식을 전했습니다. 숨기고 싶었지만 그럴 수 없었지요. 아들은 놀라울 만치 담담했습니다. 외려 저를 달랬지요. '아빠, 괜찮아요. 또 화학치료를 받으면 돼요.' 아들 앞에선 애써 눈물을 참았지만 밖으로 나온 뒤엔 저도 모르게 목 놓아 울어 버렸습니다. 아들아, 너는 대체 왜 그리 철이 든 게냐. 왜 꼭 어른처럼 말하는 게냐. 네가 힘들어하고 실망하고 울고 소리 지르고 고함 쳐도 아빠는 너를 탓하지 않을 텐데. 너는 어째서 도리어 아비를 위로하는 게냐……. 화학치료는 많이 받을수록 몸에 가해지는 부담이 커져서 회복하기가 점점 더 어려워집니다. 사실 아들은 화학치료를 굉장히 두려워했습니다. 매번 치료를 받으러 갈 때마다 도살장에 끌려가는 것 같은 표정이었어요. 그 작은 아이가 대체 무슨 힘으로 그 고통을 견뎌 냈는지 저는 지금도 알 수가 없습니다.

아들은 저장성 제일병원에 다시 입원하고 저는 베이징으로, 허베이로 뛰어다니며 골수이식과 관련된 일들을 진행했습니다. 골수이식 외에는 방법이 없었죠. 병원과 연락을 마친 후, 저는 살림살이를 전부 허베이로 보냈습니다. 준비는 다 됐고 이제 남은 일은 아들이 화학치료를 잘 마치는 것뿐이었습니다. 세포가 자라나는 대로 곧장 허베이 병원으로 옮겨서 이식수술을 받기로 했기 때문이죠. 저와 아내도 골수조직형 적합조사를 받기 위해 피를 뽑았습니다. 절반이 조금 넘게 일치한다고 하더군요. 그래도 희망이 보였습니다.

하지만 그 희망은 오래가지 못했습니다. 병세 위급 통지서가 날아온 겁니다. 의사는 우리에게 얼마 안 남았으니 마음의 준비를 하라더군요. 우리는 이해할 수도, 믿을 수도 없었습니다. 얼마 안 남았다니? 마음의 준비를 하라니? 좋아지고 있던 게 아니었나? 조금 전까지도 저녁을 먹고 나서 또 만둣국을 먹고 싶다고 한 아이인데. 투병 중에도 쉬지 않고 노래를 만들고, 부르고, 기타를 친 아이인데. 앞으로 중학교, 고등학교도 가고 대학도 가야 할 아이인데. 계속 기타를 치고, 대학에서 밴드를 만들고, 연애하고, 결혼도 해야 하는데……. 부모라는 사람들이 어찌나 무능한지……. 아이가 가 버리면 우리도 더 이상 살 이유가 없지 않은가.

아들의 상태는 갈수록 나빠졌습니다. 하지만 늘 그랬듯 우리를 먼저 챙기며 이렇게 말했습니다. '엄마, 저는 괜찮아요. 하루 이틀만 지나면 금방 세포가 자라나서 좋아질 거예요. 그러니 울지 마세요.' 아들은 엄마의 눈물을 닦아 주려 했지만 그땐 이미 손을 들어 올리지도 못했습니다. 그러더니 곧 제 엄마 품에 안겨 잠들더군요. 우리는 아이가 깨어나길 기다렸습니다. 이 착하고 속 깊은 아이가 깨어나기를 기다리고 또 기다렸습니다."

나는 웨양의 아버지를 바라보며 다음 말을 기다렸다. 그러나 그는 한참 동안 입을 열지 않았다.

정월의 리장은 활기차고 시끄러웠다. 거리의 온갖 소리가 흘러들어 왔지만 작은 가게 안은 바다 밑바닥에 가라앉은 것 같은 침묵에 잠겨 있었다.

6

기적은 일어나지 않았다. 2015년 2월 11일, 웨양은 깨어나지 않았다. 그로부터 15일 후, 웨양의 부모는 아들의 마지막 소원을 가지고 리장까지 나를 찾아왔다. 웨양의 마지막 소원은 나와 관계가 있었다. 그것은 아주 제멋대로인 소원이었다.

웨양의 어머니는 아들이 숨을 거두기 전 했다던 말들을 전해 주었다.

"웨양은 이렇게 빨리 세상과 헤어지게 돼서 아쉽다고 했어요."

그렇다. 이 얼마나 아쉬운 일인가. 그토록 수많은 꿈이 있었는데 어느 것 하나 시도해 보지도 못한 채 떠나가다니.

"아들은 노래가사를 많이 써 두었다고 했어요. 하지만 자신이 그 가사를 노래로 만들 기회는 없을 것 같으니 누군가 대신 곡을 붙여 주었으면 좋겠다고 하더군요. 그러면서 이렇게 말했어요."

"엄마, 작가이면서 가수인 사람이 있는데 저 그 사람 책도 보고 노래도 들어봤어요. 동에 번쩍, 서에 번쩍하는 사람이라 무지 찾기 어려울 거예요. 그래도 엄마, 저를 위해 그 사람을 찾아 주시면 안 돼요? 1년 안에 못 찾아도 포기하지 말고 2년, 3년 계속 찾아봐 주세요. 그리고 만나면 제 노래가사를 전해 주세요. 그럼 어떻게 해야 할지 그분은 알 거예요. 그 사람이 쓴 책을 봐서 전 알아요. 꼭 해 준다고 할 거예요. 엄마, 나의 엄마. 여태껏 제가 뭘 조른 적은 없었잖아요. 이번 한 번만 떼쓸게요. 이 소원은 꼭 이뤄 주셔야 해요. 네? 제발요."

7

손님이 모두 빠져나간 작은 가게 안은 고요했다.

웨양의 부모는 초조한 표정으로 아무 말 없이 나를 바라봤다. 기도하듯 두 손을 모으고, 그렁그렁 눈물이 맺힌 눈으로 나를 바라봤다. 부모의 마음이란 어찌 이리 애절하고 가여운가. 두 사람은 아들의 장례를 마치자마자 나를 찾아 나선 게 분명했다. 산산이 부서진 마음을 애써 그러쥐고, 아들의 처음이자 마지막 소원을 소중히 품은 채. 이 임무를 완수하기로 결심한 두 사람은 나를 찾아 윈난을 거쳐 산둥, 베이징까지 갔다가 다시 시짱으로 방향을 잡았다. 그리고 다빙의 작은 집에서 운명처럼 나를 찾아냈다. 내가 가게 문을 닫고

북쪽 지방으로 떠나기로 한 바로 전날이었다. 웨양은 자신이 단 한 번 부탁한 것 때문에 부모가 이처럼 고생하리라고는 꿈에도 생각지 못했을 것이다.

나는 이 열여섯 살 아이의 마지막 부탁을 거절할 수도 있었다. 그가 아무리 보기 드물게 착한 아이였다고 해도 말이다. 그러나 자식을 잃은 부모의 절절한 심정을, 그들의 간절한 부탁을 외면할 수는 없었다. 그래서 유에스비를 받아 들었다. 그리고 알겠다고 대답했다.

유에스비를 받았을 때까지만 해도 나는 그 안에 가사만 담겨 있는 줄 알았다. 그런데 가사 폴더 안에 짧은 글이 적힌 문서가 하나 있었다. 병이 재발했다는 소식을 들은 뒤 웨양이 몰래 써 둔 것이었다. 대략적으로 옮겨 보면 이렇다.

'만약 내가 정말 운이 없어서 죽게 된다면, 각막과 장기를 필요한 사람에게 기증하고 싶습니다. 또 병에 걸린 후 많은 사람이 저를 위해 모금을 해 주었는데, 남은 돈은 다른 백혈병 아이들을 위해 써 주세요. (중략) 아빠 엄마는 여자아이를 입양해 주세요. 제가 어려서부터 여동생이 있었으면 했다는 건 두 분 모두 아실 거예요. 고양이도 기르고 싶었으니까 엄마, 저를 위해 한 마리 길러 주세요. (중략) 이제 마지막이에요. 저, 노래가사를 아주 많이 써 놨어요. 사실 기타 치며 음도 붙여 봤는데 솔직히 작곡에는 영 재주가 없는 것 같아요. 제 소원은 이 가사들이 진짜 노래가 돼서 불리는 거예요. 누구나 다 들을 수 있는 노래요. 아마 저작권도 전부 맡겨야겠죠. 저는 단지 무언가 남기고 싶을 뿐이에요. 그러니 아빠 엄마, 제 꿈을 이룰 수 있게 도와주세요. 이게 제 마지막 소원이에요.'

나는 마음속으로 아이에게 말했다. '얘야, 아마 이보다 더 제멋대로인 소원을 남겼대도 네 부모님은 그 소원을 이뤄 주었을 거다. 그런 부모님의 자식이어서 정말 다행이지 않니?'

8

처음에는 웨양의 마지막 소원이 단순히 노래를 남기는 것이라고 생각했다. 그러나 몇 달이 지난 어느 날, 내가 틀렸음을 깨달았다. 유에스비 파일 안에 숨겨진 문서가 또 있었던 것이다. 웨양의 진짜 소원은 바로 그 안에 담겨 있었다.

그리고 웨양의 부모님, 두 분도 이제 진짜 소원을 아실 때가 됐다고 생각합니다.

다빙 아저씨께.

만약 이 글을 발견하셨다면 우리 부모님께는 제가 죽고 6개월이 지난 뒤에 보여 주시기 바랍니다.

아빠 엄마, 좀 괜찮아지셨어요? 제발, 두 분 모두 괜찮아지셨길 바라요. 설마 저를 따라오시거나 한 건 아니죠? 왜냐하면 엄마가 늘 그러셨잖아요. 네가 죽으면 엄마도 더 이상 살 수 없다고…….

제멋대로 떼써서 죄송해요. 그리고 그런 힘든 소원을 남겨서 죄송해요. 저는 '제 소원을 이루어 달라'고 하면 두 분을 이 세상에 붙들어 놓을 수 있을 거라고 생각했어요. 두 분을 남겨 두고 혼자만 가 버리다니, 너무 이기적이잖아요. 제 가사를 진짜 노래로 만드는 일은 아마 시간이 많이 걸릴 거예요. 그래도 꼭 이뤄 주셔야 해요. 제가 없어도 제 노래가 아빠 엄마 곁을 지킬 수 있게요. 여동생을 갖고 싶다고 한 것도 같은 이유였어요. 정말로 어려서부터 여동생이 있었으면 하기도 했고요. 그러니 여자아이를 입양해서 제가 남기고 간 모든 것을 그 아이에게 주세요. 그러면 다시 온전한 가족이 될 수 있을 거예요. 고양이도 한 마리 꼭 길러 주세요. 어쩌면 제가 작은 고양이로 다시 태어나서 부모님 곁에 몇 년 더 머물 수 있을지도 모르잖아요. 아빠 엄마, 다음 생에도 우리 다시 가족으로 만나요. 네? 아무리 어렵고 힘들어도 반드시 아빠 엄마를 찾아내서, 다시 두 분의 착한 아이가 될게요…….

내가 그의 뜻을 나름대로 해석하는 것을 부디 허락해 주길 바란다. 웨양은 확실히 제멋대로였다. 온갖 꾀를 다 내었지만 결국 그의 진짜 소원은 단 하나였다.

'아빠 엄마, 잘 살아계셔야 해요.'

나는 그다지 좋은 가수가 아니다. 그다지 좋은 작가도 아니며, 심지어 한동안은 좋은 자식도 아니었다. 그래도 이건 안다. 선량함은 타고나는 것이고, 선의는 선택이라는 것을. 그리고 선의는 인간의 본성 중 언제나 가장 밝게 빛나는 면이라는 것을. 나는 이 사실이 죽음을 앞둔 열여섯 살 소년에게서 증명되리라고는 꿈에도 생각지 못했다. 그는 별똥별처럼 져 버렸지만 선의로써 어두운 밤하늘을 한순간 환하게 밝혔다. 그렇다. 고귀한 인성이 사람에게서 발현되고 빛나는 시간은 그야말로 찰나에 불과하다. 그러나 그 찰나의 순간으로 인해 어떤 사람들은 위대한 인물이 된다. 운명의 시샘 때문에 이 열여섯 살 소년은 위대해질 기회를 얻지 못했다. 그러나 그가 선택한 선의는 영원한 것이 되었다.

9

웨양의 노래가 완성됐다.

나는 그와의 약속을 지키기 위해 웨양이 특히 좋아했던 포크송 가수들을 찾아갔다. 그리고 그들과 함께 웨양의 가사에 곡을 붙이고 편곡을 하고 녹음을 했다. 웨양의 생일이 있는 10월은 가을이다. 그때쯤이면 웨양이 정한 6개월이라는 기한도 지나고 이 책도 이미 세상에 나왔을 것이다. 웨양에게 주는 생일 선물로 말이다. 이는 또한 웨양이 세상사람 모두에게 남긴 선물이기도 하다.

수많은 세월이 흐르고 강산이 변하면, 알 수 없는 미래의 어느 순간에는 이 책도 완전히 사라질 것이다. 그러나 이 노래들만큼은 잊히지 않고 계속 불리길 간절히 기도한다. 세상이 추악해지고 거친 비바람과 칠흑 같은 어둠에 뒤덮일 때도 이 노래가 끝까지 포기하지 않은 사람들에게 발견되기를 바란다. 그리고 아주 평범하고 아주 착한 아이가 이 세상에 다녀갔음을 영원히 기억해 주길 바란다. 아미타불 뽀뽀뽀.

웨양의 마지막 소원을 존중하는 의미로 가사의 저작권은 모두 개방하기로 했다. 누구나 곡을 붙이고, 누구나 노래를 부를 수 있다. 언젠가 다음의 감사 명단이 더욱 더 길어질 수 있기를 감히 바라본다.

청팡위엔(成方圓:중견 여가수, 국가 1급 연예인), 쉐이무녠화(水木年華:칭화대 출신 밴드)의 루겅쉬(盧庚戌), 마요우예(麻油葉:포크송 밴드)의 마디(馬頔), 하오메이메이밴드(好妹妹樂隊:2인조 그룹, 2013년도에 최고의 그룹상을 받기도 함)의 친하오(秦昊), 유목민 포크 밴드(遊牧民謠)의 왕지양(王繼陽), 자오레이(趙雷)(아코디언: 치징(齊靜), 더블베이스:쉬동(旭東), 믹싱:지앙베이셩(姜北生))

바쁜 와중에도 의리를 저버리지 않고 직접 웨양의 가사에 곡을 붙이고 노래까지 해 준 형제자매들이여, 그대들에게 진심으로 감사한다. 아이와 아이의 부모를 대신해 나 다빙은 백번이고 머리를 조아려 그대들에게 감사한다. 또한 이 은혜는 언제가 반드시 갚을 것을 이 자리를 빌려 엄숙히 맹세하는 바다.

나의

깡패 같은 애인

물고기에게 물길을 묻고, 말에게 들길을 묻는다.

자비로운 부처에게 내 일생의 오고감을 묻는다.

나는, 나는 누구의 가슴에 쌓인 먼지이려나.

존귀하신 석가모니, 두 세상이 혼돈하니

내세의 그대여, 어찌 금생의 나를 한눈에 알아보았는가.

—장쯔쉬안(중국 현대시인), <땅에 묻힌 시> 중

1

마오와 나는 오골계탕을 두고 대치 중이었다. 커다란 냄비에서 구수하고 진한 향기가 모락모락 피어올랐다. 나는 외쳤다. “어차피 이렇게 많은 걸 혼자 먹을 수도 없잖아! 근데 왜 못 먹게 하는 거야?” 마오는 난처하다는 듯 말했다. “못 먹게 하는 게 아니라 좀 두자는 거지.” 나는 냄비를 홱 끌어안았다. “왜 두자는 건데? 이유를 말해 봐. 누구 주려고?” 마오는 잠시 망설였지만 질문에 답은 하지 않고 같은 말만 반복했다. “좀 두자, 둬 보자고.”

둬 보긴 뭘, 흥이다! 나는 냅다 튀었다. 마당이 좁아서 몇 걸음 크게 뛰자 금세 대문에 이르렀다. 나는 대문가 도랑 옆에 서서 냄비를 치켜들고 마오를 향해 외쳤다. “너 내 성질 알지? 난 무슨 짓이든 할 수 있어. 대답 안 하면 이거 확 쏟아 버린다!” 마오의 눈썹이 꿈틀댔다. 그는 억지로 한쪽 입꼬리를 치켜올려 웃음을 지으며 말했다. "그거 얌전히 다시 가져와, 그럼 안 때릴게." 나는 코웃음 쳤다. "헹! 거짓말 마. 너 등 뒤에 뭐야? 방금 엄청 큰 국자 숨기는 거 내가 다 봤거든?" 그는 맞받아치는 대신 테이블을 가리키며 나를 회유하기 시작했다.

"여기 있는 송이버섯, 너 다 줄게. 당나귀고기 구이도 네가 다 먹어. 여기 있는 건 뭐든 다 먹어도 좋으니까 그 오골계탕만 얌전히 내놔."

괜히 울컥 치밀었다.

"생각하니 억울하네. 웬일로 힘들게 너희 집에서 밥 한 번 얻어먹나 했건만, 넌 어떻게 했냐? 한 상 가득 차려 놓고 먹지도 못하게 하고 침만 꼴깍꼴깍 삼키게 했지. 그뿐이야? 젓가락으로 내 손도 때렸잖아! 이게 무슨 신종 고문이냐? 나도 더는 못 참아. 이 오골계탕은 절대 안 돌려줘. 다빙의 작은 집에 가져가서 나 혼자 먹을 테다! 따라올 생각은 하지 마, 길에 쏟아 버릴 테니까!"

마오는 거의 울 지경이 됐다. "다빙아, 무슨 소원이든 다 들어줄 테니까 그것만 돌려주라. 응?"

이 오골계탕이 그렇게나 중요하단 말이지? 나는 눈을 반짝였다. 드디어 기회가 온 것이다. 냄비를 신주단지마냥 꼭 끌어안고 마오에게 말했다.

"두 번째 책이 나오고 나서 사람들이 뭘 가장 많이 물어본 줄 알아? 2007년 샤먼에서 대체 무슨 일이 있었냐는 거야. 네가 사실대로 얘기해 주면 이 오골계탕은 무사히 돌려주도록 하지. 어때?"

마오는 빗자루—아마 내게 쓰려던 것이리라—를 내던지며 말했다.

"그 말 정말이지?"

2

마오는 돌기 일보 직전이었다. 분명히 여자야, 여자 운전자라고. 그는 핸들을 닥닥 긁으며 확신했다. 눈앞의 BMW X5는 벌써 3분째 통로를 막고 후진 주차를 시도하고 있었다. 그 탓에 바로 뒤에 있던 토요타 야리스는 꼼짝없이 기다려야 했는데, 문제는 그 차에 탄 마오가 굉장히 강한 요의를 느끼고 있었다는 것이다. 그야말로 '터지기' 일보 직전이었다.

참다못한 마오는 차에서 내렸다. 그리고 성큼성큼 BMW로 다가가 운전석 차창을 두드렸다. "내려요, 내려! 대신 주차해 줄 테니." 저도 모르게 거친 목소리가 튀어나왔다. "아, 주차해 줄 테니 얼른 내리라고요. 고마워할 필요는 없어요. 내가 착해서 이러는 건 아니니까." 차문이 조심스레 열리고 그의 예상대로 여자가 내렸다. 여자는 내리자마자 허리를 숙여 인사했다. "죄송합니다. 일부러 길을 막으려던 건 아닌데……." 마오는 저도 모르게 훅 숨을 들이켰다. '이런, 대단한 미인이잖아.'

저녁 9시, 장소는 샤먼 롄화로의 주차장이었다. 하늘이 보우하사 두 대의 차량 모두 안전하게 주차를 마쳤다. 미인은 마오에게 다시 한 번 고개를 숙였다.

"폐를 끼쳐서 정말 죄송해요. 괜찮으시면 이거라도……."

그녀는 예의 바르게 작은 과자 상자를 내밀었다. 하지만 방금 주차를 도와준, 험상궂게 생긴 금목걸이 사내는 이미 눈앞에 없었다. 대신 저만치에 어디론가 급하게 토끼처럼 뛰어가는 뒷모습만 보였다. 왠지 모르게 매우 다급해 보이는 뒷모습이었다.

마오는 뛰지 않을 수 없었다. 뜨거운 무언가가 이미 조금 밀고 나왔기에. 마오는 무쇠 같은 사나이였다. 피와 땀을 흘리는 일은 두렵지 않았다. 그러나 미인 앞에서 바지를 적시는 일만큼은 절대, 절대 허락할 수 없었다. 오직 그 일념 하나로 어찌어찌 화장실까지 뛰어 들어갔으나 안타깝게도 한 발 늦고 말았다. 조금, 아주 조금 바지를 적시고 만 것이다.

손 건조기는 반응이 느리고 바람도 너무 약했다. 그걸로 바지를 말리려니 마오는 애가 타고 속이 탔다. 따뜻한 바람을 타고 화장실 전체에 지린내가 은은하게 퍼졌다. 하지만 화장실에 들어온 사람 중 감히 그쪽으로 시선을 돌리는 이는 없었다. 심지어 손도 씻지 못했다. 빨간 삼각팬티를 입은 금목걸이 사내가 건조기 옆 세면대 근처에만 가도 살기등등하게 노려봤기 때문이다.

마오는 미간을 잔뜩 찌푸린 험상궂은 얼굴로 이를 악물었다. 다리에 숭숭 돋은 검은 털까지 성이 난 듯 잔뜩 일어섰다. 가련하고 애잔해 보이던 미인의 모습을 떠올리자 더 화가 났다. '목을 졸라 버리고 싶네, 진짜.' 그는 이를 뿌득뿌득 갈았다. '노랫말 틀린 거 하나 없어. 예쁘고 멍청한 여자라더니……. 자고로 미인은 멍청하다니까.'

사실 그녀는 방금 일본에서 돌아와서 우행들 운전에 익숙한 나머지 실수를 한 것뿐이었다. 하지만 당시 마오는 이런 사실을 전혀 알지도 못했고 알 수도 없었다.

약속에 늦었다는 이유로 친구들은 마오에게 벌주부터 먹였다. 그런 뒤 다들 킁킁대며 이상하다는 듯 물었다. "마오,

너 오늘 무슨 향수 뿌린 거야? 이거 완전 운동복에서 나는 땀 냄새 같은데?" 마오는 침울한 표정으로 슬쩍 다리를 모았다. 미처 다 말리지 못한 바지 한가운데에는 아직 젖은 자국이 남아 있었다.

바지는 족히 두 시간이 흐른 뒤에야 말랐고, 때맞춰 모임도 끝났다. 바지 말리는 데 너무 집중한 나머지 마오는 앞에 놓인 해삼수프 맛도 제대로 보지 못했다. 그는 우울하게 주차장으로 향했다. BMW X5는 여전히 주차장에 있었다. 이번에는 시동이 잘 걸리지 않는지 차가 부릉거렸다 잠잠해지기를 반복했다. '시동도 못 걸면서 무슨 운전을 하겠다고!' 화가 치밀어 오른 그는 차 앞에 가서 버티고 섰다. 그 예쁘장하고 멍청한 여자에게 한마디 단단히 해 줄 심산이었던 것이다. 하지만 곧 멈칫했다. '잠깐, 저 사람들은 누구야?'

차에는 처음 보는 남녀가 타고 있었다. 남자는 고개를 숙이고 시동을 걸려 애쓰는 중이었고, 여자는 당황한 얼굴로 마오를 보고 있었다. 그 멍청한 미인은 보이지 않았다. 마오는 저도 모르게 차 쪽으로 걸어갔다. 그 순간 발밑에서 뭔가가 우지직했다. 고개를 숙이니 과자 상자가 보였다. 두 시간 전, 그녀가 내밀었던 바로 그 과자 상자였다.

3

마오는 마침내 조용해졌다. 그럴 수밖에 없었다. 배가 고파서 기운이 없었기 때문이다. 그는 파출소의 긴 의자에 앉아서 등가죽과 만난 뱃가죽을 움켜쥐고 물만 벌컥벌컥 들이켰다. 속이 텅 비어서 그런지 물 내려가는 소리가 적나라하게 들렸다. 그의 모습은 엉망이었다. 얼굴에는 두 줄기 손톱자국이 깊게 패였고, 셔츠 단추 두 개가 떨어져 나갔으며, 오른쪽 주먹 관절에 찰과상이 생겨 있었다. 마오는 참지 못하고 경찰에게 달려가 물었다. "배가 너무 고파서 그런데 국수 한 그릇 먹고 와서 조사받으면 안 되겠소?" 젊은 경관이 그의 목에 걸린 금목걸이를 힐끗 보더니 눈을 부라렸다. "그러다 도망치기라도 하면 어쩌려고? 사건 경위가 확실히 파악될 때까지는 아무 데도 못 가니까, 얌전히 앉아 있어요." 마오는 분노했다. "나 허약한 사람이야, 알아? 이러다 내가 여기서 쓰러지기라도 하면 당신들 어쩌려고 그래? 전화를 건 것도, 신고한 것도 나잖아. 그런데 왜 나를 나쁜 놈 취급해? 일들 제대로 안 할 거야? 나 배고파! 밥 달라고!"

그가 난동을 부릴 때마다 금목걸이가 번쩍였다. 결국 경찰 몇 명이 달려들어 이 '허약한 사람'을 제압했다. 잠시 후

다행히 수갑 대신 초코칩 한 박스가 그의 앞에 놓였다. 초코칩을 제공한 사람은 그더러 얌전히 앉아 있으라고 한 바로 그 경관이었다. 그는 마오가 초코칩을 우걱우걱 먹는 모습을 보며 속으로 중얼거렸다. '여자친구가 나 먹으라고 준 건데…….' 텁텁한 과자만 먹자니 목이 멨던 마오는 한손으로 가슴을 탁탁 치며 다른 손으로 경관 앞에 있던 찻잔을 낚아채 꿀꺽꿀꺽 마셨다. 잠시 후 그가 내려놓은 찻잔 안에는 과자부스러기가 동동 떠다녔다. 젊은 경관은 처연한 표정으로 찻잔과 마오를 번갈아보다가 한숨을 길게 내쉬었다.

마오가 경찰에 신고를 한 것은 그 낯선 남녀를 해치우고 난 뒤였다. 만약 과자 상자를 밟지 않았더라면 그의 마음에 의심이 들지는 않았을 것이다. 의심이 들지 않았다면 차 뒤로 돌아가 안을 들여다보지도 않았을 것이고, 뒷좌석에 축 늘어져 있는 그녀도 발견하지 못했을 것이다. 그녀는 정신을 잃었는지 눈을 꼭 감은 채 커다란 번데기마냥 꽁꽁 묶여 있었다.

곧이어 격투가 벌어졌다. 낯선 여자의 전투력은 상상 이상이었다. 열 손가락의 손톱을 세우고 매처럼 달려들어 눈알을 후볐다. 남자 쪽도 만만치 않았다. 머리카락을 뽑고 목을 조르고 근접전에서는 관절을 꺾는 등 매우 격렬한 전투력을 선

보였다. 하지만 마오가 한 수 위였다. 두툼한 가슴팍과 떡 벌어진 어깨가 괜히 장착되어 있을 리 없었다. 결국 낯선 남녀는 퉁퉁 부은 얼굴로 코피를 흘리며 줄행랑쳤다.

마오는 비틀거리며 뒷좌석으로 들어가 그녀를 묶은 줄을 풀려고 했다. 하지만 땀을 뻘뻘 흘리며 한참을 애써 봐도 도무지 풀 수가 없었다. '젠장.' 마오는 으르렁댔다. '분명히 여자가 한 짓이야. 아니, 사람을 묶으려면 그냥 묶지 무슨 중국식 매듭을 지어 놨어!' 결국 줄은 포기하고 그녀를 깨우기 시작했다. 처음에는 뺨을 가볍게 때렸다. '어이, 여봐요. 일어나 봐요.' 하지만 아무 반응도 없었다. 마오는 계속 때렸다. 때리고 또 때렸다. 그러다 포기했다. 더 쳤다간 그녀의 얼굴이 찐빵처럼 부풀어 오를 판이었다.

놈들이 무슨 약을 먹였는지 아무래도 깨어날 기미가 안 보였다. 그녀는 오히려 코까지 가볍게 골며 숙면 중이었다. 드라마에서 보던 대로 냉수라도 퍼부을까 싶었지만 물이 없었다. 마오는 조급할 때면 늘 그랬듯이 머리를 벅벅 긁었다. 비듬이 차 안을 날아다녔다. 곧 탁월한 아이디어가 떠올랐다. 그는 잠시 망설였지만 이내 굳게 결심하고 입안에 침을 잔뜩 모으기 시작했다.

마오의 등장은 파출소 사람들을 여러 번 놀라게 만들었

다. 먼저 그가 어깨에 거대한 '번데기'를 메고 있는 데 놀라고, 그 번데기가 사실은 보기 드문 미녀라는 데 놀랐으며, 마지막으로 그 미녀가 얼굴이 온통 침투성이가 된 채 새근새근 잠들어 있다는 사실에 또 한 번 놀랐다.

마오는 파출소까지 자신의 야리스를 몰고 갔다. 그 역시 BMW의 시동을 걸 수 없었기 때문이다. 후에 조서를 작성하면서 마오는 이렇게 감탄했다.

"BMW 조작 시스템이 희한하길 다행이지, 안 그랬으면 그 혼성 도둑이 일찌감치 차를 몰고 도망가 버렸을 거요. 그 '번데기녀'도 함께!"

조서 작성 담당은 마오에게 초코칩을 뺏긴 바로 그 젊은 경관이었다. 그 역시 감탄하며 말했다.

"맞아요, 그랬다면 대체 무슨 일이 벌어졌을지 상상하기도 싫네요. 병원에서 연락이 왔는데 심지어 그 여자분 아직도 깨어나지 못하고 있대요."

"그럼, 그럼." 마오는 마지막 초코칩을 우걱우걱 씹으며 맞장구를 쳤다. 젊은 경관은 대단하다는 눈빛으로 마오를 보다가 그의 시선이 자신의 찻잔으로 떨어지는 것을 보았다. 경관은 손을 내밀어 찻잔을 살짝 당겨 놓았다.

4

당시 마오는 밤업소에서 일했다. 종종 문지기로 오해받았지만 실은 모 행사 업체에서 무대 연출 총감독을 맡고 있었다. 주차장 사건 다음 날, 배우들의 동선을 짜고 있는데 사장이 팔짱을 끼고 다가와 짐짓 불쾌한 어투로 말했다.

"마오, 또 여자가 찾아왔네. 자네도 적당히 하지 그래. 어떻게 밤낮으로 여자를 꼬드기나?"

실제로 그는 여자에게 인기가 꽤 많았다. 아마 영화배우 쑨훙레이(孫紅雷)처럼 '정의로운 조폭' 같은 이미지가 강했기 때문이리라. 비록 얼핏 보면 좀 무섭고 자세히 보면 정말 무서웠지만 어쨌든 같은 업계의 모델과 배우들 사이에서는 꽤 멋진 오빠로 통했다.

밤업소 세계는 화려했다. 샤먼은 중국에서 가장 많은 여류 예술가들을 배출한 도시로 유명했지만 마오의 취향은 고상한 예술가가 아니었다. 그보다는 커다란 눈에 가짜 속눈썹을 잔뜩 붙인 화려한 아가씨들에게 끌렸다. 그녀들 역시 왠지 자신을 지켜줄 것 같다는 이유로 남성적 야성미가 넘치는 마오를 좋아했다. 그래서 툭하면 불에 날아드는 부나비처럼 날개를 파닥이며 그에게 달려들었다. 그러다 날개를 태워 먹은 아가씨가 몇 명인지 마오는 기억하지 못했다. 그저 사나흘에 한 번씩 웬 아가씨가 나타나서 목매고 죽겠다고 협박하거나 헤어지자거나 다시 만나자고 애원할 때마다 묵묵히 해결할 뿐이었다.

'이번에는 또 누구지?' 그는 머릿속으로 예상 가능한 명단을 뽑으며 접객실로 향했다. 무심결에 콧노래가 흘러나왔다. 메리인지 써니인지 아이보리인지, 그녀의 이름은 기억나지 않아요…….

문이 열리고 상대를 본 순간 마오는 저도 모르게 웃음이 나왔다. '아니 이게 누구야, 번데기녀 아냐!'

"재주가 대단하시네! 날 어떻게 찾은 거요?"

정장 차림이라 그런지 그날보다 더 예뻐 보였다. 그녀는 그를 보자마자 허리를 90도로 굽혀 인사했다. 두 번, 세 번 계속 허리를 숙였다. 마침내 고개를 들었을 때는 눈에 눈물이 그렁그렁했다.

"정말 엄청난 폐를 끼쳤습니다. 선생님은 제 생명의 은인이세요."

또 한 번 이마가 땅에 닿을 듯한 인사가 이어졌다. 지나치게 깍듯한 그녀의 모습에 마오는 오히려 쥐구멍에라도 들어가고 싶을 만큼 어색해졌다. '이 여자 예의범절 차리는 게 꼭 일본인 같네.' 그는 속으로 중얼거렸다.

그날 차에서 내린 그녀는 ATM기로 걸어가 현금을 찾았다. 그리고 돌아서는데 웬 부부가 그녀를 불러 세웠다. 다른 지역에서 놀러왔다는 부부는 길이 낯설어서 호텔을 찾지 못하겠다고 했다. 안 그래도 방금 마오의 '헌신적'인 도움을 받고 성숙한 시민의식이 한껏 고조되어 있던 그녀는 평소보다 더 친절하게 길을 가르쳐 주었다. 부부는 감동한 표정으로 역시 샤먼은 좋은 도시라는 둥 사람들이 다 친절하다는 둥 공치사를 해 댔다. 그러곤 고맙다며 그녀의 손을 덥석 잡고 위아래로 힘껏 흔들었다. 처음에는 그녀도 쑥스럽게 악수에 응했다. 그런데 이상하게 점점 어지러워지더니 어느 순간 정신이 아득해졌다.

그 후는 모든 것이 흐릿했다. 두 부부에게 끌려 ATM기 앞에 갔다가 다시 주차장으로 온 것만 희미하게 떠오를 뿐이었다. 무슨 약을 썼는지 몰라도 그녀는 마리오네트처럼 그들이 시키는 대로 움직였다. 통장에 있던 돈을 전부 찾아서 넘겼고, 차 키도 고분고분하게 넘겼다. 그리고 마침내 자기 생명마저 넘어갈 위기에 처했다. 결박당할 때 잠깐 정신이 들어서 저항했지만—바로 그때 과자 상자가 떨어졌다—부부 강도가 어떤 방법을 썼는지 금세 또 혼미해지면서 깊은 잠에 빠지고 말았다. 만약 마오가 구해 주지 않았더라면 그녀는 시체가 되어 어딘가에 버려졌을지 모르는 일이었다. 아니, 살아서 더 험한 꼴을 당했을 수도 있었다. 강간당하거나 장기적출을 당하거나…….

그녀는 고급 일식요리집으로 마오를 안내했다. 두 손을 테이블 아래 얌전히 내려놓고 그렁그렁한 눈으로 가만히 그를 바라보는 모습에서 단순한 고마움을 넘어 애틋함마저 느껴졌다. 마오는 왠지 거북해져서 괜히 젓가락으로 꽁치 소금구이만 뒤적였다. 그러다 먼저 입을 열었다. "여기 너무 비싼 거 아뇨?"

그녀는 황급히 손을 흔들었다. "전혀 아니에요. 저를 구해 주신 일에 비하면 이 정도는 아무것도 아닌 걸요. 대체 이 은혜를 어떻게 갚아야 할지 모르겠어요, 전……."

"그만, 그만." 마오는 꽁치에 젓가락을 꽂으며 말을 끊었다. 그리고 자기 바지를 힐끗 본 뒤, 퉁명스럽게 내뱉었다.

"앞으로는 운전하지 마쇼. 그게 나한테는 제일 큰 보답일 거요."

그녀가 눈을 동그랗게 떴다. 마오는 성가시다는 듯 말을 이었다.

"아가씨, 당신은 말이오. 어떤 면에서는 원숭이처럼 똑똑하고 능력 있을지 몰라도 운전에는 영 꽝이오. 뻣뻣한 게 꼭 나무 같다고. 나무토막이 운전하는 거 본 적 있어요?"

그녀는 열심히 고개를 끄덕였다. "맞아요, 맞는 말씀이에요. 전 나무토막이에요. 말씀하신 대로 앞으로 운전은 하지 않을게요."

그녀는 손가락 세 개를 치켜들며 전등에 대고 맹세했다. "약속해요, 꼭 말씀대로 따를게요!"

'이거 미치겠구먼.' 마오는 속으로 혀를 찼다. '이 여자, 왜 이리 어수룩한 거야? 돈 많은 집에서 귀하게 자란 공주님이 분명해.' 그는 단정 지었다. 비싼 외제차를 타고 고급 음식점을 다니는 것을 보면 확실히 돈은 많아 보였다. 그러나 말투나 행동은 사회 경험이 적고 제대로 된 직업도 없는 규중처자 같았다. 마오와는 사는 세계가 전혀 다른, 그런 부류의 사람이었다. 그는 눈썹을 찌푸리고 그녀를 바라보며 생각했다. '한심한 여자로군.'

마오의 속마음을 알 리 없는 그녀는 잠시 골똘히 생각하다 가지런한 이를 드러내며 환하게 웃었다. "그러고 보니 전 정말 여러 면에서 나무 같네요."

원래 밥 먹을 때는 말하기를 싫어하는데다 식어가는 꽁치가 아까웠던 터라 마오는 대충 받아쳤다.

"아, 그러쇼? 그럼 이름을 아예 나무라고 바꾸던가. 이제나 밥 좀 먹게 말씀 좀 그만해 주시면 참 고맙겠소이다."

이때까지만 해도 마오는 그녀가 얼마나 진지한지 알지 못했다. 그래서 그녀가 정말 이름을 '나무'로 바꾸고 운전도 그만두리라고는 생각지 못했다. 그런데 그중에서도 그가 가장 상상조차 못한 것은 그녀의 보은이 이제 막 시작됐다는 사실이었다.

5

시작은 도시락이었다.

마오에게 도시락을 보내온 여자는 전에도 많았다. 그래서 처음엔 별다르게 생각하지 않았다. 목숨을 구해 준 보답으로 식사 몇 끼 정도는 챙길 수 있는 법이니까. 게다가 가스레인지에 불 한 번 켜지 않는 독신남 입장에서는 도시락이나 구내식당 밥이나 근본적으로 다르지 않았다.

그런데 '나무'의 도시락은 얼마 못 가 마오의 신경을 건드렸다. 도대체 무슨 의도인지 늘 일식 도시락만 보내왔던 것이다. 게다가 어느 일식집에서 주문했는지는 몰라도 통이 항상 분홍색이었다. 도시락은 언제나 하얀 밥 위에 반찬으로 정교하게 꾸민 자동차가 얹혀 있는 모양새였다. 첫날은 건두부로 창문을, 반으로 자른 달걀로 바퀴를 표현한 꽁치 자동차였고 둘째 날은 새우칩 창문에 고기완자 바퀴를 단 꽁치 자동차였다. 셋째 날은 바퀴만 당근으로 바뀐, 또 꽁치 자동차였다. 꽁치는 껍질을 세심하게 벗기고 레몬즙을 뿌려 구워서 향미가 일품이었다. 하지만 아무리 맛있다 해도 일주일 내내 꽁치를 먹고 나니 질리지 않을 수 없었다. 나중에는 트림할 때마다 비린내가 올라왔다. 조금만 더 먹었다간 자신이 꽁치로 변할 것 같았다. 결국 마오는 나무에게 더 이상 도시락을 가져오지 말라고 선포했다. "이제 이만 하면 됐소." 그녀는 도시락을 안고 방긋 웃으며 말했다. "자그마한 성의일 뿐인 걸요. 부담 갖지 말고 받아 주세요." 마오는 그녀에게 입김을 훅 불었다.

"좀 맡아 봐요, 맡아 봐. 이젠 숨만 쉬어도 꽁치 냄새가 난단 말이오! 당신은 정말 나무토막이 맞아. 어떻게 하루도 빠짐없이 꽁치를 보내나? 내가 아무리 꽁치를 좋아해도 그렇지. 이럴 줄 알았으면 그날 킹크랩을 주문했을 거요! 여하튼 일주일이나 도시락을 챙겨 줬으면 고마운 마음은 충분히 표현한 거요. 그러니 그만하쇼. 이제 가서 본인 볼일이나 봐요."

나무의 눈에 금세 눈물이 그렁그렁 차올랐다. 그녀는 쭈뼛거리며 도시락 뚜껑을 열었다. "그럼 오늘 도시락은 어떻게 해야……."

육포 창문과 가리비 바퀴가 달린 꽁치 자동차가 수줍은 자태를 드러냈다. 마오는 한숨을 푹 쉬고 마지못해 젓가락을 들었다. 그리고 꼭 사약이라도 먹는 것처럼 얼굴을 잔뜩 찌푸린 채 한 입 떠 넣었다. 곁에 서 있던 나무는 그제야 안도의 숨을 내쉬며 그가 먹는 모습을 기쁜 표정으로 바라봤다. 잠시 후 그녀가 만족스러운 목소리로 조그맣게 중얼거렸다. "옳게 한 것 같네……." 무엇을 옳게 했다는 것인지 잠시 궁금했지만 마오는 곧 도시락에 집중했다. 제발 이게 마지막이기를. 그는 꽁치를 집어 꾸역꾸역 입에 우겨 넣었다.

그러나 도시락 배달은 거기서 끝나지 않았다. 다음 날 문지기가 마오에게 도시락을 건네주며 말했다. "형, 이거 웬 미인이 놓고 도망갔어요. 자기가 직접 주고 싶지만 그랬다가는 형이 화를 낼 것 같다던데요?" 마오는 인상을 쓰며 도시락 뚜껑을 열었다. 또 자동차였다. 창문은 나물무침에 바퀴는 소시지, 몸통은……. 그는 고개를 갸웃거리며 자동차 몸통을 집어 맛보았다. 게살이었다. 드디어 꽁치를 벗어난 것이다.

나흘 연속 게살 도시락을 먹은 후, 마오는 문 옆에 숨어 있다가 도시락을 갖다 주러 온 나무를 붙잡았다. 그녀가 도시락 배달을 한 지도 벌써 열흘이 훌쩍 넘어 있었다. 전에도 도시락을 사다 준 여자는 많았지만 이렇게 꾸준히 갖다 나른 여자는 그녀가 처음이었다. 서로 사귀는 사이도 아닌데 이 정도로 할 필요는 없지 않은가. 그는 짜증을 숨기지 않았다.

"대체 무슨 생각인지 모르겠지만 이 정도면 됐으니 이제 그만하쇼. 도시락 그만 가져오란 말이오."

"아, 입에 안 맞으셨어요?" 그녀가 잔뜩 긴장해서 물었다. 말하기도 귀찮았던 마오는 대충 고개를 끄덕였다. 그러다 잠시 생각해 보고 한 번 더 힘주어 끄덕였다. 다시금 그녀의 눈에 눈물이 맺혔다. 참 희한한 여자였다. 늘 그렁그렁하면서도 정작 눈물을 흘린 적은 한 번도 없었다. 나무는 그렇게 그렁그렁한 눈으로 한참 서 있다가 아무 말 없이 발걸음을 돌렸다.

그 후로 나흘 동안은 도시락 배달이 없었다. 그러나 닷새째 되던 날, 나무가 또다시 마오 앞에 나타났다.

6

마오는 팔짱을 끼고 쓴웃음을 지었다.

"아가씨, 이제 그만 찾아와요. 날 좀 내버려 두라고."

나무는 문 앞에서 안절부절못했다. 표정을 보아하니 금방이라도 눈물이 맺힐 것 같았다. 그 꼴을 또 보고 싶지 않아서 돌아서는데, 갑자기 그녀가 마오를 붙잡았다. 그러더니 몸을 비스듬히 돌리고 크게 숨을 몰아쉬었다. 마오는 고개를 숙여 그녀를 바라보다가 혀를 내둘렀다. '이야, 대단한 여자네. 표정을 정리하고 있잖아.' 신기한 광경이었다. 그녀는 만화에 나오는 안드로이드처럼 조금씩 표정을 가다듬더니 마침내 얼굴 가득 미소를 지어 보였다.

그녀는 웃으며 커다란 상자를 내밀었다. 안에는 옷이 들어 있었다. 이중으로 꼼꼼하게 바느질한, 독특한 디자인이 돋보이는 옷이었다. 전통 복식을 현대적으로 재해석한 스타일이었는데 대충 봐도 굉장히 비싼 브랜드일 게 분명했다. 나무는 기대감이 어린 표정으로 말했다.

"마오 씨 마음에 드실지 모르겠네요. 한번 입어 보세요."

아아, 그래. 도시락 대신 옷인 건가. 마오는 미간을 찌푸렸다. 하루에 한 번 도시락을 가져오는 것까지는 참을 수 있었다. 하지만 하루에 옷 한 벌씩 가져오기라도 한다면? 나무가 그의 눈치를 보다 황급히 덧붙였다. 그날 주차장에서 자기를 구하려고 싸우다가 티셔츠가 찢어졌으니, 옷 한 벌은 해 주어야 마땅하다는 것이다. '겨우 단추 두 개 떨어졌는데 값비싼 옷으로 갚다니 말이 됩니까.' 마오는 그렇게 외쳤다. 속으로만 외쳤다. 그럼 그녀가 은혜를 갚는답시고 매일 단추를 보내올까 봐 겁이 났기 때문이다.

마오는 원래 구구절절 이야기하는 것을 좋아하지 않았다. 그래서 옷을 꺼내어 신속하게 걸쳤다가 즉시 벗어서 그녀에게 내밀었다.

"작아요, 안 맞아요, 다른 사람 줘요."

사실 옷은 맞춤복처럼 꼭 맞고 편하기까지 했다. 하지만 여기서 물러섰다간 그녀와 또 얼마나 실랑이를 벌여야 할지 알 수 없었다. 이번에는 아무리 그렁그렁한대도 마음 약해지지 말아야지. 마오는 다짐했다. 그의 예상대로 나무의 눈에 금세 눈물이 맺혔다. 그녀는 옷을 받아들고도 쉽게 떠나지 못하고 자꾸 그를 위아래로 훑어봤다. 나중에는 심지어 뒤로 돌아가 허리를 구부리고 마오의 엉덩이까지 이리저리 살폈다. 참다못한 마오가 대체 남의 엉덩이는 왜 그렇게 쳐다보느냐고 일갈하려는 순간, 그녀는 옷을 끌어안고 조르르 도망쳐 버렸다. 마오는 멀어지는 그녀의 뒷모습을 보며 혼자 중얼거렸다. '됐네, 이제 좀 조용해지겠어.'

딱 나흘 동안은 조용했다. 닷새째 되던 날, 나무가 옷을 들고 또 찾아온 것이다. 바들바들 떠는 모습이 마오가 눈만 부라려도 도망갈 태세였다. 실제로 그가 성큼성큼 다가가자 그녀는 저도 모르게 어깨를 움츠리며 몇 발자국 뒤로 물러섰다. 하지만 곧 멈춰서 옷을 내밀며 더듬더듬 외쳤다.

"오, 옷을 조금 느, 늘려왔어요……."

7

"나무 양, 우리 결단을 내립시다. 요즘 내 인생 최대 소원이 뭔 줄 아쇼? 당신이 빨리 은혜를 다 갚고 더 이상 내 앞에 나타나지 않는 거요."

나무는 고개를 푹 숙이고 있었다. 굳이 보지 않아도 눈물이 그렁그렁할 게 뻔했다. 그녀가 조그맣게 물었다.

"제가 성가신가요?"

마오는 그녀를 물끄러미 바라봤다. 오늘은 심플하지만 그녀에게 잘 어울리는 원피스 차림이었다. 가녀린 어깨와 쭉 뻗은 다리, 복숭아처럼 솜털이 송송한 얼굴과 분홍빛 입술이 눈에 들어왔다. 화장을 거의 하지 않은 맨 얼굴이었지만 어디서도 눈에 띌 수밖에 없는 진짜 미인이었다. 이런 여자가 매일 찾아오는 게 어찌 성가신 일이겠는가. 하지만 마오는 굳게 고개를 끄덕였다.

"응, 성가셔."

그러지 않을 수 없었다. 안 그랬다간 이 실랑이도 영원히 끝나지 않을 터였다. 마오는 생각했다. '당신은 BMW를 몰고 나는 야리스를 몰지. 우리는 사는 세계도 달라. 당신은 금수저를 물고 태어났지만 나는 맨주먹으로 시작해서 이만큼 밥 먹고 살기까지 안 해 본 일이 없어. 이런 우리가 어떻게 친구가 될 수 있겠어? 게다가 나 마오님이 좋아하는 타입은 짧은 스커트에 눈동자가 커다랗고 인조 속눈썹을 덕지덕지 붙인 빨간 입술의 화끈한 미녀라고. 거기에 가슴까지 크면 금상첨화지. 당신은 예쁘긴 하지만 뭐랄까, 과일이나 채소 같은 느낌이야. 너무 심심해. 거기다 멍청하고, 나무토막처럼 둔하고……'

그녀가 한참 만에 속삭이듯 중얼거렸다.

"정말 성가셔요? 정말요? 믿을 수 없어……."

"응? 뭐라는 게요?"

그녀는 대답하지 않았다. 결국 마오는 한숨을 내쉬며 말했다.

"그럼 이렇게 합시다. 그놈의 은혜를 한 번에 갚을 방법을 생각해 봐요. 어떤 방법이든 상관없지만 대신 한 번에 끝나는 걸로. 오케이?"

나무는 대답 없이 그 자리에서 손톱만 물어뜯었다. 스무 살도 훨씬 넘은 처자가 아직도 손톱을 물어뜯다니, 알 만하군 알 만해. 마오는 또 한마디 하고 싶은 것을 간신히 참고, 억지로 입었던 옷을 홱 벗어서 도로 쌌다. 그런 뒤 그녀에게 떠밀듯 안겨 주며 나가라고 손짓했다. 나무는 또다시 그렁그렁해진 눈으로 몇 걸음 가다가 마오를 돌아봤다.

"옷이 또 안 맞아요? 이번에는 너무 큰가요?"

마오가 눈을 부라리자 그녀는 어깨를 움츠렸다. "알았어요, 알았다고요. 지금 가요. 화내지 마세요."

여태까지의 패턴으로 보면 그녀는 그렇게 쫓겨나고도 나흘만 지나면 또다시 나타나 마오의 혈압을 올렸다. 그랬기에 마오는 조마조마한 마음으로 나흘을 보냈다. 하지만 이번에는 나타나지 않았다. 대신 전화 한 통이 그녀가 직접 나타난 것 이상으로 마오의 혈압을 올렸다. 전화는 여행사에서 온 것이었다. 여권과 사진, 재산증명을 위한 통장사본 등 여행 수속을 밟기 위한 개인 서류를 보내 달라는 말에 마오는 멍하게 무슨 여행이냐고 물었다. "6박 7일 일정의 2인 온천 여행입니다, 고객님. 비용은 이미 다 지불됐고, 목적지는 일본

하코네 온천입니다."

마오는 당장 나무에게 전화를 걸었다.

"일본은 무슨 놈의 일본! 게다가 일주일? 아니, 온천욕을 일주일씩이나 하다니 사람 삼계탕 만들 일 있소? 정 온천이 가고 싶으면 가까운 일월곡 온천도 있잖아. 뭐 하러 일본까지 가는데? 안 가요, 안 가! 안 되겠어. 나무, 당신 방법은 나랑 전혀 안 맞으니까 내 방법대로 합시다. 이번 6월 1일에 어디 좀 같이 갑시다. 그걸로 은혜는 다 갚은 걸로 명쾌하게 정하자고요. 알겠소?"

8

"좀 붙어요. 나랑 떨어지지 않게 조심하고."

마오는 바짝 뒤에 선 나무에게 한마디 하고는 하늘로 주먹을 추켜올리며 크게 외쳤다.

"백로를 지키자! 중국흰돌고래를 지키자! PX(Paraxylene: 폴리에스터 섬유 및 PET 등 화학섬유의 기초 원료) 공장 건설 반대한다! 샤먼을 지키자!"

마오만이 아니었다. 수백, 수천의 사람이 함께 구호를 외치고 있었다.

권력 제한의 본질은 권력이 아니라 국민이 권력을 제한하는 데 있다. 권력이 국민에게 제한받는 것은 권력의 수치가 아니라 오히려 영광이다. 2007년 6월 1일, 샤먼의 거리는 시민들로 가득했다. PX 공장 건설을 반대하고 환경을 보호하자는 기치 아래 시민들이 자발적으로 시작한 평화 시위였다.

"이봐요, 긴장한 건 알겠는데 이것 좀 놔요. 이러다가 내 팔 떨어지겠소!"

마오는 자신의 팔에 매달려 있는 나무에게 말했다. 그녀는 잔뜩 위축된 모습으로 "그쪽이 먼저 바짝 붙으랬잖아요"라고 중얼거렸다. 이런 시위에 참가한 것이 처음인지 얼굴은 하얗게 질렸고, 걸음도 마오에게 의지해 겨우 한 발짝씩 떼고 있었다. 마치 어린 여학생 같았다. 마오는 그녀를 나무랐다.

"봐요, 다른 사람들 좀 보라고. 다들 티셔츠에 운동화 차림이죠? 이런 자리에 오면서 미니드레스에 하이힐에 진주 목걸이라니……. 혼자 선 보러 왔어요? 어쨌든 잘 따라와요."

나무는 입술을 꽉 깨물고 마오의 뒤를 따라갔다. 그러다 인파에 밀려서 그만 하이힐 한 짝이 벗겨지고 말았다. 하지만 그에게 혼날까 봐 아무 말 못하고 절뚝거리며 걸었다. 그러다 마오의 걸음이 점점 빨라지는 바람에 나중에는 거의 깽깽이걸음으로 뛰기 시작했다.

"캥거루 흉내 내는 거요? 왜 이래?" 뒤를 돌아본 마오는 그제야 나무의 한쪽 발이 맨발인 것을 발견했다. 그는 그녀의 손을 홱 놓고 구두를 찾아서 오던 길을 되짚어갔다.

다행히 구두는 찾았지만 이번에는 사람을 잃어버리고 말았다. 수많은 인파 가운데 나무를 놓치고 만 것이다. 한참을 찾아봐도 그녀가 보이질 않자 마오는 화가 치밀었다. '이 바보 같은 여자가 어디로 간 거야?'

몇 시간 후 시위대가 해산한 뒤에야 마오는 시청 근처 길가에 앉아 있는 나무를 발견했다. 머리는 산발에 치마에는 여기저기 밟힌 자국이 선명했다. 진주 목걸이도 온데간데없었고 하이힐 한 짝도 사라져서 양쪽 다 맨발이었다. 그녀는 멍한 얼굴로 중얼거렸다. "나, 사람들한테 밟혔어요." 마오는 그녀를 잡아 일으켰다. 그리고 마침 근처에 있던 택시를 불러 그녀를 쑤셔 넣듯 태우고 창 너머로 말했다.

"이제 됐소. 이걸로 은혜는 다 갚은 셈 쳐요. 앞으로는 부디 만나지 맙시다."

나무는 저항하며 택시에서 내리려고 했다. 하지만 그때마다 마오가 억지로 밀어 넣었다. 몇 번의 실랑이 끝에 결국 포기한 그녀가 울먹였다. "이번 것은 치지 말아요……." 마오는 들은 척도 안 하고 그녀에게 안전벨트를 채우고 문을 쾅 닫았다. 그리고 기사에게 말했다.

"기사 양반, 죄송하지만 이 아가씨 좀 멀리 데려가 주쇼. 갈 수 있는 데까지 아주 멀리!"

나무는 눈물이 그렁그렁한 얼굴로 차창에 붙어서 손을 흔들었다. "그럼 다음에 봐요." 마오는 돌아보지도 대답하지도 않았다. 그저 푸르스름하게 깎은 뒤통수를 보인 채 금목걸이를 반짝이며 그녀가 탄 택시와 반대 방향으로 미친 듯이 뛰어갔다.

9

나무를 다시 만난 것은 나흘이 네 번 지나고 난 뒤였다. 그때 마오는 실직 상태였는데 본인은 차라리 잘됐다고 생각하고 있었다. 안 그래도 밤무대 일을 너무 오래 했다 싶었고 여자들과도 슬슬 지겨워지던 참이었기 때문이다. 체력적으로도 충전이 필요했다. 이 기회에 혼자 느긋하게 지내는 것도 괜찮을 성싶었다. '슬슬 아령이나 들고 기타 연습 좀 하지 뭐.' 마오가 그렇게 생각하고 있는데 현관 초인종이 울렸다.

그는 빨간 삼각팬티 차림으로 문을 활짝 열었다가 곧 쾅 닫아 버렸다.

"미치겠네, 정말! 또 당신이야?"

나무가 가만가만 문을 두드렸다.

"마오 씨, 마오 씨, 경비원한테 들으니 벌써 며칠째 집 밖으로 한 발자국도 안 나왔다면서요. 괜찮아요? 일도 그만뒀다면서요? 그래도 밥은 먹어야죠. 도시락 싸왔어요. 문 좀 열어 봐요."

또 꽁치? 또 게살? 또 자동차야? 마오는 문을 빠끔히 열고 으르렁댔다.

"더 이상 만나지 말자고 내가 분명히 말했을 텐데. 조심해요, 나 지금 열 받아서 그쪽 때릴지도 모르니까! 내가 돌아서 사람 패기 시작하면 나도 내 자신이 무서울 정도야. 그러니 멀찌감치 도망치는 게 신상에 좋을 거요!"

나무는 확실히 겁을 먹은 듯했지만 문 두드리기를 멈추지도, 도망가지도 않았다.

"마오 씨, 절 성가시게 생각하는 것 알아요. 하지만 마지막으로 한 번만 은혜를 갚게 해 주세요. 약속해요, 이번이 마지막이에요."

그녀가 가져온 것은 도시락만이 아니었다. 일자리도 가져왔다.

사실 당시 마오의 수입은 꽤 괜찮은 편이었다. 업계에서 알아주는 밤무대 기획 감독이었기 때문에 굳이 일을 찾아 나서지 않아도 업주들이 알아서 찾아오는 경우가 많았다. 다시 말해 나무의 도움 없이도 자신이 원하면 얼마든지 다시 일을 시작할 수 있었다. 하지만 마오는 그녀의 제안을 받아들였다. 마지막이라는 말에 혹했던 것이다. 그는 오랜만에 면도를 하고 나무를 따라나섰다.

그녀가 그를 데려간 곳은 환다오로에 있는 적지 않은 규모의 번듯한 회사였다. 마오는 처음에 그곳에서 면접을 보는 줄 알았다. 나무가 아무리 인맥을 동원했어도 면접 주선까지가 한계라고 생각했기 때문이다. 하지만 면접도, 입사시험도 없었다. 그녀는 그의 생각보다 훨씬 능력 있는 사람이었다. 그를 곧장 사무실로 데려가 빈 책상을 가리키며 '이제 여기로 출근하시면 돼요'라고 말할 정도로.

"지금까지 경력을 고려해 볼 때 마오 씨는 기획력이 매우 뛰어나니까 이 업무도 잘 해내시리라 믿어요."

곁에 서 있던 직원들은 그녀의 말이 끝나기가 무섭게 앞다투어 그에게 인사했다. "안녕하세요. 마오 선생님이시군요. 이야, 금목걸이가 참 굵고 멋지네요! 어쩜 이렇게 세련되고 품위 있으신지, 역시 우리 회사가 찾던 개성 있는 인재십니다……."

그 사이 나무는 발갛게 달아오른 얼굴을 감싸고 도망치듯 어디론가 사라지고 없었다. 마오는 머릿속 가득 의문부호를 띄운 채 생판 처음 보는 회사의 기획부 사무실 의자에 앉았다. 이것저것 궁금한 게 많았지만 그중에서도 가장 이해할 수 없는 부분은 나무를 대하는 다른 직원들의 태도였다. 다들 극도로 조심하며 자세를 낮췄던 것이다. 이는 마오에게도 마찬가지였다. 신입이 아니라 상사를 대하듯이 예의를 갖춰 깍듯이 대했다. 이리저리 추측을 해 보던 그는 결론을 내렸다. '나무라는 여자 내가 생각한 것보다 훨씬 더 부자인가 보군. 이 회사 사장 딸인 게 분명해. 그러니까 다들 공주님 모시듯이 벌벌 떨고, 그 공주가 데려온 나도 벌벌 떨며 대하는 거겠지.' 맨주먹으로 자수성가한 사람이 대개 그렇듯 자존심이 강한 마오는 이 일을 수락한 것을 후회하기 시작했다. 결국 채 반나절도 지나지 않아 기획부 팀장에게 그만두겠다고 말했다. 팀장은 당황한 듯 더듬거렸다.

"마오 씨, 이렇게 그만두시면 제가 사장님을 뵐 면목이 없습니다."

"그쪽이 뵐 것 없소. 사장님 딸더러 알아서 해결하라고 해요. 난 말이요, 내 힘으로 밥 벌어먹고 살아야 마음이 편한 사람이오. 재벌 2세의 동정 따윈 필요 없다고!"

마오는 저도 모르게 울컥해서 거칠게 내뱉었다. 그런데 팀장의 눈빛이 좀 이상해졌다. 입까지 헤벌린 모습이 꼭 호박이 말하는 진기한 광경을 본 사람 같았다. 그러더니 잠시 후 가까스로 입을 열었다. "사장님은 딸이 없으신데요."

회사의 사장은 나무였다. 동시에 최대 주주이기도 했다. 그녀는 재벌 2세가 아니었고, 마오가 생각한 것만큼 멍청하지도 않았다. 원래는 평범한 디자이너였지만 혼자 힘으로 도쿄에 유학을 다녀온 뒤 지금의 회사를 일구었다고 했다. BMW도 제 손으로 한 푼 한 푼 벌어서 마련한 차였다. 하나부터 열까지 마오가 모두 잘못 추측한 것이었다.

마오가 그녀에 대해 아무것도 모른다는 사실을 안 순간, 팀장은 입을 다물었다. 그러나 마오가 소매를 걷어붙이며 눈을 부라리자 황급히 손사래를 치며 다시 입을 열었다.

"말해요, 다 말한다고요. 사실 사장님은 1년 중 6개월은 샤먼에, 또 6개월은 도쿄에 계셨는데 최근 도쿄에서 돌아오신 이후로 좀 이상해지셨어요. 갑자기 멀쩡한 BMW를 팔고 택시로 출퇴근을 하시질 않나, 무슨 바람이 불었는지 장보기에 취미가 생겨서 출근할 때마다 꽁치 두 마리랑 채소를 들고 오시질 않나. 듣자 하니 새벽 시장도 다니신다더라고요. 아무튼 장보기뿐만 아니라 요리에도 관심이 생기셨는지 매일 직접 도시락을 만들기 시작했어요. 회사에 작은 주방이 있는데 한 번 거길 들어가시면 족히 한나절은 함흥차사예요. 도시락을 싸는 게 아니라 예술 작품을 만드는 줄 알았다니까요. 다른 직원이 도와준대도 모두 거절하시고 혼자 꽁치 절이고 게살 발라내고……. 심지어 화로까지 동원해서 고양이마냥 허리를 숙이고 꽁치를 구우시더라고요. 제일 이상한 건 그러면서 자꾸 웃으시는 거예요. 혼잣말을 중얼거리시면서. 뭐라더라. '옳은 일을 하자, 옳게 일하자!'였던가. 물론 아무도 그 말의 의미는 모르지만요. 아무튼 도시락을 다 싸면 그걸 들고 늘 어디론가 가셨어요. 집에 가시는지, 아님 병원에 문병을 가시는지. 어쨌든 그렇게 나가실 때 보면 늘 웃고 계시더라고요. 좀 심하게 말해서 바보처럼 보일 정도로. 하지만 오늘 하신 행동에 비하면 이런 건 이상한 축에 끼지도 못해요. 솔직히 우리 회사, 패션의류 회사인데 말이죠. 취직하기 엄청 힘들어요. 사장님도 그런 쪽으론 엄격하신 편이라 직접 사람을 데려와서 자리 마련해 준 적은 여태껏 단 한 번도 없었어요. 마오 씨가 처음이라고요. 그러니 저희가 얼마나 놀랐……. 자, 잠깐만요. 마오 씨! 기다려요! 도망가지 마요!

돌아오세요!"

팀장은 거의 울먹이며 멀어지는 마오의 뒤통수에 대고 외쳤다. "전 아무 말도 안 한 거예요, 아셨죠?" 그의 절규가 긴 복도에 왕왕 울려 퍼졌다. 복도 끝에서 마오의 굵은 금목걸이가 잠깐 반짝이더니 곧 사라졌다.

10

"또 왜 전화했소? 분명히 끝이라고 했잖아요! 어째서 매번 시치미를 떼는 거요? 하루라도 출근했으면 출근한 거요. 은혜 다 갚으셨다고. 그러니 이제 연락하지 마쇼. 정말 성가신 여자라니까!"

전화기 너머에서 나무가 다급히 변명했다.

"죄송해요, 너무 죄송해요. 제가 또 망쳤어요. 전 옳은 일을 한다고 한 건데……. 마오 씨가 우리 회사를 다니면 매일 볼 수 있겠다는 생각에 그만……."

그녀가 무의식적으로 입을 막는 것이 전화로도 느껴졌다. 마치 직접 얼굴을 마주 보고 이야기를 하고 있었던 듯한 반응이었다. 마오는 저도 모르게 이죽거렸다.

"왜 매일 날 보려고 했는데?"

침묵이 흘렀다. 그는 잠시 기다리다 피식 웃었다.

"아아, 이제 알겠네. 당신, 은혜 갚는다는 게 목적이 아니었지? 뭐야, 나랑 연애라도 하고 싶었던 거요? 이것 참 재밌네. 이봐요, 아서요. 집어치우라고."

마오는 나무가 말할 틈도 주지 않고 계속 쏘아붙였다.

"당신, 내가 어떤 사람인지 알기나 해? 내가 어떻게 살아왔는지 아냐고?"

심장이 쿵쿵 뛰었다. 마치 수도꼭지를 틀어놓은 것처럼 입에서 거친 말이 저절로 콸콸 쏟아져 나왔다. '이 여자, 정말 나랑 연애할 생각이었던 거야? 왜?'

"뭐, 좋수다. 나도 당신이 그리 싫진 않아. 지금까진 철없는 부잣집 아가씨로 오해하고 일부러 피해 다닌 것도 사실이고. 하지만 오해가 풀렸다고 해도 우린 여전히 어울릴 수가 없어. 사랑도 다 끼리끼리 해야 하는 법이야. 생각해 보쇼. 고래가 해마를 사랑한다는 게 말이 돼? 나무 당신은 젊고 똑똑하고 능력 있고, 게다가 예쁘니까 원하는 남자를 얼마든지 만날 수 있을 거요. 하지만 난 아니야. 난 열여섯 살 때 안후이에서 상경한 이후로 줄곧 떠돌며 살았고, 당신은 상상도 못할 밑바닥 생활까지 경험했어. 그런 우리가 함께할 수 있겠소? 설령 그런다고 해도 내가 당신 수준에 맞출 수 있을까? 아니지! 그럼 당신이 내 수준에 맞출 거요? 그것도 말이 안 돼. 당신 같은 여자가 나 같은 놈이랑 얼마나 버티겠어? 우린 사는 환경도 방식도 앞으로의 삶도 전혀 다른 사람들이야. 이런 우리가 연애를 한다? 말 같지도 않은 소리지. 그러니 이제 그런 헛소릴랑 집어치우고 전화 끊읍시다. 앞으로 다신 연락하지 마쇼."

뚜뚜뚜, 전화가 끊겼다. 끊은 사람은 마오가 아니라 나무였다. 마오는 휴대폰을 내던지듯 내려놨다. 두근거림이 좀처럼 가라앉지 않았다. 괜히 기타를 들어 뚱땅거리다가 내려놓고 하릴없이 거실을 서성였다. 그러다 뭐라도 먹자는 생각에 부엌으로 가 냉장고를 열었다. 그리고 자신도 모르게 냉동 꽁치 한 마리를 꺼냈다. 꽁치를 보자 두 눈에 그렁그렁 눈물을 매단 나무의 얼굴이 선연히 떠올랐다.

그는 냉동 꽁치를 든 채 그 자리에 한참을 서 있었다. 문득 마지막으로 여자를 만난 것이 언제였는지 헤아려 보았다. 놀랍게도 주차장 사건 이후로는 따로 여자를 만난 적이 없었다. 매일 나무를 방어하는 데 온통 신경이 쏠려서 이전의 여자친구들과도 연락을 하지 않은 지 오래였다. 이 사실을 깨닫는 순간 마오는 온몸에 소름이 돋았다. 내가 왜 이러지?

대체 무슨 일이 벌어진 거야?

"설마 그 둔탱이 같은 여자를 좋아하게 되기라도 한 건가? 아니지, 아니야! 내가 연애를 몇 번이나 했는데. 산전수전 공중전 다 겪은 나 같은 연애 고수가 누구를 좋아하게 됐는데 그걸 모를 리 없지. 아니야, 절대 아니라고."

그는 큰소리로 외치고 뜨거운 물건이라도 되는 양 꽁치를 내던졌다. 그러고도 한참을 부엌에서 거실로, 거실에서 침실로, 또 부엌으로 옮겨가며 서성거렸다. 스스로 연애에 있어서는 모르는 게 없는 늑대라고 자부했는데, 어쩌다 이런 덫에 걸렸단 말인가. 마오는 현실을 부정했다. 아니, 저항했다. 믿을 수 없는 현실에 저항하기 위해 한때 자신과 관계가 있었거나 애매한 사이였던 모든 여자에게 단체로 문자를 보냈다.

'시간 있어? 오빠랑 밥 먹자.'

밤무대 기획 감독으로 일한 덕에 당시 마오의 휴대폰에는 백여 명에 육박하는 여성의 전화번호가 저장되어 있었다. 아직 죽지 않은 그의 인기를 증명하듯 많은 여성에게서 회신이 왔다. 그날부터 마오는 점심과 저녁, 밤참까지 각기 다른 여자와 함께했다. 그렇게 일주일을 보내며 그는 뭇 여성의 질타를 받았다. 동그란 눈동자, 붉은 입술을 한 아가씨들은 그와 밥을 먹다 말고 분연히 젓가락을 내던지며 외쳤다. "오빠! 대체 왜 그래? 기껏 밥 먹자고 불러낼 땐 언제고 말 한마디 없이 담배만 뻑뻑 피우면서 멍 때리고 있잖아!" 또는 눈썹을 찌푸리며 물었다. "혹시 나 오늘 화장이 잘 안 먹었어? 옷이 별론가? 아님 머리스타일이 오빠 마음에 안 드는 거야? 왜 날 한 번도 제대로 안 봐? 오빠, 이게 무슨 데이트야?" 개중 착하기만 한 아가씨들은 잠자코 식사를 한 뒤 부끄러움과 기대감이 뒤섞인 눈빛을 그에게 보내며 말했다. "오빠, 우리 이제 뭐해요?" 하지만 그녀들의 마지막은 다 같았다. 마오에게 밀려 억지로 택시를 타고, 도무지 이해할 수 없다는 억울한 표정을 남긴 채 멀어졌던 것이다. 뒤에 홀로 남겨진 마오는 주머니에 손을 찔러 넣고 어둠이 짙게 내려앉은 샤먼의 밤거리를 정처 없이 걸었다.

일주일이 지나도록 나무에게서는 전화 한 통 오지 않았다. 나흘마다 나타나 귀찮게 했던 그녀가 나흘이 두 번이나 지나도록 그림자도 보이지 않자 살아 있기는 한 것인지 슬슬 걱정이 되기 시작했다. 여전히 습관처럼 여자들과 만났지만 마오는 점점 더 집중하지 못하고 손에 든 휴대폰만 수시로 들여다봤다. 그러던 어느 날, 다른 사람보다 세심한 마음씨를 가진 아가씨가 그의 복잡한 속내를 눈치 채고 굳이 집까지 데려다 주겠다며 나섰다. "힘들 땐 혼자 삭이지 말고 조금이라도 털어놓으면 속이 시원해져, 오빠." 가히 절색이라고 해도 좋을 그녀가 말했다. 밤무대 모델 출신답게 늘씬하게 뻗은 다리가 매력적인 아가씨였다. 둥글고 큰 눈, 붉은 입술, 구불구불 흘러내린 긴 머리카락, 엉덩이만 간신히 가린 짧은 스커트가 그녀를 더욱 뇌쇄적으로 보이게 했다. 그녀는 마오의 팔짱을 끼고 아파트 입구에 들어서며 물었다. "오빠 예전에는 굉장히 능글맞았는데. 기회만 있으면 만날 나한테 들이댔잖아. 근데 오늘은 왜 이렇게 점잖대?" 마오는 대답하지 않았다. 그저 두 손을 성실히 주머니에 넣고 땅만 보며 걸었다. 복도는 어두웠다. 마오가 센서등을 작동시키기 위해 한쪽 발을 힘껏 구르는 순간, 두 갈래의 비명이 터져 나왔다. 하나는 무언가를 밟고 놀란 마오의 비명이었고, 다른 하나는…….

팟, 하는 소리와 함께 불이 켜지고 마오가 놀라서 외쳤다.

"나무! 왜 여기 숨어 있는 거요?"

11

마오에게 밟힌 나무의 발은 금세 부어올랐다. 꽤나 아픈지 저도 모르게 얼굴을 찌푸리면서도 나무는 마오와 그의 팔짱을 낀 곱슬머리 여자에게서 눈을 떼지 못했다. 아픔에 일그러졌던 표정이 점점 풀어지더니 곧 텅 빈 얼굴이 됐다. 마오를 향한 눈빛도 공허해졌다. 그가 그녀를 잡으려는 듯 손을 뻗었지만 나무는 몸을 피해 버렸다. 그러더니 고개를 숙이고 절뚝이며 도망치기 시작했다. 마오는 재빨리 뒤를 쫓아가 그녀의 어깨를 잡고 돌려세웠다. 또다시 나무의 눈에는 눈물이 그렁그렁했다. 그녀는 그렁그렁한 채로 마오의 손에서 벗어나려 몸부림치며 울먹이는 목소리로 외쳤다.

"알았어요, 이제 알았다고요. 우린 너무 다른 사람들이에요. 사는 게 너무 달라요."

"알긴 뭘 알았다는 거요!"

"이거 봐요! 당신은 내가 예쁘지 않아서 싫은 거잖아요!"

나무는 놀랄 만한 힘을 발휘해서 마오의 손을 뿌리치고 뛰어갔다. 하지만 얼마 안 가 우뚝 멈춰 서더니 다시 달려와 무언가를 마오의 가슴에 밀치듯 안겼다. 꼼꼼하게 포장한 옷이었다.

"옷, 다시 고쳐왔어요. 이번에도 맞지 않으면 그냥 다른 사람 줘요. 그리고 내가 당신을 찾아오는 건 이번이 마지막이에요. 이제 다시는 귀찮게 하지 않을 거예요. 약속해요."

커다란 눈물방울이 옷 위로 뚝뚝 떨어졌다. 멍하니 옷을 들고 있는 마오의 손등 위에도 몇 방울 떨어졌다. 따스했다. 그렁그렁 눈물이 맺힌 적은 많았지만 그녀가 눈물을 흘린 적은 이번이 처음이었다. 나무는 비처럼 눈물을 흘리면서 절뚝이며 멀어져 갔다.

집으로 들어온 마오는 그녀가 준 옷을 스탠드 전등 앞에 걸어 놓고 한참을 바라봤다. 어느 명품점에서 샀겠거니 짐작했던 그 옷은, 사실 그녀가 디자인하고 직접 한 땀 한 땀 바느질해서 만든 것이었다. 그는 바보처럼 멍하니 서서 나무가 눈물 흘리던 모습을 몇 번이고 다시 떠올렸다. 여태껏 수없이 많은 여자의 눈물을 보았지만 이번만큼 가슴이 아팠던 적은 없었다. 마오는 무언가에 이끌리듯 나무에게 전화를 걸었다. 하지만 그녀 쪽에서 수신 거부를 한 탓에 연결이 되지 않았다. 그날 밤, 그는 한숨도 자지 못했다.

부옇게 날이 밝자마자 마오는 나무의 회사 앞으로 달려가 그녀를 기다렸다. 아침부터 저녁까지 한 자리에서 꼼짝도 하지 않았다. 그러나 그녀를 만나지 못했다. 그는 같은 자리에서 하루 더 기다렸다. 3일 째 되던 날, 마오는 막아서는 경비를 넘어뜨리고 사무실 안으로 뛰어들어 갔다. 한눈에 마오를 알아본 팀장은 그가 옷깃을 잡자 잔뜩 겁을 먹고 미친 듯이 눈을 깜박였다. "마오 씨, 마오 씨, 진정하세요, 잠시만요.

사장님 자택 주소요? 아, 예, 알려드릴게요, 바로 알려드린다니까요." 팀장은 멀어지는 마오의 뒷모습을 향해 울며 외쳤다. "마오 씨! 약속은 지키셔야 해요! 전 아무 말도 안 한 겁니다! 제가 알려드렸다는 것, 사장님한테는 말씀하시면 안 돼요!"

정신없이 달려온 마오는 막상 주소에 적힌 건물 앞에 이르자 망설였다. 그 소심한 팀장이 제대로 알려 준 게 맞나? 나무는 사장인데, BMW를 모는 부자인데, 이렇게 평범한 주택에 산다고? 그는 한참 고민하다 이내 마음을 굳혔다. '여기가 맞는지 아닌지는 두고 보면 알겠지.' 쾅쾅, 문을 두드리자 머리가 하얗게 센 아주머니가 문을 열어 주었다. 그를 위아래로 훑던 아주머니는 그의 목에서 반짝이는 금목걸이를 보더니 희미하게 미소를 지었다.

"들어오게나, 젊은이. 먼저 슬리퍼로 갈아 신고. 자네가 마오지? 금방 알아보겠구먼."

마오는 아주머니가 권하는 대로 소파에 앉아 어색하게 주변을 돌아봤다. 평범하지만 정갈한 살림이었다.

"과일 들겠나? 아, 괜찮다고. 좋을 대로 하시게. 분명히 나무를 찾아왔을 테지. 지금 그 애가 어디 있는지 묻고 싶겠지만 그 전에 내 얘기를 먼저 듣게."

그녀는 느릿한 어투로 말을 이었다. "제 자식을 자랑스러워하지 않을 부모가 어디 있겠냐마는 우리 딸은 정말 자랑할 만하다네. 어려서부터 착하고 영리하고 남을 먼저 생각하는 아이였어. 우리가 시키지 않아도 주말마다 맛난 것을 잔뜩 싸들고 할머니를 찾아가서 '이거 엄마가 드리라고 싸 주셨어요'라고 하는 기특한 아이였지."

나무는 샤먼의 평범한 가정에서 태어났다. 가족은 화목했고 그녀는 사랑을 듬뿍 받으며 자랐다. 아버지는 저녁마다 딸의 공부를 봐줬고, 어머니는 틈틈이 뜨개질을 가르쳐 줬다. 나무는 공부도 잘했지만 뜨개질을 더 잘했다. 모녀가 합심해서 아버지에게 스웨터를 만들어 드리기도 했다.

부모는 단 한 번도 그녀 앞에서 얼굴을 붉히며 싸운 적이 없었다. 집에 아무리 어려운 일이 있어도 서로 싸우거나 큰 소리를 내지 않았다. 그래서 그녀는 싸움이나 욕이 무엇인지 모르고 자랐다. 아무 걱정 없이 학업에 열중하고 좋은 성적을 낼 수 있었던 것도 모두 부모 덕분이었다.

나무가 고3이 되던 해 아버지가 물었다. 군사학교에 지원해 보는 것은 어떠니? 나무는 망설임 없이 고개를 끄덕였다. 어려서부터 꿈꾸던 일이었다. 군복을 입으면 얼마나 멋질까. 생각만 해도 설렜다. 신체검사를 받고 시험을 치고 반년 넘게 군사학교 입시에 매달렸다. 시에 배당된 합격 인원은 단 한 명뿐이었는데 최종적으로 시장의 고명딸이 합격 통지서를 거머쥐었다. 결과가 나온 날, 나무는 방에서 미리 지급받았던 군복을 끌어안고 하루 종일 울었다. 어머니가 아무리 달래고 위로해도 소용없었다. 그녀로서는 처음 겪는 상처였다. 도무지 빠져나오기 힘들 만큼 깊은 상처였다. 어머니는 가볍게 한숨을 쉬더니 방문을 닫고 그녀의 허리를 감싸 안으며 조용히 속삭였다. "얘야, 그만 울거라. 네가 계속 울면 아빠는 자기가 능력이 없어서 이렇게 됐다고 자책하실 거야. 아빠까지 힘들게 만들지 말자." 나무는 곧바로 눈물을 그쳤다. 그리고 아버지에게 달려가 어깨에 기대어 말했다. "아빠, 저 이제 괜찮아요. 군사학교에 못 가도 상관없어요. 대학에 지원하면 되죠." 아버지는 안쓰럽다는 듯 그녀를 쓰다듬었다. "우리 나무, 어찌 이렇게 착하니." 어머니도 부드럽게 웃으며 맞장구쳤다. "그러게요, 우리 나무가 제일 착하죠."

이듬해 여름, 나무는 베이징 패션디자인학원과 후난 경제대학교에서 합격 통지서를 받았다. 패션디자인학원에 가기로 하고 등록하러 간 날, 아버지는 어렸을 때 그녀가 짠 스웨터를 들고 다니며 만나는 사람마다 말했다. "보세요, 우리 딸이 어려서부터 이렇게 옷을 잘 만들었답니다."

"당신은 옷 만드는 데 정말 재주가 있군요!"

2000년, 유명한 의류디자이너 사사키 스미노에(佐佐木住江: 중국 출신의 일본인 디자이너. 일본문화복식학원의 교수) 역시 같은 평가를 내렸다. 나무가 대학을 졸업하고 샤먼의 한 회사에서 평범한 디자이너로 일하고 있을 때였다. 사사키에게 재능을 인정받은 그녀는 일본으로 건너가 본격적으로 패션디자인을 공부했다.

사사키는 늘 그녀에게 말했다. "모방만 해서는 중국 의류업계가 발전할 수 없어요. 아시아인의 체형에 맞는 독자적인 디자인을 할 수 있는 그런 인재를 길러야 해요. 당신은 재능 있는 디자이너예요. 기꺼이 고생할 각오가 있다면, 디자인에 당신의 모든 것을 걸 각오가 되어 있다면 앞으로 얼마든지 성장할 수 있을 거예요."

그래서 나무는 오사카로 갔다. 물론 유학 비용은 부모에게 손 벌리지 않고 스스로 해결했다. 부슬부슬 내리는 늦가을 비를 맞으며 미로 같은 항구 근처를 헤맨 끝에 겨우 숙소를 찾은 뒤 그녀는 아버지에게 전화를 걸었다. "하나도 외롭지 않아요. 하늘이 절 예뻐하나 봐요. 모든 게 더할 나위 없이 순조로운걸요."

설레는 마음으로 들어간 첫 수업에서 한 교수가 이런 질문을 던졌다.

"옳게 일하는 것과 옳은 일을 하는 것 중 어느 쪽을 선택할 건가요?"

그녀는 손을 들고 말했다. "옳게 일한다면 그것이 바로 옳은 일 아닐까요?"

교수가 고개를 끄덕였다. "맞아요, 이건 일의 원칙인 동시에 인생의 도리랍니다."

나무는 5년간의 일본 생활을 유쾌하고 즐겁게 보냈다. 생활비를 벌기 위해 틈틈이 아르바이트도 해야 했는데, 그녀가 가장 좋아한 일은 도톤보리에서 전단을 나눠 주는 일이었다. 시급이 천 엔이나 되는 데다 거리에서 최신 유행의 옷차림을 얼마든지 볼 수 있었기 때문이다. 아르바이트비를 받으면 〈JJ〉나 〈MISS〉, 〈Mina〉 같은 패션잡지를 사 모았다. 돈을 아끼려고 주로 과월호를 샀는데 전공 공부하는 데는 전혀 지장이 없었다. 그녀 인생의 첫 번째 루이비통 지갑 역시 이때 일해서 번 돈으로 샀다. 나무는 그 지갑을 굉장히 오랫동안 사용했다.

타고난 재능과 성실함, 노력으로 나무는 외국인으로서는 드물게 도쿄에서 촉망받는 신예 디자이너로 성장했다. 뿐만 아니라 높은 연봉을 받으며 자가용을 타고, 겐조(Kenzo)와 이세이 미야케(Issey Miyake) 같은 명품 의류를 몸에 걸칠

뿐 아니라 자신을 위해 일하는 봉제사를 따로 둘 정도로 성공을 거뒀다. 나무는 평생 그렇게 일본에서 승승장구할 수도 있었다. 하지만 부모님이 너무도 그리웠다. 그래서 귀국을 결심했다. 옳게 일하기만 한다면 어디에서 무엇을 하든 잘해낼 수 있다고 믿었기에, 스스로를 위해 옳은 선택을 내렸다.

그녀는 일본에 발판을 두고 샤먼에 자신의 이름으로 회사를 세웠다. 민남 격언 가운데 '3할은 운명에 의지하고 7할은 목숨을 건 노력에 의지한다'는 말이 있다. 그 격언대로 그녀는 죽을힘을 다해 노력했다. 주말도 잊고 일에 몰두했다. 자신의 작품을 출품하고 널리 알리기 위해 일본과 중국을 수시로 오갔다. 하늘이 그녀의 간절한 노력을 외면하지 않아서 사업은 성장가도를 달렸다.

하지만 일을 제외한 그녀는 말주변이 없고 혼자 있기를 좋아하는 수줍음 많은 여자였다. 연애 경험도 없고 친구도 별로 없었다. 만나는 사람이라고 해봤자 회사 직원과 사업 파트너가 전부였다.

부모님이 몇 번 맞선 자리를 마련했지만 그녀는 매번 거절했다. 한 번은 아버지의 목을 껴안고 이렇게 말했다. "아빠, 서두르지 않으셔도 돼요. 지금껏 하늘이 제게 얼마나 잘해줬는데요. 분명 저한테 맞는 짝도 점지해 놓았을 거예요. 그러니 아빠 엄마 곁에 조금만 더 있게 해 주세요. 지금은 두 분과 함께 있는 것이 제가 할 수 있는 가장 옳은 일이에요."

나무는 인생에 감사하고 현재에 만족할 줄 알았다. 과한 욕심도 주제넘은 바람도 없으니 삶은 언제나 단순하고 즐거웠다. 마오를 만나기 전까지는 분명히 그랬다.

"자네를 만난 이후 나무는 여태껏 본 중에 가장 행복해 보였다네. 또 가장 고통스러워 보였지."

마오는 아무 말도 하지 못했다. 아주머니는 그를 물끄러미 바라보다 다시 입을 열었다.

"마오, 우리 나무를 구해 주게. 자네는 좋은 사람이야. 우리 노인네들이 젊은 사람들 일에 이래라저래라 할 수는 없지만 그래도 한 가지는 장담할 수 있네. 우리 나무 역시 자네처럼 좋은 사람이라네. 그것만 알아주게. 자네에게 준 옷도 그 애가 직접 만든 거야. 눈짐작으로 사이즈를 재고, 밤새 제 손을 움직여 옷을 지었다네. 디자이너이긴 하지만 그 애가 그렇게 밤을 새워 가며 하나부터 열까지 죄다 자기 손으로 옷을 만들어 준 사람은 지금껏 딱 둘뿐이네. 한 명은 제 아빠고, 다른 한 명은 바로 자네지. 나도 그 애한테 물어봤네. 왜 그렇게 자네한테 정성을 기울이느냐고. 딱 한 마디 하더군. 좋아하니까. 좋아하니까 옳은 일을 할 뿐이라는 거야. 옳게 일하기만 한다면 모든 일이 옳게 된다고 그 애는 믿었네. 또 정성을 다하는 것보다 더 옳게 일하는 건 없다고 믿었어. 마오, 나무는 떠났네. 일본으로 돌아갔어. 그러니 자네도 가게. 자네 잘못은 없네. 그저 우리 딸이 너무 순진했을 뿐이야. 지나치게 정성을 기울이면 상처도 크게 받을 수 있다는 걸 모른 게지. 하지만 그 옷은 아무리 생각해도 아쉬워. 그 애가 몇 번이나 뜯고 다시 만들었는데……. 듣자하니 항상 크거나 작아서 한 번도 맞지 않았다지? 정말 아쉽구먼."

12

여름이 지나고 가을도 지났다. 2007년이 다 가고 있었다. 나무는 마침내 일본에서 돌아왔다. 돌아오지 않을 수 없었다. 여타 업무는 유선으로 처리한다고 해도 사장으로서 회사의 송년 파티에 참석하지 않을 수 없었기 때문이다. 그녀는 입구를 지키는 경비에게 지나가듯 물었다. "회사 앞에서 날 기다리는 사람은 없었나요?" 머리는 파르라니 깎고 금목걸이를 한. 그런 사람은 없었다는 대답이 돌아왔다. 집으로 돌아온 그녀는 대문 앞을 꼼꼼히 살폈다. 발판도 들춰 보고 문틈도 살폈다. 쪽지나 편지는커녕 터럭 하나 찾을 수 없었다. 부모님도 일찌감치 일본으로 모셨기 때문에 누군가 그녀를 찾아와 문을 두드렸는지 어쨌는지 알려 줄 만한 사람도 없었다.

마오에게 전화할 생각이 들지 않은 것은 아니었다. 잠시지만 그의 집을 찾아가 볼 생각도 했다. 하지만 다 포기했다. 그녀는 마오의 말투를 흉내 내며 스스로를 단념시켰다. '말 같지도 않은 소리, 집어치우쇼. 쥐꼬리만 한 자존심이라도 지켜야지!'

회사 송년 파티는 예정대로 진행됐다. 오랜만에 돌아온 나무를 보고 직원 모두가 기뻐했다. 그러나 누구도 그녀가 우울해하고 있다는 사실을 눈치채지 못했다. 그녀는 이번 중국행을 끝으로 아예 일본에 정착하기로 결심했다. 분명히 그것이 옳은 일 같았지만 왜인지 자꾸 기분이 가라앉았다. 무대 위에는 초청 가수가 노래를 부르며 흥을 돋우고 있었지만 나무는 멍하니 옛 생각에 잠겼다. 그날 밤, 롄화로 주차장에서 차창을 두드리던 마오의 모습이 떠올랐다. 대신 주차해 주겠다며 차에서 내리라던 그의 성난 목소리가 귓가에 울리는 듯했다. '고마워할 필요는 없어요, 내가 착해서 이러는 건 아니니까.' 나무는 붉은 와인이 담긴 잔을 들어 올리며 쓰게 웃었다. 그리고 씁쓸한 와인을 입안에 흘려 넣으며 작별 인사를 고했다. '안녕, 나의 금목걸이 남자. 이젠 나도 더 이상 슬퍼하지 않을 거야. 다만 내가 태어나 처음으로 사랑한 남자가 당신이었다는 걸 직접 말하지 못한 게 아쉬울 뿐. 잘 있어요, 내 사랑.'

"문 열어, 문 열라고." 차창을 두드리며 끊임없이 외치던 그의 목소리가 바로 그녀의 곁에서 울리는 듯했다. 추억이 날카롭게 그녀의 마음을 들쑤셨다. '아, 정말 그를 잊을 수 있는 때가 오기는 하는 걸까.' 잠시 멍해져 있던 그녀는 다른 사람들의 반응을 보고서야 비로소 문을 두드리는 소리가 환청이 아님을 깨달았다. 정말로 누군가가 연회장 문을 부술 듯 두드리고 있었다.

쾅, 소리와 함께 문이 열리고 두 사람이 한 덩어리로 엉켜 구르듯 들어왔다. 연회장 안은 순식간에 정적에 휩싸였다. 엉겨 있던 덩어리에서 먼저 일어난 사람은 회사 기획부 팀장이었다. 그는 긴장된 얼굴로 장내를 둘러보다가 나무와 눈이 마주치자 목이 졸린 듯한 소리로 겨우 외쳤다. "저, 정말 저는 모릅니다. 전 아무것도 말하지 않았어요. 맹세해요……."

뒤에서 커다란 손이 쑥 나오더니 팀장의 머리를 한쪽으로 밀어냈다. 나무는 떨리는 가슴을 움켜쥐고 눈물이 그렁그렁한 눈으로 팀장 뒤에서 나타난 사내를 바라봤다. 짧게 깎은 머리, 번쩍이는 금목걸이, 그리고 저 옷은……. 그것은 그녀가 아주 잘 아는 옷이었다. 한 땀 한 땀, 그를 위해 직접 만든 바로 그 옷이었다.

13

"그래서?"

나는 마오를 추궁했다. "그래서 그 많은 사람이 지켜보는 중에 나무에게 어떻게 고백을 했는데?"

마오가 쑥스럽다는 듯 머리를 문질렀다.

"그때는 고백하지 않았고, 그냥 딱 한마디 했어. '옷이 아직도 안 맞으니, 어서 고쳐주쇼.'"

나는 오골계 냄비를 그의 머리 위에 뒤집어씌우고 싶은 충동을 겨우 참았다.

"야, 이 투박하다 못해 무식한 놈아. 반년 넘게 찾아가지도 않았으면서 겨우 만나서 한단 소리가 옷을 고쳐 달라고?"

그는 애써 항변했다.

"찾아가려고 했어. 하지만 비자가 안 나왔다고. 일본 영사관에서 나한테 비자를 안 내주더라니까. 그래서 그녀가 중국에 돌아오기만 기다렸던 거야. 그날도 원래는 기타 치면서 로맨틱하게 고백하려고 했어. 하지만 그녀를 보자마자 나도 모르게 그 말이 튀어나와 버린 거야."

나는 한숨을 푹 쉬며 물었다. "그래서? 설마 나무가 그 많은 사람을 다 내버려 두고 네 옷을 고쳐 주러 갔다는 거야?"

마오가 씩 웃었다. "응, 그랬지. 그리고 옷 고치러 가는 길에 내가 청혼했어."

나는 오골계 냄비를 다시 꽉 끌어안으며 눈을 반짝였다. "어서 말해 봐, 하나도 빠짐없이 전부!"

"당장은 바느질 도구가 없으니까 먼저 사러 가자고 하더라고. 그래서 그녀를 데리고 바느질 도구를 사러 거리를 헤맸지. 그렇게 걷다가 내 신발 끈이 풀렸는데, 나무가 그걸 보더니 자연스럽게 무릎을 꿇고 앉아서 끈을 매 주는 거야. 난 주변을 돌아봤어. 우리 둘을 주목해서 보는 사람은 아무도 없었어. 그 순간 거기에는 세상에서 가장 평범한 남자와 여자, 둘밖에 없었던 거야."

나는 애가 탔다. "뜸 좀 그만 들이고 이제 그만 털어놔 봐. 어떻게 고백했냐니까?" 과거에 금목걸이를 두르고 여자깨나 울리고 다녔던 시커먼 늑대 마오는, 세상에서 가장 순박한 표정으로 말을 골랐다.

"손을 뻗어서 그녀의 얼굴을 감싸 일으켰어. 그리고 가만히 키스했지. 그녀도, 나도 눈을 감지 않았어. 그녀의 눈에서 눈물이 또르르 떨어지던 것을 기억해. 그녀는 내 목을 감싸 안고 놓지 않았어. 나 역시 그녀를 끌어안으며 말했지. 나무, 울지 마요. 키스했으니 이제 우리 연애하는 겁니다. 그녀는 힘껏 고개를 끄덕였어. 내 얼굴에 눈물 콧물 다 묻혀 가면서 말이야. 그녀가 묻더군. '나 예뻐요?' 난 아주 예쁘다고 대답했어. 사실 처음부터 그녀를 예쁘다고 생각했어. 그녀를 본 이후로 다른 여자들은 하나도 눈에 들어오지 않았지. 그렇게 말하자, 나무는 눈을 감고 다시 한 번 키스해 달라고 했어……."

아, 이런 이가 시릴 정도의 달달함이란! 나는 이를 악물고 웅얼거렸다.

"……마오야, 우리 둘이 합쳐서 예순이다. 그 나이 먹고 그게 뭐하는 짓이냐. 처음 연애하냐? 엉? 십대야? 야, 요즘 십대도 너보다는 담백하겠다……."

2009년, 두 사람은 마침내 결혼했다. 그리고 좀 더 시간이 흐른 후에 각자의 일을 정리하고 경제적으로 독립한 상태에서 함께 사업을 시작했다. '무토우마웨이(木斗馬尾: 나무말총)'이라는 의류 브랜드를 출시하고 전국에 체인점을 낸 것이다. 덕분에 그들은 매년 여기서 몇 달, 저기서 몇 달 지내며 중국 전역을 떠돌고 있다. 직접 차를 몰고 각지를 다니는데 일 핑계를 대고 있지만 사실 절반은 여행에 가깝다. 나무는 마오의 사업적 재능을 발굴하고, 마오는 나무의 여행 본능을 일깨운 셈이다. 차 트렁크에 기타를 싣고 옆자리에는 아름다운 아내를 태우고 아내가 직접 만든 옷을 입고 전국을 누비는 인생에 마오는 상당히 만족해했다.

"좋아, 마오. 그 다음부터 무슨 일이 있었는지는 나도 잘 아니까 됐고. 이 정도면 2007년도에 무슨 일이 있었는지 독자들의 궁금증은 충분히 만족시킬 수 있을 것 같군. 그러니 이 오골계탕은 얌전히 돌려주겠다……만은! 한 가지 더 밝혀야 할 게 있어. 대체 이 오골계탕을 왜 그리 지키려고 애쓰는 거야? 뭐가 그렇게 중요해서 나한테 한 모금 먼저 마실 기회도 주지 않는 거냐고?" 내가 목소리를 높이자 마오는 황급히 손가락을 세워 입을 막고 조용히 하라며 눈을 부라렸다. 그러더니 슬쩍 침실 쪽을 돌아보며 시계를 보더니 소리를 낮춰 말했다.

"좀 조용히 해. 너무 시끄럽잖아. 이제 그녀가 낮잠에서 깰 시간이야. 곧 오골계탕을 먹을 수 있으니 조금만 기다리라고."

마오의 눈빛이 부드럽게 누그러졌다.

"너도 알다시피 우린 둘 다 나이가 많잖아. 그래서 결혼하자마자 바로 아기를 가지려고 노력했어. 감사하게도 아기가 생겼었는데……, 얼마 전에 나무가 크게 넘어지는 바람에 뱃속 아기가 잘못되고 말았어. 의사 말로는 앞으로 가능성이 크지 않다고 하더군. 나무는 많이 울었어. 난 울지 말라고 했지. 애야 없으면 어때 내가 있는데. 남은 인생, 아이가 없어도 내가 있으니 됐지 않느냐고……."

마오는 손을 뻗어 음식의 온도를 가늠하며 말했다.

"아직 몸이 다 회복되지 않은 상태라 보신을 잘해야 해. 내가 다른 요리는 그저 그래도 탕 하나는 기가 막히게 끓이거든. 나무도 좋아하고 말이야. 잘난 구석 하나 없는 나지만 탕이라도 잘 끓여서 그녀를 기쁘게 해 줄 수 있으니 얼마나 좋아. 그래서 매일 오골계탕을 끓이고 있어."

그가 갑자기 엄숙한 표정을 짓더니 내게 손가락을 뻗으며 위협하듯 말했다.

"나무는 내 부인이야. 그러니 내가 끓인 모든 탕의 첫술은 반드시 내 마누라 차지야. 알았지?"

어느 가수의 연애편지

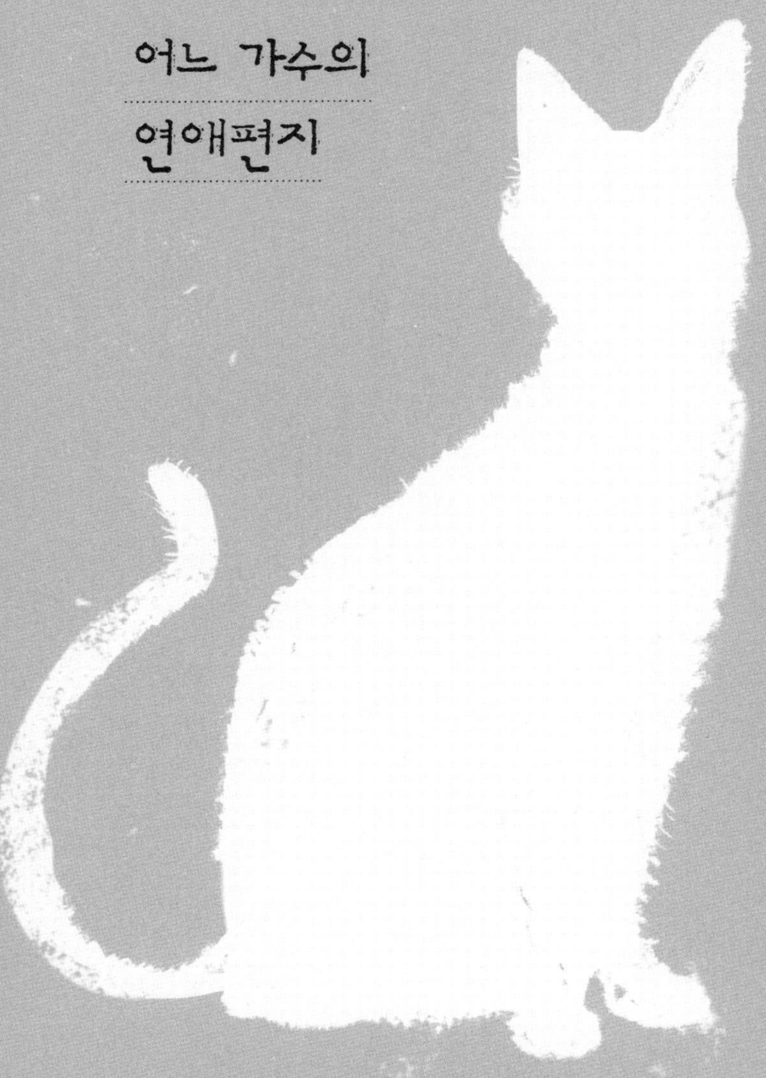

2012년 6월 10일, 나는 윈난 리장의 한 호텔에서 평범한 결혼식의 사회를 봤다. 하지만 이 결혼식은 곧 내 생애 잊을 수 없는 결혼식이 되었다. 사회를 기가 막히게 잘 봤느냐? 그건 아니다. 사실 사회는 죽을 쒔다. 그런데도 모두가 기뻐하고 주인공들은 더할 나위 없이 만족해했다. 여기, 그때 그 결혼식을 소개할까 한다.

1

결혼식 입회인을 맡은 샤오송이 마이크를 확 잡아채더니 격정적으로 외쳤다.

"우리 셋째 나리(이야기 주인공인 저우싼의 별명)와 셋째 형수가 서로 그렇게 붙어먹더니, 결국 성공했습니다!"

나는 미치기 일보 직전이었다. 여태껏 수많은 결혼식에서 사회를 봤지만 이렇게 괴상한 결혼식도, 저렇게 수준 떨어지는 입회인도 처음이었다.

괴상하고 수준 떨어지기로 따지자면 신부 들러리들 역시 만만치 않았다. 이 좋은 날 대체 무슨 심보인지, 문 좀 잘 열어 달라고 준 빨간 봉투(상여금이나 축의금 따위를 붉은 봉투에 넣어 주는 풍속에서 기인한 것으로 본문에서는 신부 들러리에게 신랑이 주는 돈을 의미함)는 다 받아 놓고도 정작 신랑이 들어올 때가 되자 죽어라 문을 막아섰다. 이유인즉슨 정식으로 프러

포즈를 하지 않았다나 뭐라나. 그녀들은 식장에 들어오기 전에 '사랑한다'고 100번 외치지 않으면 문을 열어 주지 않겠다며 신랑인 저우싼(周三)을 협박했다. 평소 성실하고 고지식하기로 유명한 그는 또 곧이곧대로 한쪽 무릎을 꿇고 큰소리로 외치기 시작했다. "사랑해! 나랑 결혼해 줘!" 그가 한 번 외칠 때마다 문 안쪽에서 들러리들이 숫자를 불렀다. 적당히 하고 열어 주겠거니 했는데 웬걸, 여든 몇 번이 넘어가도록 문은 꿈쩍도 하지 않았다. 참다못한 신랑 들러리들이 문을 억지로 열려고 시도했지만 안쪽의 신부 들러리들은 아랑곳없이 느긋하게 숫자만 헤아렸다. 아흔하나, 아흔둘……. 저우싼이 아흔일곱 번째 '사랑해'를 외쳤을 때, 갑자기 문이 벌컥 열렸다. 그 바람에 문에 붙어 있던 신랑 들러리들이 한 데 엉겨 쓰러졌다.

문을 연 사람은 하얀 면사포를 쓴 신부였다. 그녀는 그렁그렁한 눈으로 환하게 웃으며 신랑을 바라보다 끝내 주르륵 눈물을 쏟고 말았다. 굵은 눈물방울이 손가락을 따라 흘러내리고, 잔뜩 젖은 인조 속눈썹은 금방이라도 떨어질 것처럼 축 늘어졌다. 이리저리 보리자루처럼 쓰러진 신랑 들러리들을 사이에 두고 저우싼이 헤실헤실 웃으며 말했다.

"마누라, 울지 마. 아직 세 번 남았어."

그는 여전히 한쪽 무릎을 꿇은 채 성실히 외쳤다. "사랑해! 나랑 결혼해 줘! 사랑해! 나랑 결혼해 줘! 사랑해! 나랑 결혼해 줘!"

외침이 끝나자마자 신부는 신랑을 잡아 일으켰다. 그러곤 문 안쪽을 향해 손을 마구 휘두르며 울음 섞인 목소리로 외쳤다.

"됐어, 이젠 됐어! 저우싼이 처음으로 나한테 사랑한다고 했어요!"

저우싼은 쑥스러운 듯 웃었다.

"아이고, 알았으니까 이제 그만 울어요, 마누라."

그는 손을 뻗어 신부의 눈물을 닦아 주다 그만 부주의하게 속눈썹 하나를 떨어뜨리고 말았다. 그러자 신부 들러리들이 어디선가 화장 도구를 꺼내 들고 우르르 몰려들었다. 속눈썹을 다시 붙이네, 화장을 고치네 부산한 와중에 신부는 한쪽 눈을 감고 한쪽은 뜬 채 저우싼을 향해 말했다.

"좋아요! 이제 안 울 거야. 자기가 나한테 그렇게나 많이 사랑한다고 해 줬는데 앞으로는 웃기만 해야지!"

말이 끝나자마자 신부는 허리에 손을 얹고 천장을 바라보며 하하하 호탕하게 웃어 젖혔다. 그 바람에 겨우 반쯤 붙여 놓은 속눈썹이 다시 떨어지고 말았다.

나는 그토록 괴상한 신부를 일찍이 보지 못했다. 그녀는 과연 자신이 한 말을 철저히 지켜서 이후에 식이 진행되는 동안 줄곧 웃어 댔다. 신부라면 마땅히 수줍어하고 엄숙해야 할 때도 있다는 사실은 까맣게 잊은 듯했다. 어찌나 웃던지 나중에는 웃음가스라도 마신 게 아닌가 의심이 들었다.

보통 신부가 단상에 오르면 사회자는 '지금 기분은 어떠냐'고 묻는다. 보통은 너무 행복하다거나 너무 떨린다고 대답하기 마련인데 이 신부는 그마저도 파격을 달렸다. 내 질문이 떨어지기가 무섭게 고개를 획 돌려 곁에 선 신랑을 향해 이렇게 외친 것이다.

"하하하! 이제 당신은 내 거야! 적어도 이번 생에는 죽을 때까지 도망 못 쳐! 하하하!"

그녀는 미친 듯이 웃으면서 저우싼의 어깨를 향해 주먹을 날렸다. 남자들끼리 우정을 다짐하며 서로의 어깨를 툭툭 치는 모양새였다. 내 생애 그렇게 호탕한 신부는 처음이었다. 또 그렇게 수줍은 신랑도 처음이었다. 저우싼은 얼굴을 붉히며 부끄럽다는 듯 대답했다.

"마누라, 나 도망 안 가."

그렇다. 그는 명백히 부끄러워하고 있었다. 나는 머리가 어질해졌다. '어우, 이게 다 뭐야…….'

어쨌든 결혼식은 계속 진행되어야 했기에 뛰어난 사회자인 나 다빙은 재빨리 정신을 수습하고 신랑에게 물었다.

"자, 신랑에게 묻겠습니다. 대체 무슨 수를 썼기에 이토록 아름다운 여인에게 평생 자신과 함께 살겠다는 결심을 하게 했나요?"

사실 이 질문은 어떻게 대답해도 상관없었다. 유머러스하게 넘기거나 진실한 속마음을 고백하거나, 어쨌든 다음 질문으로 넘어갈 수 있게 재량껏 몇 마디 하면 그만이었다. 하지만 내가 간과한 사실이 한 가지 있었다. 그것은 질문을 받은 이가 결코 평범하지 않다는 점이었다. 다시 말해 저우싼이 얼마나 성실하고 고지식한 사람인지를 잠깐 잊은 게 탈이었다. 그는 입을 헤벌리고 잠깐 생각하더니, 잔뜩 긴장한 얼굴로 내게 말했다.

"무, 무슨 수를 썼냐고요? 그, 그게……. 기억이 잘 안 나는데……."

아, 기억이 안 나신다고요. 단상 아래에서 수백 개의 눈이 뚫어져라 쳐다보는 와중에 기억이 안 나신다고요. 나는 답답하다 못해 울화통이 치밀었다. 이게 누구 결혼식인지는 아냐? 지금 결혼하는 게 나야? 나냐고! 아니, 자기 결혼식을 자기가 망치는 사람이 어디 있어? 내가 아무리 경험 많고 유능한 사회자라도 그렇지, 그런 식으로 대답하면 나더러 어떻게 말을 이으라고? 머리칼이 바짝 서고 입안이 깔깔한 가운데 사태 수습을 고민하는 찰나. 누군가 내 손에서 마이크를 채 갔다. 신부였다. 그녀는 여전히 신이 난 얼굴로 마이크에 대고 소리쳤다.

"난 기억나요! 내가 말할게요, 내가!"

여보세요, 신부님. 여긴 결혼식장이지 퀴즈 경연대회장이 아니에요. 나는 눈물이 날 것 같았다. 하지만 어쩌겠는가. 이미 마이크를 뺏겼으니, 그저 들을 수밖에.

"한번은 그가 내게 이렇게 말했어요. 난 비록 가난하지만 죽 한 그릇도 당신과 나누어 먹을 거야. 아니, 당신에게 더 많이 줄 거야……."

좋아, 됐어. 나는 안도의 한숨을 내쉬었다. 온갖 돌발 상황으로 혼돈에 빠졌던 결혼식이 겨우 정상 궤도를 되찾은 느낌이었다. 이 얼마나 감동적인 발언인가. 이대로라면 본디 결혼식이 갖춰야 할 낭만적인 분위기를 늦게나마 어떻게든 조성할 수 있을 듯했다. 뛰어난 결혼식 사회자가 갖추어야 할 가장 중요한 덕목은 신랑 신부의 말을 잘 경청하다가 끼어들 타이밍을 놓치지 않고 잽싸게 나서서 분위기를 만드는 것이다. 나는 뛰어난 사회자답게 전광석화의 속도로 다가가 마이크 앞에 머리를 들이밀었다.

"이야, 사랑하는 사람과 나누어 먹는 죽 한 그릇은 그 어떤 산해진미보다도 달고 맛있는 법이지요! 그럼 신부님, 곁에 있는 이 남자가 어느 순간에 그런 로맨틱한 고백을 했는지 혹시 기억하고 계신가요?"

신부는 천진난만한 미소를 지으며 고개를 끄덕였다.

"물론이죠. 우리 둘이 야반도주를 하기로 한 날, 문자로 고백하더라고요!"

야반도주?!

제발 나 좀 봐주라. 나 좀 봐달라고, 이 사람들아. 양 백 마리가 머리 위에서 뜀뛰기를 해도 이것보단 골치가 덜 아프겠다! 누구, 벽돌 가진 사람 없어요? 밧줄은? 아무래도 저 두 사람, 때려서 기절시키든가 밧줄로 꽁꽁 묶어 가둬 버리든가 해야 할 것 같아! 야반도주라니, 그게 이 신성한 결혼식장에서 나올 법한 단어란 말입니까. 대체 몇 차원이나 되어야 저런 소리를 아무렇지 않게 할 수 있는 거지? 이런 설정은 막장 드라마 작가도 안 써! 〈순간포착 세상에 이런 일이〉에도 이런 일은 안 나와!

나는 애써 웃으며 마이크를 뺏으려 했지만 신부의 손아귀 힘은 상상 이상이었다. 우리는 마이크를 두고 보이지 않는 힘겨루기를 벌였으나 결과는 나의 패배. 그것도 그녀의 팔꿈치에 아래턱을 얻어맞으며 장렬히 나가떨어지는 추한 모습으로 마무리됐다. 그보다 더 큰 문제는 아래턱과 위턱이 딱 소리 나게 부딪치는 사이에 혀가 있었다는 점이다. 악, 내 혀, 내 혀, 내 혀……! 단상 아래 수백 개의 눈이 지켜보는 가운데, 나는 눈물을 찔끔 흘리며 얼얼한 혀를 내밀고 방방 뛰었다. 1999년 첫 결혼식 사회를 본 이래 수많은 사건과 별별 사태를 다 겪으면서도 절대 무너지지 않았던 나 다빙이 이번에는 완전히 두 손 두 발 다 들고 말았다. 나는 방방 뛰면서 소리쳤다.

"저우싼! 내가 졌다. 이 사람이 네 인생의 아내가 맞는 거지?"

혀를 씹은 탓에 '인생'이 '이생'처럼 발음됐다. 저우싼은 잠시 멍하게 있다가 이내 수줍은 듯 고개를 끄덕이며 말했다.

"이생뿐만 아니라 다음 생에도 내 아내이길 바라."

이건 또 무슨 소리래……. 또르르, 먹구름에서 비가 떨어지듯이 내 눈에서 마침내 눈물이 떨어졌다. 그래, 난 포기했다. 너희들 하고 싶은 대로 다 해라. 야반도주를 하든 나체도주를 하든 나는 이제 상관 안 하련다. 그냥 한쪽 구석에 처박혀서 훌쩍이고 있지, 뭐.

신부는 시원스럽게 나를 무시해 버리고 한 손에는 신랑의 손목을, 다른 손에는 마이크를 틀어쥔 채 앞으로 성큼성큼 걸어 나갔다. 순간 순백의 긴 드레스 자락이 말을 타고 용맹하게 내달리는 장군의 어깨 휘장처럼 휘날렸다. 그녀는 마이크를 코앞까지 들어 올리고 낭랑하게 말했다.

"어떤 사람은 70년을 만나도 그저 남이고, 어떤 사람은 7일을 만나도 인생의 반려가 돼요. 나와 저우싼은 만난 지 7일 만에 평생을 함께하기로 약속하고 야반도주를 했어요. 마침내 운명의 상대를 만났는데 주저할 이유가 있나요? 괜히 체면 차리고 격식 차리다 놓치면 어쩌려고요? 이 세상에서 제가 죽어도 하기 싫은 일을 하나 꼽으라면 그건 바로 후회예요. 전 지극히 평범한 여자지만 그와 야반도주한 것을 한 번도 후회한 적 없어요. 일생에 딱 한 번 해본 미친 짓이었지만, 그 미친 짓을 그를 위해 저지른 걸 한 번도 후회하지 않았어요. 지금 이 자리에 계신 분 중 절반 이상이 처음부터 저와 저우싼을 좋게 보지 않으셨다는 걸 알아요. 우리가 아무런 결실도 맺을 수 없다고 생각하셨겠죠. 하지만 보세요. 오늘 우리는 정식으로 부부가 되었어요. 처녀자리와 천칭자리가 어울리지 않는다고 누가 그랬어요?"

그녀는 신부 들러리들을 바라보며 의기양양하게 외쳤다.

“너희들, 여기 이 남자더러 촌스럽고 무뚝뚝한데다 처녀자리라고 뭐라 그랬지? 낭만도, 열정도 없고 일생을 걸고 뛰어들 가치는 더더욱 없는 남자라고 말이야. 맞아. 이 사람 전혀 낭만적이지 않아. 심지어 프러포즈할 줄도 몰라. 이 사람이 할 줄 아는 유일한 낭만적인 일은 매일 기타를 치며 노래를 불러서 나를 깨워 주는 것뿐이야. 나는 매일 그의 노랫소리를 들으며 잠에서 깨. 매일, 매일 말이야!”

“내가 한밤중에 화장실에 가려고 일어나면 이 사람은 벌떡 일어나 나를 껴안으면서 말해. ‘쉔쉔, 어디 가?’ 나는 그를 달래지. ‘걱정 마요, 나 화장실 가는 거야.’ 그러면 그는 내가 침대로 돌아올 때까지 기다려. 아무리 오래 걸려도 내가 올 때까지 졸린 눈을 부비면서 기다린다고. 그리고 내가 오면 언제나 팔베개를 해 주지. 이이는 나를 꼭 안아야 잠이 온대. 내가 조금만 옆으로 움직여도 나를 따라 움직이고, 내가 침대 밑으로 굴러 떨어지면 얼른 안아서 다시 올려 줘. 그리고 다시 꼭 붙어서 누워. 난 몸이 차서 사계절 내내 손발이 얼음장 같은데, 저우쌴은 매일 내 손을 꼭 잡고 다리 사이에 내 발을 끼우고 자. 하지만 내 손발이 차다고 불평한 적은 절대 없어. 그와 함께 잔 3년 동안, 난 한 번도 손발이 시려서 잠에서 깨지 않았어. 그가 내 전용 전기담요가 되어 줬거든."

단상 아래 혼주석이 잠시 소란해졌다. 신부의 부모님이 서로를 머쓱하게 바라보며 연신 헛기침을 해 댄 탓이었다. 아버지는 넥타이를 느슨하게 풀었고, 어머니는 민망하다는 듯 괜히 가슴께를 눌렀다. 하지만 신부는 천진하게 눈을 깜빡이며 말을 계속 이어갔다. 어느새 말투에 쓰촨 사투리가 섞이기 시작했다.

"엄니, 아부지. 한숨 쉬지 마세요. 저우싼이랑 저랑 같이 산 게 3년인데 설마 손만 잡고 잤겠어요? 이참에 아예 다 밝힐게요. 지금 엄니 아부지 딸 뱃속에 애기도 있어요. 4개월째래요."

신부는 허리를 곧게 펴고 손으로 배를 팡팡 두드렸다. 참으로 호기로운 모습이었다. 부모님의 얼굴이 꽃이 피듯 환하게 밝아졌다. 신부 어머니가 신부 아버지의 어깨를 잡아 흔들며 말했다. "아이고, 잘됐네. 아이고, 영감. 이제 당신 마작치러 못 가겠수. 나랑 손주 봐야 하니께!" 아버지는 감격에 겨워 잔을 들고 벌떡 일어섰다. "좌중 여러분께 축복해 주시길 부탁드리며, 지가 먼저 건배를 제안……."

2

한 무리가 달려들어 가까스로 아버지를 자리에 앉히고는 손짓 발짓을 해 가며 만류했다. "아직 건배 제안할 차례가 아니에요, 음식도 아직 안 나왔고 연회도 시작되지 않았다고요, 식이 아직 남았어요……."

단상 위에서는 아직도 신부의 '작업 보고'가 한창이었다. 부모 쪽을 바라보는 순간, 그녀의 목소리가 갑자기 부드러워졌다.

"아부지, 따로 몇 마디 드릴게요. 괜찮으시죠? 아부지, 그때 말이에요. 아부지가 제 은행카드를 자르고, 신분증을 숨기고, 방문에 커다란 자물쇠를 채워서 저를 가둬 버렸을 때요. 비록 그때 문을 두드리며 울었지만 알고 있었어요. 사실은 아부지가 절 너무 사랑해서 그러신다는 걸요. 몰래 도망치고 나서 몇 주 동안 전화 한 통 드리지 않은 거 죄송해요. 제가 잘못했어요. 전화하기 싫었던 게 아니라 용기가 나지 않았어요. 전화기 너머로 아부지의 한숨 소리를 들을 자신이 없었어요. 휴대폰도, 돈도 없이 이빈에서 윈난까지 천 킬로미터를 어떻게 갔는지 모르시죠? 차를 얻어 타고 갔어요. 마흔다섯 시간 동안 차를 바꿔 가며 얻어 타고 가는 동안 손에는 계속 가위를 쥐고 있었죠. 무섭기도 했지만 너무 가슴이 아파서 계속 울었어요. 마음씨 좋은 사람이 먹을 것을 줘도 우느라 먹지 못했고, 자지도 못했어요. 아부지가 절 가뒀을 때는 저우싼이 보고 싶어서 울었는데, 집에서 도망쳐 나온 후로는 아부지와 엄니 때문에 울었어요. ……벌써 몇 년이 지났네요. 아부지, 엄니. 이제 절 용서해 주실 수 있나요? 제가 항상 불효자식은 아니었잖아요. 부모님 말씀이라면 백이면 백 다 따라야 효도인가요? 스스로 원하는 삶을 찾고 살 길을 찾아 행복하게 사는 모습을 보여 드리는 것이야말로 최고의 효도가 아닌가요? 불행한 사람이 과연 진짜 효도를 할 수 있을까요? 저, 정말 잘살게요. 행복하게 잘살게요. 아부지, 전 지금 정말 원하던 삶을 살고 있어요. 저우싼은 제가 어려서부터 찾던 바로 그런 남자예요. 이 사람은 저를 만났고, 전 이 사람을 찾아냈어요. 제게는 남편이 생겼고 부모님께는 아들이 하나 더 생긴 거예요. 저희 두 사람, 함께 두 분께 효도할게요."

"두 분은 저우싼이 가난한 가수라서 걱정하셨죠. 곱게만 자란 제가 그를 만나 고생할까 봐. 하지만 그가 나를 힘들게 한 적은 없어요. 오히려 제가 힘들게 했죠. 아부지가 지금껏 저를 아끼고 사랑해 주셨던 것처럼 그도 저를 아끼고 사랑해 줘요. 비록 달콤하고 로맨틱한 말은 못해도 언제나 예상치 않은 순간에 저를 감동하게 만들죠. 아부지가 그러셨듯이 그도 함께 길을 갈 때면 저를 안전한 쪽으로 걷게 해 줘요. 제가 영화를 보다 울면 꼭 안고 달래 주고요. 처녀자리답게 결벽이 있으면서도 제가 먹다 남긴 음식은 아무렇지도 않게 먹어요. 제가 머리를 며칠째 안 감아서 떡이 져도 아무 말도 안 하고, 살이 쪄도 밉다고 하지 않아요. 전 이 사람을 만나고 다이어트를 그만뒀어요. 제가 어떤 모습이든, 무슨 옷을 입든 이이는 언제나 예쁘다고 해 주거든요."

신부는 잠시 숨을 고르더니 장내를 슥 돌아보며 사뭇 자랑스럽다는 듯 덧붙였다.

"이이는 우리 기념일을 한 번도 잊은 적이 없어요. 거기에 자기가 쓰는 비밀번호도 전부 내 생일로 바꿨답니다!"

오늘, 신랑인 저우싼은 그야말로 장식물이었다. 내내 바보처럼 웃다가 가끔 부끄러워하는 것 외에는 전혀 하는 일이 없었다. 그래서 신부가 손을 치켜들었을 때, 나는 그녀가 답답한 마음에 이 장식물을 한 대 치려는 줄 알았다. 하지만 내 예상과 달리 그녀는 저우싼의 얼굴을 부드럽게 쓰다듬으며 하객들을 향해 말했다.

"사귀기로 했을 때 우린 이미 평생을 함께하기로 결심했어요. 예전부터 늘 함께였던 것처럼, 신기할 정도로 모든 면에서 마음이 통했지요. 사실 우리가 처음 만났을 때 그는 인생에서 가장 힘든 시기를 보내고 있었어요. 전 여자친구가 그의 전 재산을 들고 다른 남자와 도망갔거든요. 물론 그의 마음도 철저히 유린했고요. 그는 모든 사람과 연락을 끊고 집에 틀어박혔어요. 밥도 제대로 먹지 않고 그저 기타만 쳤지요. 유일하게 기타만이 그의 곁을 지켰어요. 우리가 막 만나기 시작했을 때 그의 생활은 정말 엉망이었어요. 감자튀김이랑 콜라로 한 끼를 때우더라니까요. 상처받은 아이가 인형을 끌어안고 잠을 청하듯이 그는 기타를 안고 잤어요. 저는 처음부터 그를 좋아했기에 그런 모습이 너무 가슴 아팠어요. 그래도 욕심 부리지 않고 조금씩 그의 곁에 녹아들려고 했어요. 먼저 요리도구를 사서 매일 삼시세끼 다른 음식을 해줬지요. 힘들다는 생각은 전혀 안 했어요. 그가 먹어 주기만 해도 뛸 듯이 기뻤거든요."

그녀가 갑자기 식장 안의 어느 한 구석을 똑바로 바라보며 웃었다.

"전 종종 저우싼에게 말해요. 당신의 전 여자친구가 밉기는커녕 정말 고맙다고. 정말 그래요. 그녀가 떠나 준 덕분에 우리가 만날 수 있었잖아요. 사람은 일생 동안 세 사람을 만난다고 해요. 나는 사랑하지만 나를 사랑해 주지 않는 사람, 나를 사랑해 주지만 나는 사랑하지 않는 사람, 마지막으로 나도 사랑하고 그도 나를 사랑해 주는 사람. 저는 저우싼의 전 여자친구가 세 번째 사람을 이미 만났기를 진심으로 바라요. 혹 못 만났더라도 저우싼에게 돌아올 생각은 추호도 하지 말았으면 해요. 저우싼은 그녀에게 버릴 수 있는 사람이지만, 저에겐 없어서는 안 될 사람이거든요. 이제 와서 그녀가 다시 그를 원한대도 전 내줄 생각이 없어요. 절대로. 그렇다고 제가 불안한 건 아니에요. 사실 불안해하는 사람은 저우싼이랍니다. 그가 라이브 바에서 노래를 할 때마다 저도 같이 가서 서빙을 돕거나 손님맞이를 하는데요. 무대에서 노래를 부르는 동안 제가 무대 아래에서 다른 사람과 인사하거나 이야기를 하고 있으면 이이는 기타를 내려놓고 달려와 저를 꼭 껴안으며 말한답니다. '마누라, 친구 분이셔? 나도 소개해 줘.'"

장내가 한바탕 웃음소리에 휩싸였다. 꽤 많은 사람이 무대를 향해 손사래를 쳤고, 어떤 이는 이렇게 외쳤다. 아, 그런 거였어? 정말 너무하네! 셋째 형수, 담에 우리가 가면 꼭 할인해 줘야 해요!

신부는 주먹을 모아 쥐고 사방을 향해 읍하며 물었다.

"제가 너무 오랫동안 이야기해서 혹시 다들 지겨우신가요?"

하지만 사람들이 채 대답하기도 전에 고개를 외로 꼬며 혼잣말처럼 중얼거렸다.

"지겨워도 어쩌겠어요? 얌전히 들어야지. 어쨌든 오늘은 내 결혼식이고, 내가 주인공이니까!"

새침하던 신부 들러리들마저 박수를 쳤다. 장내를 가득 메웠던 박수소리가 가라앉자 신부는 신랑 저우싼의 어깨를 바로 펴 주고 두 손으로 마이크를 꼭 잡은 채 그의 눈을 지그시 바라보았다. 그리고 한 마디 한 마디 힘주어 말했다.

"아마 사람들은 오늘 내 모습만 보고 날 굉장히 강하다고 생각할 거야. 여자답지 못하다고 하겠지. 하지만 내가 강하게 구는 건 오늘뿐이야. 자기만 이해해 준다면 다른 사람들이 어떻게 생각하든 신경 안 써. 내일부터는 자기 양말을 빨고, 맛있는 음식을 해 주고, 공손히 기타를 가져다 주는 얌전한 아내로 돌아갈게."

저우싼은 입만 벙긋댈 뿐 아무 말도 하지 못했다. 그는 어찌할 바를 모르는 사람처럼 손을 들었다 놨다, 머리를 긁었다 문질렀다 하더니 갑자기 신부의 얼굴을 두 손으로 감싸고 끌어당겼다. 그의 의도는 분명히 멋지게 키스를 하는 것이었겠지만 너무 세게 달려든 탓에 두 사람 모두 마이크에 이를 부딪치고 말았다. 딱, 하는 소리가 스피커를 통해 장내에 낭랑히 울려 퍼졌다. 둘은 입을 가린 채 서로를 바라보며 한참을 웃어 댔다. 마치 온 세상에 자기 둘밖에 없는 듯한 모습이었다.

물론, 무대 한쪽 구석에 쭈그리고 앉아 아픈 혀를 달래고 있는 유능한 사회자가 있다는 사실 역시 까맣게 잊은 모양이었다. 나는 기회를 놓치지 않고 살금살금 그들에게 다가갔다. 그리고 마침내 사정거리 안까지 들어갔을 때 신부 손에 들린 마이크를 향해 잽싸게 몸을 날렸다!

다음 순간, 나는 코를 움켜쥐고 폴짝 폴짝 뛰고 있었다. 서로에게 빠져 있어서 나를 못 볼 줄 알았는데, 아니 분명히 못 봤는데도 신부가 손을 휘둘러 내 코를 정확하게 명중시켰던 것이다. 찌르르한 아픔이 코끝에서 발끝까지 관통했다. 아, 누구 탓을 하랴. 상대도 못 알아보고 덤빈 내 잘못이지. 눈물이 맺혀 앞이 어른어른한 가운데 흰 드레스의 신부가 신랑을 애틋하게 올려다보는 모습이 보였다. 또 무언가 말을 하는 모양이었다.

"처음 만났을 때 나는 스물두 살이었고 당신은 서른한 살이었지. 지금은 스물넷, 서른셋이고. 하지만 시간은 여전히 우리가 처음 만났을 때에 머물러 있는 것 같아. 저우싼, 날 아내로 맞아 줘서 고마워. 우리 나이가 아홉 살 차이잖아? 아홉은 단수 중에 최대치이고. 그러니까 아홉 살 차이 나는 사랑을 만난 나는 최대치의 행복을 얻은 거야.”

신부의 기나긴 작업보고가 마침내 끝이 났다. 그녀는 그제야 나를 바라보며 손을 뻗어 마이크를 내밀었다. 나는 순간 고민에 빠졌다. 저걸 받아야 해, 말아야 해? 욱신거리는 혀와 코의 통증이 가까이 가면 또 어디가 어떻게 깨질지도 모른다고 경고했다. 하지만 받지 않았다가는 더 큰 사달이 벌어질 수도 있었다. 최대한 팔을 뻗어 안전거리를 확보하면서 마이크를 가져와야겠다고 결심하는 순간, 저쪽 상황이 급변했다. 마이크가 부드러운 곡선을 그리며 신부의 손에서 신랑의 품으로 날아간 것이다. 그렇게 나는 또 한 번 마이크를 빼앗기고 말았다. 아니, 이럴 거면 애당초 사회자를 세우지 말던가. 지들끼리 북 치고 장구 치고 다 할 거면서!

3

저우싼은 덜 익은 감자튀김마냥 뻣뻣하게 서서 더듬거렸다.

"저, 뭐라고 말해야 할지 모르겠네요. 제가 하고 싶은 말을 쉔쉔이 방금 다 해 버려서……."

하객들이 박수를 치며 그를 격려했다. 누군가 의자 위에 올라서서 외쳤다. "셋째 나리, 쫄지 마! 오늘은 네가 주인공이니까 생각나는 대로 다 말해도 돼! 혹시 죄 지은 게 있으면 미리 자수해서 광명 찾으라고!" 저우싼은 신부를 바라봤다. 신부도 하객과 합세해서 신나게 박수를 치는 중이었다. 결국 그는 수줍게 웃으며 입을 열었다.

"2005년에 고속도로 요금 징수소 일을 그만두고, 동생인 샤오송과 좀 더 넓은 세계로 나가자며 고향을 떠났어요. 우린 기타만 메고 청두로 향했지요. 가수가 될 생각이었거든요. 큰 도시에 가면 기회가 더 많지 않을까 생각했는데 웬걸, 성공은커녕 하루하루 밥 먹고 살기도 힘들더라고요. 당시 우리는 방세가 싼 불법 가건물 숙소에 살면서 한 사람당 하루 2위안으로 버텼어요. 라이브 바며 술집이며 공연할 수 있을 만한 곳은 전부 찾아다녀 봤지만 우리가 윈난에서 왔다고만 하면 사람들은 고개를 저었어요. 샤오송은 그래도 끝까지 꿈을 지켜야 한다고 했지만 당장 굶게 생겼는데 어찌하나요? 집주인이 문을 두드리며 방세와 수도세를 내라고 하는데, 무엇으로 내야 하나요? 꿈으로? 아니면 이상으로? 결국 우리는 초라하게 취징으로 돌아왔어요. 원래는 신장으로 갈 생각이었죠. 그곳은 제가 좋아하는 악기인 돔브라(dombra)의 고향이기도 하거든요. 하지만 샤오송이 함께 리장으로 가자며 저를 붙들었어요. 리장으로 향하는 동안 우리는 길거리에서 노래를 불러 돈을 벌었어요. 괴롭힘도 많이 당하고, 맞기도 많이 맞았죠. 하지만 함께 음악을 하는 좋은 친구도 많이 만났어요. 진쑹(靳松)이나 루핑(路平), 다쥔(大軍) 등이 그때 만난 친구죠. 오늘 결혼식 사회를 맡아 준 다빙도 그렇고요. 그 시절 우리는 자주 같이 어울리며 노래를 불렀어요."

저우싼이 나를 가리켰을 때 나는 짐짓 딴청을 부렸다. 나한테 시선 몰리게 하지 마. 내가 무슨 사회자야. 마이크도 없는 사회자 봤어?

"나중에 돈을 좀 번 이후에 작은 술집을 차렸어요. 잘살고 싶었거든요. 그렇잖아요. 사랑을 하고, 이상을 꿈꾸고, 그러면서도 잘살고…… 누군들 그렇게 살고 싶지 않겠어요? 하지만 현실은……."

그는 잠시 아무 말도 못했다. 그러다 이내 마음을 추스르고 다시 입을 열었다.

"하지만 현실은 꿈이 있을 때는 돈이 없고 돈이 생길 때는 꿈과 사랑이 사라져요. 저 역시 그렇게 정신없이 삼십여 년을 살아왔죠. 그러다 마침내 쉔쉔을 만난 거예요."

저우싼은 손으로 얼굴에 흐르는 눈물을 훔쳤다. 손바닥이 금세 흥건해졌다. 그는 목이 메여 계속 중얼거렸다. "쉔쉔을 만났어요, 마침내 그녀와 만났어요……." 신부가 눈물을 닦아 주려고 했지만 그는 그녀의 손을 피하며 허리를 구부리고 애써 혼자 눈물을 문질러 닦았다. 그러면서 쑥스럽다는 듯 웃었다.

"아이고, 제 꼴이 우습네요. 제가 원래 말을 잘 못해요."

그가 마이크를 제대로 들지 않은 덕에 무대 아래 사람들은 듣지 못했지만, 같이 무대 위에 있던 나는 그가 울먹이며 신부에게 하는 말을 똑똑히 들었다. "여보, 당신이 내게 온 이후로 나는 모든 것을 가진 사람이 됐어. 모든 것이 내게 돌아왔어. 앞으로 정말 행복하게 해 줄게……."

한참 만에 감정을 수습한 저우싼은 하객을 향해 웃으며 사과했다.

"없는 말주변으로 괜히 이상한 소리나 더 하기 전에 차라리 노래 한 곡 할게요. 쉔쉔을 향한 마음을 담은 연애편지 같은 노래랍니다. 그녀와 야반도주를 하기 전날 이 노래를 썼어요. 오늘 이 자리에서 다시 한 번 그녀에게 들려주고 싶네요. 그 김에 여러분에게도 들려드리고요."

'그 김에'라니, 너 정말 말주변 없다. 그래, 뭐. 좋다 이거야. 어디 한번 불러 봐. 신랑이 노래를 부르겠다고 하자 곧 기타가 무대 위에 나타났다. 대부분이 독신인 리장의 가수들은 기타를 부인처럼 끼고 다녔다. 결혼식장이라고 예외일 리 없었다. 기타는 쉽게 공수됐지만 마이크대는 아니었다. 마이크대까지 챙겨 다니는 가수는 없을뿐더러 결혼식장에도 마련되어 있지 않았던 것이다.

한시라도 빨리 노래를 듣고 싶었던 사람들은 저우싼에게 마이크 없이 노래하라고 성화를 부리기 시작했다. 하지만 이 넓은 식장에서 마이크도 없이 소리가 제대로 들릴 리 없었다. 결국 저우싼은 기타를 안고 마이크를 다리 사이에 끼운 채 엉거주춤 노래 부를 준비를 했다.

늦었다고 생각할 때가 가장 빠른 법, 한 그림자가 우뚝 일어나더니 한달음에 달려가 결연히 마이크를 잡고 저우싼의 입가에 안정적으로 갖다 댔다. 스스로 인간 마이크대가 되기를 자처한 것이다. 입을 굳게 다물고, 웃는지 우는지 알 수 없는 묘한 표정으로 미간을 찌푸림으로써 아무 말도 하지 않지만 외려 많은 의미를 전달하고 있는 이 사람은 바로…… 위대한 사회자 다빙이었다. 마침내 마이크를 되찾은 것이다! 아, 그런데 왜 눈물이 나지. 아니다, 그건 중요치 않다. 나의 존재 따위, 지금 이 자리에서는 중요하지 않다. 실제로 누구도 나의 출현에 관심을 보이지 않았다. 모두가 숨을 죽인 채 저우싼의 노래만을 기다리고 있었기 때문이다. 그가 사랑하는 여인에게 쓴 연애편지를 듣기 위해, 여자들은 가슴께를 꾹 누르고 남자들은 팔짱을 낀 채 귀를 쫑긋 세우고 있었다. 그리고 마침내 그가 노래하기 시작했다.

스무 해 동안 난 노래해 왔네, 사랑하는 사람에게 들려줄 노래. 그녀가 어디에 있는지 아직 모르지만 나는 줄곧 찾아왔네. 또 십 년이 흐르고 난 여전히 찾고 있지만 사랑하는 사람 찾지 못했네. 사방은 온통 높은 빌딩, 사방은 온통 비행기와 차, 보는 것만으로도 숨이 막혀. 이제 어쩌면 좋을까, 이 세상은 너무 빨리 변해. 난 저금도 없고 아파트도 없어, 늘 쪼들리며 사는데.

사랑하는 아가씨, 날 거절하지 말아요. 매일 노래를 불러 줄게요. 사랑하는 아가씨, 날 기다려 줘요. 그대를 내 자전거에 태워 세계를 한 바퀴 돌게요. 사랑하는 아가씨, 어서 내 곁에 와요. 그대 내 어깨에 기대 쉬어요. 사랑하는 아가씨, 난 차도 집도 없지만 내 모든 것을 그대에게 줄게요. 사랑하는 아가씨, 어서 내 곁에 와요. 그대 내 어깨에 기대 쉬어요. 사랑하는 아가씨, 난 차도 집도 없지만 내 모든 것을 그대에게 줄게요.

서른 해 동안 난 노래해 왔네, 사랑하는 사람에게 들려줄 노래. 그녀가 어디에 있는지 아직 나는 모르지만 왠지 내일은 내 앞에 나타날 것 같아…….

저우싼이 자신에게 달려오는 그녀를 기다리며 그녀를 만나기 바로 전날 쓴 노래였다. 정말 좋은 노래였다. 이 노래를 들을 때 신부가 어떤 표정이었는지 나는 기억하지 못한다. 눈물이 앞을 가려서 제대로 보지 못했기 때문이다. 마음 깊은 곳에서 뜨거운 눈물이 퐁퐁 솟아나 걷잡을 수 없이 흘러내렸다. 한편으로는 부끄러워 죽을 지경이었다. 훌쩍거리는 마이크대라니, 듣도 보도 못했다.

그렇다. 그것은 내 인생에서 가장 엉망이었던 결혼식 사회였다. 하지만 그 노래는 결혼식장에서 들어본 것 가운데 가장 감동적인 노래였다. 그날 결혼식에 왔던 사람들도 사회자가 누구였는지는 몰라도 노래만큼은 또렷이 기억했다. 〈어느 가수의 연애편지〉라는 제목의 노래를.

4

몇 년 후, 사랑과 돈을 모두 거머쥔 저우싼은 이 노래를 CCTV에서 불렀다. 자작곡 경연 프로그램인 〈Sing my Song〉에 출연한 것이다. 윈난 사투리가 그대로 살아 있는 소박한 그의 노래는 코치로 참여한 타냐 추아(Tanya Chua : 싱가포르의 실력파 싱어송라이터)를 울게 만들었다. 그 뒤로 그는 사랑과 돈뿐만 아니라 꿈까지 이루게 되었다.

그가 TV에 나온 날, 나는 맥주를 마시며 노래를 따라 불렀다. 나도 모르게 웃기도 하고 목청껏 소리를 지르기도 하면서 그와 함께 노래했다. 손에 든 맥주병이 마이크라도 되는 양 꼭 쥐고서.

카메라가 관객석을 비출 때마다 뺨을 감싸고 멍해 있거나 눈물이 가득 고인 관객의 모습이 잡혔다. 하지만 유독 한 여인만이 만면에 찬란한 미소를 띠고 있었다. 그녀는 웃으면서 하염없이 눈물을 흘렸다. 웃고 울면서 손뼉으로 박자를 맞추고 있었다. 주인공으로서, 박자를 맞출 만한 자격이 그녀에게는 충분히 있었다. 왜냐하면 이 '연애편지'는 원래부터 그녀에게 쓰인 것이었으니까.

5

우리는 대부분 평범하다. 다들 평범하게 보통의 삶을 살아간다. 그리고 다들 주변의 다양한 이야기 속에서 '행인 1'의 역할을 하는 데 익숙하다. 하지만 평범한 사람이라고 해서 늘 '행인 1'에 만족해야 하는 것일까? 평범한 사람은 놀랍고 신기한 이야기의 주인공이 될 기회조차 없는 것일까? 사실 누구나 주목받는 주연을 꿈꾼다. 다만 현실을 살아가면서 그것이 얼마나 꿈같은 일인지를 알고 포기할 뿐이다. 주목받지 않고, 눈에 띄지 말 것. 이는 언제부터인가 정글 같은 사회에서 살아남는 첫 번째 생존 규칙이 되었다. 그래서 보통 사람은 주인공이 될 엄두도 내지 않는다.

하지만 세상일에 정해진 법이 어디 있겠는가. 아무리 평범한 사람이라도 생의 몇몇 순간에는 무대의 중앙에서 스포트라이트를 받게 된다. 예를 들어 이 세상에 태어나 첫 울음을 터뜨릴 때, 혹은 망자로 관에 들어갈 때, 또는 새로이 가정을 이루는 결혼식에서. 그렇기에 첫 돌이, 장례식이, 혼인증명서가 중요한 것이다. 결혼식을 어디에서 어떻게 치르고, 들러리는 얼마나 세우며, 어떤 웨딩드레스를 입을지가 중요한 이유도 일생에 단 몇 번 주인공이 될 수 있는 기회이기 때문이다.

사실 축의금 봉투를 들고 가는 입장이라면 결혼식은 중요하지 않다. 하지만 당사자가 되는 순간, 결혼식은 세상에서 가장 중요한 것이 된다. 전에도 보통 사람이었고 지금도 보통 사람이며 앞으로도 보통 사람일 우리가 주인공이 될 몇 번 없는 기회이기에 중요한 것이다.

저우싼과 쉔쉔도 평범한 보통 사람이다. 그들의 이야기 역시 그렇게 감동적이라고 할 수 없다. 그저 평범한 결혼식이고, 그저 그런 연애편지이며, 누구나 가지고 있을 법한 진심에 불과하다. 보통의 두 사람이 서로 사랑하고, 같이 밥을 먹고, 함께 꿈을 이뤄 가기로 했을 뿐이다. 두 '행인 1'이 자신의 방식대로 보통 사람의 이야기를 만들었을 뿐이다. 하지만 분명 그들의 이야기에는 모두의 가슴을 뛰게 하는 울림이 있다.

왜 수많은 충고와 가르침을 얻고도 인생이 변하지 않는 것일까? 듣기만 하고 행동으로 옮기지 않기 때문이다. 사실 이 세상의 수많은 이야기는 보통 사람이 마음에 품은 뜻을 행동으로 옮길 때 탄생한다. 아무리 평범한 '행인 1'이라도 용기를 내는 순간 화면 중앙으로 뛰어나가 주인공이 될 수 있다. 꼭 결혼식이 아니더라도 내 인생의 어느 굴곡에서든 얼마든지 주인공이 될 수 있다. 저우싼과 쉔쉔이 그랬던 것처럼 당신도 그럴 수 있다.

검은 하늘

다빙이라는 녀석이 이 땅에 태어나 삼십여 년을 살면서 얻은 인생 철학이 있다.
자신의 도량만으로 세상만사를 규정짓지 말지로다. 할렐루야, 아미타불 뽀뽀뽀. 나는 이 철학 하나에 의지해 여태껏 수많은 이와 좋은 인연을 맺었다.

1

동물이나 사람이나 끼리끼리 노는 법이다. 그래서인지 내 친구들은 하나같이 별나다. 특히 평소에는 지극히 정상이다가도 특정 계절만 되면 단체로 미쳐 날뛴다. 그게 언제냐 하면 바로 초겨울이다.

관광 측면에서 보면 리장의 초겨울은 비수기이지만 1년 중 가장 재미있는 계절이기도 하다. 여행객이 썰물처럼 빠져나간 뒤, 깊숙이 숨어 있던 꾸러기 대군이 겨울 죽순마냥 고개를 치켜들고 기지개를 펴기 때문이다.

1년에 한 계절, 리장은 온전히 우리의 고향이 된다. 길거리를 가득 메우던 인파가 사라지고 고성의 돌길이 깨끗하고 정갈하게 빛나기 시작하면 반 년 넘게 웅크리고 있던 괴짜들이 행동을 시작한다. 시시덕거리며, 킬킬 웃으며, 각자 가방 하나씩 둘러메고, 모두가 홀가분한 얼굴을 하고 의기양양하게

이 땅으로 모여든다. 잃었던 땅을 되찾을 때가 온 것이다. 금의환향하는 군대가 따로 없다.

도시에서와 달리 이곳에서 서로 친해지는 방법은 밥판, 술판을 함께하는 것 외에 한 가지가 더 있다. 바로 놀이판이다. 얼핏 유치해 보이지만 어린아이처럼 서로 어울려 놀다 보면 어느새 모두 친구라는 인연으로 맺어진다. 그래서 이 시기 리장에서는 일렬로 행진하는 '어른이'들을 심심찮게 볼 수 있다. 처음에는 네댓 명이 줄을 서서 진지하게 발 맞춰 걷기 시작한다. 옆에는 인솔자도 있다. 인솔자가 '하나둘, 하나둘, 하나둘 셋넷!'이라고 구호를 외치면 어른이들은 찬란하게 빛나는 얼굴로 'A! B! C! D!'라고 화답한다. 사람들이 이를 드러내고 웃으며 손가락질해도 그들은 아랑곳없이 바보처럼 천진하다. 왜 나이도 먹을 만큼 먹은 어른들이 줄 서서 뽐내며 거리 행진을 하느냐고 물으면, 마땅히 대답할 말은 없다. 사실 이런 행동에서 의미를 찾으려는 시도 자체가 무의미하다. 이건 놀이이기 때문이다. 본래 놀이는 의미가 없다. 재미있으면 그만이다. 어른이라고 아이처럼 놀지 말라는 법도 없지 않은가.

가끔은 대오가 끊임없이 길어지기도 한다. 네댓 명이 순식간에 40~50명으로 늘어날 때도 있다. 연령대는 20대부터

60대까지 광범위하며 행색도 제각각이다. 등산가방 맨 사람, 지팡이 짚은 사람, 하이힐 신은 사람, 시종일관 입을 다물지 못하는 사람, 손발이 같이 나가는 사람……. 그중 반은 현지 주민이고 반은 여행객이다. 얼핏 보면 비슷한 점이라고는 찾아볼 수 없는 무리지만 한 가지, 언제 어디서 자신의 본성을 자유롭게 풀어놓아야 하는지 안다는 공통점이 있다. 그래서 서로 신분도 이름도 직업도 모르는 사이지만 마치 한 반에서 공부한 초등학교 3학년 아이들처럼 일사분란하게 의미 없는 행진을 함께할 수 있는 것이다.

진짜 놀 줄 아는 사람은 성수기가 아니라 바로 이 계절에 리장을 찾아온다. 리장의 진짜 매력은 신이 빚은 절경이 아니라 천진난만한 아이로 돌아갈 수 있는 자유로움이라는 사실을 잘 알기 때문이다. 그리고 어째서인지 이 사실을 아는 사람들은 하나같이 다빙의 작은 집 앞에 모여 놀이판을 벌인다. 300미터쯤 되는 우이가는 작은 돌다리에서 시작해 다빙의 작은 집 앞에서 끝난다. 구호를 외치며 리장 고성을 행진한 대오는 대개 여기서 멈춘다. 그런 뒤 선뜻 흩어지지 못하고 본격적으로 놀이를 시작한다. 때로는 둥글게 모여 앉아 수건돌리기를 하고, 때로는 서로 편을 갈라 술래잡기를 한다. 다들 이리저리 뛰어다니며 재잘재잘 시끌벅적 떠드는 모습이 영락없는 초등학교 쉬는 시간 같다. 창 너머로 보고 있노라면 어찌나 재미있어 보이는지 가끔은 나도 뛰쳐나가고 싶을 정도다. 아니, 실제로 뛰쳐나간다. 검은 하늘을 짊어지고 즐겁게 뛰노는 그들 사이로 끼어든다. 하지만 그들은 후다닥 도망치기 바쁘다. 잘 놀고 있다가도 나만 나타나면 소리를 지르며 순식간에 몇십 미터 밖으로 도망간다. 내가 아무리 도망치지 말라고, 같이 놀자고 애원해도 소용없다. 심지어 그들 중 나를 아는 사람은 고래고래 소리까지 지른다. "다빙! 꺼져! 안 그럼 벽돌 던진다!"

"대체 왜 나랑은 놀아 주지 않는 거야? 나도 술래잡기하고 싶다고!" 내가 굴하지 않고 그들 쪽으로 총총 달려가면 그들은 대경실색하며 정말로, 진심으로 벽돌을 집어 나에게 던진다. 그런 뒤 소리소리 지르며 뒤도 돌아보지 않고 이리저리 얽힌 작은 골목들로 뿔뿔이 흩어져 도망친다. 검은 하늘을 짊어진 채로는 빨리 달릴 수가 없기에, 나는 맨 뒤로 처진 하이힐을 겨우 따라잡아 그녀의 손목을 잡는다. 하지만 곧 악 소리를 지르며 놓고 만다. 그녀가 내 손을 인정사정없이 물어 버린 것이다. 물다니, 물다니! 그래 놓고는 정작 자기가 나보다 더 큰 비명을 지르며 도망친다. 따각 따각 따각, 하이힐 소리를 요란하게 내면서.

나는 의기소침해지고 만다. 축 처진 어깨로 검은 하늘을 끌어안고 길가에 주저앉는다. 그의 부드러운 등을 쓰다듬으며 손등에 찍힌 둥근 잇자국을 그에게 보여 준다. 그러면 검은 하늘은 커다란 날개를 푸드덕거리며 송곳처럼 날카로운 눈빛으로 나를 힐끗 쳐다본다.

아, 소개를 잊었다. 검은 하늘은 매다. 시퍼렇게 살아 있는, 진짜 매.

2

나와 검은 하늘의 관계를 뭐라고 정의하면 좋을지 아직도 모르겠다. 솔직히 요즘은 누가 주인이고 누가 애완동물인지도 헷갈린다. 나와 그의 인연을 설명하자면 그 장난기 가득한 꾸러기들을 언급하지 않을 수 없다.

시작은 배추였다. 다른 배추는 '포기'로 세지만 그 배추는 '마리'로 세야 마땅했다. 적어도 배추에 목줄을 두르고 애완동물처럼 끌고 산책에 나선 사람에게는 분명 한 '마리'였다. 미친 소리 같지만 정말 그랬다. 그는 배추를 끌고 당당하게 걸어와, 고의적으로 나의 집 앞을 배회했다. 돌바닥에 질질 끌린 배추는 금세 너덜너덜해졌고, 우이가 길바닥은 30분도 안 되어 배춧잎으로 뒤덮였다. 그때 나는 영화관에서 새로 개봉한 〈트랜스포머〉를 보고 있었는데, 휴대폰 알림이 끊임없이 울리는 바람에 비로소 이 사달이 난 것을 알았다. 수많은 사람들이 내 SNS로 제보를 한 것이다. 내가 뒤늦게 현장에 도착했을 때 배추 산책남은 꽁다리만 남은 배추를 끌고 유유히 사라진 지 오래였다. 제보에 따르면 그는 안경을 쓴 젊은 남자로 시종일관 옅은 미소를 지으며 사람들에게 인사까지 했다고 한다. 그리고 이런 말을 남겼다. "전 다빙의 독자입니다. 제 나름의 방식으로 다빙의 작은 집에 대한 경의를 표현하고 싶었습니다"라나. 과연 다빙의 작은 집 주변은 온통 그가 남기고 간 '경의의 표현'으로 가득했다. 배춧잎 말이다. 나는 빗자루를 들고 배춧잎을 쓸어 담으며 욕을 퍼부었다. 젠장, 젠장, 제엔장! 아니, 남들처럼 개나 끌고 다닐 것이지 왜 배추를 끌고 다닌데? 재주 있으면 아예 트랜스포머를 끌고 오지 그러냐! 어디 나랑 한번 해보자고! 문제는 내가 이 말을 혼잣말로 하지 않고 SNS에 올렸다는 점이다.

그다음 날, 정말로 트랜스포머가 나타났다. 이번 주동자는 두 명의 아가씨였다. 긴 치맛자락을 살랑살랑 휘날리며 커다란 선글라스를 쓴 그녀들은 각각 디셉티콘과 범블비를 끌고 왔다. 물론 작은 장난감이었지만 내 성질을 돋우기엔 모자람이 없었다. 게다가 트랜스포머 산책녀들은 다빙의 작은 집 앞에서 온갖 포즈를 잡으며 인증샷까지 남겼다. 그래, 나한테 한 방 먹였다 이거지. 뒤늦게 소식을 듣고 물총까지 챙겨서 뛰어갔지만 아뿔싸, 간발의 차로 그녀들을 놓치고 말았다. 그날 저녁, 나는 SNS에 또 글을 올렸다.

'독한 사람들! 진짜로 트랜스포머를 끌고 오다니……. 재주가 있으면 내일은 남미에서 알파카를 끌고 오시지 그러십니까들!'

이튿날, 오후까지 늘어지게 자고 있는데 자진하여 다빙의 작은 집 잡무를 맡고 있는 샤오루가 전화를 걸어 나를 깨웠다. 그는 윈난 사투리 섞인 표준어로 숨넘어갈 듯 외쳤다. "니미, 니미!" 나는 당장 일어나 앉았다. "아니 이 자식이 누구한테 욕지거리야? 죽고 싶냐? 딱 거기 가만히 있어. 내 당장 달려가서 네 녀석 버릇을 고쳐 주마!" 내가 으르렁대자 샤오루는 황급히 해명을 했다. "그게 아니고요, 형! 니미가 아니고 진짜 리미 있잖아요!"

"뭐라는 거냐, 이 자식아. 어쨌든 넌 죽은 목숨이야. 딱 기다려!"

난 단호하게 전화를 끊고 옷을 챙겨 입은 뒤 바람처럼 달려갔다. 하지만 도중에 샤오루가 보낸 사진을 보고 나도 모르게 그 자리에 멈춰 섰다. 사진에는 처음 보는 사람들이 의기양양하게 웃으며 다빙의 작은 집 앞에서 포즈를 취하고 있었다. 그리고 그 옆에는 정말 튼실하고 우람한 알파카가 서 있었다. 기가 막혔다. 대체 저 복슬복슬한 알파카를 어디서 구해 온 거야? 그제야 샤오루가 욕을 한 게 아님을 깨달았다. 아마도 녀석은 알파카를 라마로 착각한 모양이었다. 그런데 당황한 나머지 라마를 리미라고 했고, 난 그걸 니미로 알아들은 거겠지. 어쨌든 내가 도착했을 때 문 앞은 온통 그 커다란 짐승이 뱉어 놓은 침과 방금 싸 놓은 뜨끈한 똥 무더기에 점령당해 있었다. 나는 한없이 온화한 표정으로 샤오루에게 말했다.

"샤오루, 드디어 네가 공을 세울 기회가 왔다. ……얼른 저거 치워."

좀 멍청하긴 하지만 성실하고 재빠른 샤오루는 코를 막은 채 똥 무더기를 쓸며 나를 치켜세웠다.

"다빙 형은 완전히 소환술사네요! 정말 대단해요!"

소환술? 그렇단 말이지? 그래, 그럼 한번 진짜 대단한 놈을 소환해 보자. 나는 곧장 휴대폰을 꺼내 들고 자판을 두드렸다.

'남미의 알파카를 대령할 정도면 아프리카 사자도 가능하겠네요? 용기가 있다면 내일 다빙의 작은 집에 사자를 끌고 와 보시죠!'

내게 정말로 소환술이 있기라도 한 것일까. 이튿날 볼일이 있어서 다리로 가고 있는데 샤오루에게 전화가 왔다. 녀석은 거의 울기 일보 직전이었다.

"살려 줘요, 형. 우리 지금 겨우 문 막아 놓고 숨어 있어요. 빨리 와서 우리 좀 구해 주세요……."

"왜 그래? 도시미화 관리원이 떴어?"

"아니요, 도시미화 관리원이 아니라 우락부락한 아저씨들이 사자를 끌고 왔어요. 사자요! 그렇게 큰 머리통은 처음 봤어요. 발톱도 어마어마하다고요! 무서워 죽을 것 같아요!"

도무지 믿을 수가 없었다. 사진을 찍어 보내 보라고 샤오루를 닦달했지만 이미 간이 녹아 버린 녀석은 못하겠다며 징징거렸다. 평소 특수병과 출신이라더니, 과연 군대에 발을 들인 적이 있기나 한지 의심스러웠다. 결국 건너편 잡화점의 오우린리가 대신 나섰다. 그녀는 쯔궁 출신이다. 공룡 화석과 궈징밍(郭敬明:인기 인터넷소설 작가이자 영화감독), 소금 우물로 유명한 바로 그 쯔궁 말이다.

소금 장수의 후예답게 담력이 좋은 그녀는 생명의 위험을 무릎쓰고 문틈으로 사진을 찍어 내게 보내 주었다. 정말 사자였다. 못 믿겠다면 내 SNS에서 2014년 7월 5일에 올린 사진을 찾아 확인해 보시길(웨이보에서 다빙을 검색하면 된다. 사진 속 사자가 왠지 좀 이상해 보이긴 하지만……. 혹시 여러분도 그렇게 느끼는가? 사실 사자가 아니라 사자개로 불리는 티베탄 마스티프였음). 설마 다빙의 작은 집 앞에 이계로 통하는 입구라도 있는 걸까? 왜 다들 내 장단에 맞춰 목숨 걸고 장난을 쳐 대는 것일까? 아니면 내게 진짜 소환술이라도 있단 말인가? 그렇다면 이번엔 원숭이다! 원숭이 원숭이 원숭이! 살아 있는 원숭이! 그래 꾸러기들, 어디 한번 갈 데까지 가보자고!

나는 정말 소환술사였다. SNS에 글을 올린 다음 날, 말쑥한 젊은이가 살아 날뛰는 히말라야원숭이를 끌고 다빙의 작은 집 앞에 나타난 것이다. 이제는 아예 대놓고 구경 오는 사람도 있었다. 원숭이는 사람들 사이를 뛰어다니며 아가씨만 골라 치마를 들췄다. 새하얀 팬티, 검은 레이스 팬티, 곰돌이가 그려진 팬티, 딸기가 그려진 팬티 등등……. 아, 더 말해 무엇 하겠는가. 그날의 광경이 궁금하다면 이 역시 SNS에서 확인하길 바라는 바다.

나는 깨끗이 패배를 인정하고 사태 종결을 선언했다. "여러분, 저도 평범한 소시민입니다. 가게 문 열고 장사를 해야 입에 풀칠이라도 하죠. 그러니까 짓궂은 장난은 이쯤에서 그만합시다, 오케이? 오케이!"

나무는 고요히 있고자 하나 바람이 내버려 두지 않는다던가. 사태를 되돌리기에는 이미 너무 늦은 듯했다. 내가 소환술을 부릴 줄 안다는 풍문이 SNS를 타고 온 리장에 퍼진 것이다. 샤오루의 전언에 따르면 다빙의 작은 집 앞은 나를 기다리는 사람으로 문전성시를 이루었다. 그들에게는 한 가지 공통점이 있었다. 모두 손에 온갖 괴상한 장난감이나 사진을 들고 있었다는 점이다. 무슨 의미인고 하니, 나더러 그것들을 소환해 달라는 것이다! 나 스스로가 믿지 못할 뿐이지 나한테는 충분히 그럴 능력이 있다나 뭐라나.

어느 날은 샤오루가 주머니를 만지작거리며 말했다.

"형, 제가 도와드릴까요? 딱 한 번만 고생하면 평생 편하게 살 수 있는 방법이 있거든요."

네 녀석이 나를 도와준다고? 내가 의심 어린 눈초리로 바라보자 샤오루는 주머니에서 꼬깃꼬깃 구겨진 종이 한 장을 꺼내 펼쳤다. 남성 잡지 〈FHM〉의 표지였다. 잘록한 허리의 D컵 미녀가 비키니 차림으로 나를 향해 웃고 있었다. 샤오루는 만기 제대를 앞둔 병장처럼 눈을 번뜩이며 내게 속삭였다. "바로 이걸 소환하는 거예요. 어때요?"

어떻긴 이놈아, 미친놈에겐 매가 약이다!

샤오루가 실컷 얻어맞고 쫓겨난 후, 이번에는 라오빙이 고개를 삐죽이 들이밀었다. 그는 손에 밧줄을 들고 있었는데 줄을 따라가 보니 그 끝에 그의 친아들이 있었다. 목에는 밧줄이, 그것도 나비 모양으로 예쁘게 묶여 있었다. 라오빙은 배시시 웃으며 말했다. "난 애를 끌고 왔는데……." 그러곤 잔뜩 기대에 찬 얼굴로 나를 바라보았다.

기대를 저버릴 수야 없는 법. 나는 그의 엉덩이를 시원하게 걷어차 주었다.

라오빙을 쫓아낸 뒤 고개를 드니 찻집 주인 청즈가 둥글고 커다란 푸얼차 덩어리를 안고 골목 어귀에 서 있었다. 차 덩어리가 얼마나 큰지 부인인 도우얼까지 나서서 같이 들고 있는 참이었다. 차 덩어리에는 어김없이 대롱대롱 밧줄이 매달려 있었다. 잘못 본 것은 아니었다. 내가 눈썰미가 얼마나 좋은데. 청즈는 멀찍이서 큰소리로 외쳤다. "다빙! 자네처럼 문화적 소양이 있는 사람이라면 적어도 이 정도는 끌고 다녀야 되지 않겠나?"

흥이다! 내가 아무리 문화적이고 고상한 사람이라도 너희 두 부부가 푸얼차를 끌고 내 가게 앞을 오락가락하게 둘 성싶으냐! 한 발자국만 가까이 와 봐라, 내 당장 너희 찻집으로 달려가서 찻잎에 온통 바디 클렌저를 들이부을 테니까!

큰 힘에는 큰 책임이 따른다. 비록 하늘이 내게 소환술을 내려 주시긴 하였으나 어찌 내 마음대로 남용할 수 있겠는가? 그 후로 며칠 동안 나는 대빗자루를 들고 다빙의 작은 집 앞을 지켰다. 녀석들의 도발에 노련하게 대처하며 문지기처럼 버티고 서서 수많은 돌발 사건을 사전에 차단했다. 그런 내 모습을 누군가가 찍어서 SNS에 올렸다. '살다 살다 이렇게 성질 더러운 술집 주인은 처음 본다'는 코멘트와 함께. 수많은 사람이 이 게시물에 '좋아요'를 눌렀다. 나도 눌렀다.

매가 나타난 것은 내가 이 글에 '좋아요'를 누른 이튿날이었다.

3

매는 매우 흉악해 보였다. 깃털 빛깔은 잘 익은 소갈비 색이었고 키는 50센티미터가 조금 안 될 듯했다. 위압적인 외모에 비해 행동은 매우 얌전했다. 그럴 수밖에 없었다. 눈이 가려진 데다 옴짝달싹 못하게 파란색 천에 꽁꽁 싸매져 있었기 때문이다. 매는 겨드랑이 밑에 얌전히 안겨 있었다. 천이 작은 탓에 아래쪽으로 삐져나온 날카로운 발톱이 형형한 빛을 발했다.

매를 가져온 사람은 노인이었다. 가무잡잡한 피부에 머리카락이 눈처럼 하얀 노인은 객지 생활을 오래했는지 행색이 남루했다. 물론 처음 보는 얼굴이었다. 노인과 매는 나타나자마자 다빙의 작은 집 계단을 차지하고 앉았다. 나는 빗자루를 들고 경계 태세를 늦추지 않으며 그들을 노려봤다. 하지만 십여 분이 지나도록 그들은 아무 행동도 취하지 않았다. 결국 나는 기다리다 지쳐 하품을 하고 말았다. 그제야 노인이 고개를 들고 나를 위아래로 훑어보며 물었다.

"이녁은 청소원인가?"

허난 사투리가 강하게 밴 어투였다. 나는 고개를 저으며 이 술집 사장이라고 대답했다. 그러자 노인이 고개를 주억거리며 말했다.

"좋구먼, 사장이 직접 청소를 하다니. 내가 사람을 잘못 찾아온 건 아닌가 보이."

노인은 내게 옆으로 와 앉으라고 손짓했다. 그리고 내가 앉자마자 다짜고짜 매를 내 무릎 위에 턱 올려놨다.

"이녁이 다빙이지? 내 여태껏 이녁을 기다렸어야. 듣자하니 리장 고성에서 짐승을 가장 잘 돌보는 사람이람서?"

누가요, 제가요? 이건 또 누가 퍼트린 헛소문이래. 이게 대체 무슨 상황인지 모르겠네. 아니, 어쨌든 그 전에 이것부터 좀 치워 주시죠. 이 놈이 내 소중하고 사적인 부위를 쪼아대기 전에 어서 빨리요, 얼른! 그러나 노인은 아랑곳없이 얘기를 계속했다. 자신은 허난에서 왔고 지금 여행 중인데 얼마 전에 샹그릴라를 지나다가 밀렵꾼에게서 이 녀석을 구해냈다는 것이 골자였다. 원래는 놓아주려 했으나 날지 못하고 자꾸 떨어져서 살펴보니 날개를 다쳤더라는 말도 덧붙였다. 아직 갈 길이 먼데 녀석을 계속 데리고 다닐 수도 없어서 곤란하던 참에 나시족이 대대로 매를 길들인다는 말을 듣고 차머리를 리장으로 돌렸노라고 했다.

그렇게 어렵사리 매 길들이는 사람을 찾아가 매를 맡아달라고 부탁했지만 전부 거절당하고 말았다. 공짜로 준다고 해도 고개를 저었다. 이유는 두 가지였다. 첫째는 다쳐서, 둘째는 매의 품종 때문이었다. 알고 보니 괴팍한 성질로 유명한, 길들이기 어려운 매였던 것이다. 그러면 다 나아서 자연으로 돌아갈 수 있을 때까지만 보살펴 달라고 묻자 다들 흔쾌히 고개를 끄덕였다. 단, 당장 천 위안을 내라고 했다.

"썩을 놈들! 나가 어디서 그렇게 큰돈을 구할 수 있간디."

결국 노인은 백 위안을 주고 매에게 채울 가죽 족쇄만

샀다.

그는 고민에 빠졌다. 원래는 방생해서 공덕이나 쌓아 보려는 의도였다. 그런데 꼼짝없이 깃털 달린 천덕꾸러기를 짊어지게 된 것이다. 하지만 마음씨 착한 노인은 매를 버리지도 못하고 발만 동동 굴렀다. 어찌해야 할지 고민하며 소석교 끝에 앉아 유유히 흐르는 강물만 바라봤다. 품에 안긴 매는 자연히 사람들의 시선을 끌었다. 그러다 우연히 어떤 사람과 대화를 하게 됐고, 매일같이 동물이 몰려든다는 희한한 술집 이야기를 듣게 됐다. 그 즉시 노인은 그 술집을 찾아 나섰다. 그리고 마침내 매를 내 다리 사이에 밀어 넣은 것이다.

"듣자하니 이녁도 부처님을 믿는담서. 딱 좋아, 딱 좋게 됐어. 이놈이랑 좋은 인연 한번 맺어 봐. 손님으로 잘 데리고 있다가 다 나으면 방생해 줘. 혹시 아남? 이생에서 이놈 한 번 도와준 덕으로 다음 생에서는 이놈이 이녁 목숨을 구해줄지."

노인은 흡사 연극에서 혼자 독백이라도 하듯 한 마디 한 마디 힘주어 읊조렸다.

"인연이라, 좋죠. 하지만……."

노인은 내 말허리를 뚝 잘랐다. "그럼 됐네! 사내가 좋으면 됐지, 하지만은 뭔 하지만이여."

그는 자리에서 일어나 바지를 툴툴 털었다. 갈 길을 너무 지체해서 속히 떠나야겠단다.

"하지만 어르신, 만난 지 겨우 15분밖에 안 됐는데……. 다짜고짜 커다란 새만 던져 놓고 가 버리시면 어쩝니까?"

"그럼 뭐, 어떻게 할까. 밥이라도 한 끼 사 내라는 거여?"

아니 아니, 그런 뜻은 아니고요. 나는 열심히 손을 내저었다. 노인이 킬킬 웃으며 말했다.

"이녁이 나를 크게 도와줬으니, 인연이 있으면 언젠가 다시 만나겠지. 그땐 내가 크게 한턱 쏨세!"

나는 매를 안고 주차장까지 노인을 배웅했다. 낡은 오토바이에는 여기저기 기운 가죽가방이 실려 있었다. 오토바이 손잡이에는 테이프가 덕지덕지 붙어 있고 흙받이는 시베이 특유의 붉은 진흙이 가득 들러붙어 있었다. 가장 눈에 띄는 것은 뒤쪽에 달린 깃발이었다. 나는 '중국 라이딩'이라고 적힌 그 작은 깃발을 보며 탄복했다. 대단해, 대단해. 알고 보니 바이커셨구만. 오토바이 주변을 빙 돌아 구경하며 솔직한 감상을 전했다.

"그 연세에 아직도 이렇게 열정이 넘치시다니 정말 대단하십니다, 어르신. 부디 안전 주의하시고 조속히 귀가하시길 빕니다."

“안 그래도 허난으로 돌아가는 길일세.” 노인이 대답했다.

“젊었을 땐 이렇게 다니고 싶어도 돈이 없었지. 물론 그럴 용기도 없었고. 어딜 가자면 소개서도 받아야 하니 귀찮기도 하고 말이여. 퇴직하고 나서야 겨우 기회가 왔어. 딸애랑 사위 놈이 쌍수 들고 반대하긴 했지만 지엔장, 그럼 뒷방 늙은이로 살다 관에 들어가라고? 지들 돈 쓰는 것도 아닌데 내 맘대로 못할 이유가 어딨당가? 아이고, 나서지 않으면 모를 일이지, 막상 해 보니께 오토바이로 허난에서 윈난까지 가기가 그렇게 어렵진 않더라고. 첫 일주일이 제일 힘들었지. 엉덩이가 깨질 것 같더라니께. 그래도 계속 타다 보니 점점 괜찮아지데. 아이고, 윈난은 참말로 좋아. 절도 많지 산도 많지 어딜 가나 놀기 좋지. 딱 하나 맘에 안 드는 건 죄다 쌀국수만 먹는다는 거여! 아니, 쌀국수가 뭔 맛이 있당가? 꼭 비닐 같은 게. 국수는 뭐니 뭐니 해도 회면(烩面:허난성 대표 면요리, 넓고 쫄깃한 면발이 특징이다)이 최고지, 암. 아, 그란데 그 밀렵꾼 놈들은 정말 나쁜 놈들이여. 아주 몹쓸 것들이라니께. 그래도 이렇게 나와서 돌아다니니까 매일 새로운 친구도 만나고, 때때로 말동무도 생기고, 집에만 처박혀 있는 것보다 훨씬 낫지, 나아…….”

노인은 그렇게 한참 동안 주절주절했다. 사람이 나이가 들면 말이 많아진다더니, 한번 봇물 터진 수다는 좀처럼 멎을 기미가 보이지 않았다. 늙은 아이가 따로 없었다. 나는 왼발 오른발 번갈아 버텨 서 가며 노인이 말을 그칠 때까지 참을성 있게 기다렸다. 마침내 그는 내 어깨를 팡팡 치며 마지막 인사를 했다.

"좋으네, 좋아. 이번 리장행은 헛걸음이 아니었어. 이녁이 나는 아주 마음에 들었구먼. 다음번에 만나면 내 회면 한 그릇 대접함세."

"그럼요, 좋고 말고요. 이제 사양 말고 얼른 갈 길 가셔요. 멀리는 안 나갑니다, 예예, 조심히 가세요."

털털털털, 한참 시도한 끝에 겨우 오토바이에 시동이 걸렸다. 떠나는 뒷모습을 향해 손을 흔들고 있는데, 얼마 안 가 오토바이가 다시 내 앞으로 유턴했다. 설마 아직도 하실 말이 남은 겐가. 이쯤 되면 이 분과 나의 혈연관계를 의심할 때다. 알고 보면 진짜 내 친할아버지 아냐? 아니면 저렇게 못내 아쉬워하며 못 떠날 이유가 뭐 있겠어?

노인은 헬멧을 벗고 내게 손을 내밀었다.

"내 가을 바지 내놔."

"아니 제가 언제 할아버지 가을 바지를 가져갔다고 그러세요?"

“그 매를 싼 게 내 바지여.”

4

나는 이튿날 즉시 후회했다. 이 깃털 달린 짐승은 나보다 더 성질이 더러웠다. 첫 먹이 주기는 그야말로 전쟁이었다. 녀석은 밥그릇을 엎고, 물그릇을 걷어차고, 구운 삼겹살을 온 바닥에 흩어 버렸다. 내가 친히 밥그릇을 부리 근처까지 대령했건만 녀석은 고개를 움츠렸다 홱 뺀으며 외려 내 손을 쪼려고 했다. 아, 이런 배은망덕한 놈! 물론 뛰어난 운동신경을 발휘해 얼른 손을 치우긴 했으나 소매가 갈가리 뜯기고 말았다. 그러고도 녀석은 제가 더 화를 내며 온 가게 안을 뛰어다녔다. 푸드덕 푸드덕, 멀쩡한 한쪽 날개를 미친 듯이 퍼덕이는 것도 잊지 않았다. 나도 녀석을 좇아 미친놈처럼 뛰었다. 그 바람에 쌓아 둔 맥주 캔 더미가 무너지고 재떨이가 뒤집히고, 가게는 순식간에 엉망진창이 됐다.

바로 그 시각, 가게 식구들은 차마 들어오지도 못하고 대문 밖에 한 덩이로 얽혀서 고개만 빠끔히 내밀고 있었다. 혹시라도 쪼일까 겁을 먹은 것이다. 다들 어찌나 제 목숨을 아끼는지 나름대로 각자 보호 장비를 갖추고 왔는데 그 모습이 가관이었다. S는 커다란 수건을 목에 둘둘 감았고, 그래 가수니까 목을 보호해야겠지, 라오셰는 면장갑을 꼈으며, 그래 기타를 쳐야 하니까, 샤오루는 오토바이 헬멧을 썼다. 그는 한술 더 떠 소화기를 들고 있었다. 아이고, 머리야.

"샤오루, 이 멍청아! 저건 그냥 새야. 불 뿜는 용이 아니라고!"

내가 빽 소리치자 샤오루는 머쓱하게 대꾸했다.

"다빙 형, 전 그냥 어떻게 하면 형을 도와줄 수 있을까 해서……."

"가라 가. 그냥 가라고. 그 꼴을 해 가지고 도와주기는. 불난 집에 부채질 하냐?"

나는 샤오루를 무시하고 전화번호부를 뒤졌다. 수년간 강호를 구르면서 각종 기이한 인재들과 친구 먹은 나였다. 다행히도 그중에 매 길들이기의 달인이 있었다. 그와 통화를 한 뒤, 나는 그 매가 저광수리라고도 불리는 말똥가리라는 사실을 알게 됐다. 저광수리라. 그래, 어쩐지 애가 좀 미친 것 같다 했어. 봐, 이름에 미칠 광(狂)이 들어가 있잖아! 달인의 설명은 이러했다.

"매에는 송골매, 독수리, 솔개, 참매, 새매, 말똥가리 등이 있는데 그중에도 말똥가리는 가장 콧대가 높은 놈이야. 그래서 길들여서 사냥에 써먹는 건 불가능하지. 손에서 놓는 즉시 뒤도 안 돌아보고 날아가 버리거든. 정 떼기로는 가금류 최고라고나 할까?"

"난 이 녀석이 토끼 잡아 주길 바라지 않아. 그저 같이 있는 동안만이라도 사이좋게 지내고 싶을 뿐이야. 문화인답게, 아니 문화조답게 손님과 주인의 예를 갖춰서. 아니, 최소한 밥은 먹어야 할 거 아니냐고."

달인이 껄껄 웃었다. "친구라도 되고 싶은 거야? 아서라 아서. 말똥가리는 전형적인 육식성이라 고기만 알지 사람은 몰라. 고기는 소고기, 날것으로 주고. 밥그릇은 쓰지 마. 손으로 부리 근처까지 갖다 대 줘. 아, 장갑은 꼭 끼고. 먹이 줄 때 자세는 너무 높으면 안 돼. 걘 닭이 아니라 매라는 걸 잊지 마. 동정심으로 던져 주는 먹이 따윈 쳐다보지도 않을 거야."

소고기를 먹이라고? 매번 입까지 날라다 주라는 말이야? 이건 뭐 새를 키우는 게 아니라 완전히 상전을 모시는 꼴이잖아!

달인은 내가 보내 준 사진을 본 뒤 상처는 심각하지 않다고 했다. 수의사를 부를 필요도 없지만 부른다고 올 만큼 간 큰 수의사도 없을 테니 그저 잘 먹이고 잘 돌보라고 했다. 말똥가리가 혀를 내밀면 화가 났다는 뜻이며, 몸조리하는 동안에는 녀석이 최대한 좋은 기분을 유지할 수 있도록 노력하라는 말도 덧붙였다. 나는 왠지 서글퍼졌다. 그럼 내 기분은 누가 살펴주는데?

나는 녀석에게 먹이 주는 일을 샤오루에게 일임했다. 그는 임무를 받자마자 일부러 시내까지 나가 용접용 장갑을 사왔다. 장갑에 헬멧까지 완전무장을 해야 겨우 먹이 줄 엄두가 난다나. 달인의 조언은 과연 주효했다. 녀석은 언제 단식투쟁을 했냐는 듯 생고기를 맛나게 받아 잡줬다. 하지만 또 다른 문제가 생겼다. 매 한 마리가 하루에 먹어치우는 소고기 양이 무려 40위안어치에 달했던 것이다. 덕분에 이웃 밥집 주인은 신이 났다. 평소 다빙의 작은 집 사람들은 값싼 자장면만 시키고 단무지와 양파를 몇 접시나 먹어 대는 진상 손님이었다. 그런데 갑자기 큰손 고객으로 변해서 매일 고기를 40위안씩, 한 달로 따지면 무려 1200위안어치를 사가니 어찌 기쁘지 않겠는가.

하지만 우리는 그 고기를 맛도 보지 못했다. 우리의 주식은 여전히 자장면이었다. 나와 S, 라오셰는 자장면 그릇을 앞에 놓고 연신 한숨을 쉬었다. S가 젓가락으로 작은 고기 조각을 집으며 중얼거렸다.

"새 한 마리 식대가 우리 세 사람을 합친 것보다 더 많은 거네요……."

나는 돌연 젓가락을 던지며 분연히 외쳤다. 아니! 그럴 수는 없지! 주인장, 여기 추가요! 주인이 차림판을 움켜쥐고 잔뜩 기대에 찬 얼굴로 구르듯 달려왔다.

"오늘 연어 신선해요?" "그럼요, 아주 신선합니다."

"송이버섯은?" "아휴, 말도 못하게 신선합죠." 주인은 감격한 나머지 거의 울기 직전이었다. 나는 그런 그를 바라보며 당당하게 말했다.

"그럼 시금치볶음 한 접시 추가요."

주인의 얼굴에 매달린 미소가 그대로 굳어 버렸다. 그는 잠시 휘청하더니 가슴팍을 움켜쥐었다. 나는 헛기침을 하고 앞에 놓인 그릇을 가리키며 한마디 했다. "……삶은 달걀도 일인당 하나씩 추가할게요."

몇 주 후, 샤오루가 더 이상 못하겠다며 전격 포기 선언을 했다. 발단은 얼마 전 그가 한 발언 때문이었다. 샤오루는 소고기에 콜레스테롤이 너무 많다며, 이렇게 먹이다가는 말똥가리에게 고지혈증이 생길지도 모르니 한 끼에 먹이는 고기양을 줄여 보자고 했다. 물론, 다빙의 작은 집 식구들은 모두가 손님 대접에 후하니까 절대 돈이 아까워서 그런 것은 아니다. 어쨌든 그날은 평소보다 적게 고기를 줬다. 그런데 아마도 말똥가리는 갑자기 야박해진 인심이 섭섭했던 모양이다. 일단은 아무 소리 없이 주는 대로 받아먹더니, 다 먹자마자 안면을 바꾸고 샤오루를 인정사정없이 쪼아 대기 시작했다. 얼마나 세게 쪼아 댔던지 단단한 헬멧에 깊은 스크래치가 몇 개나 생길 정도였다. 샤오루는 혼비백산해서 도망가다 문턱에 걸려 넘어졌고, 그 바람에 헬멧이 찌그러졌다. 한참을 낑낑댄 끝에 찌그러진 헬멧에서 겨우 머리를 빼낸 샤오루는 울먹이며 이제 먹이를 주지 않겠다고 외쳤다.

사태의 심각성을 느낀 나는 말똥가리를 대문 옆 앉은뱅이 의자에 붙들어 매고 진지한 대화를 청했다.

"우리가 매정한지, 아니면 네가 제멋대로인지 길 가는 사람한테 물어보자. 너는 한 달 동안 소고기를 내가 30년 동안 먹은 것보다 더 많이 먹어 치웠어. 무려 소 한 마리를 꿀꺽했다고. 그래 놓고는 이제 와서 머리끝까지 기어오르기 있냐? 엉? 좋은 마음으로 거둬 줬더니 감히 상투를 잡아? 너도 입이 있으면 이게 말이 되는지 안 되는지 얘기해 보라고, 이놈아!"

녀석은 고개를 획 돌리고 내게 뒤통수를 보였다.

"너 이 자식, 이게 무슨 태도야? 그래, 손님 대접받기 싫다

이거지? 그럼 애완동물 취급을 해 주마. 그 거칠다는 사자개도 길들인 나다. 네깟 조류 한 마리 못 잡겠냐?"

나는 당장 그날부터 말똥가리 군기잡기에 돌입했다.

5

결과적으로 군기잡기는 실패했다. 사실 내가 말똥가리의 군기를 잡은 게 아니라 도리어 녀석이 내 군기를 잡았……, 아니다, 자세한 설명은 생략한다. 너무 부끄러워서 천 글자 정도 삭제했다.

그래도 독자의 알 권리를 위해 간단히 요약하자면 그 과정은 스탈린그라드 전투(제2차 세계대전 당시 1942년 여름부터 이듬해 2월까지 러시아 연방 스탈린그라드에서 독일군과 소련군 사이에 벌어진 시가전으로 약 200만 명의 사상자가 발생함)에 비견할 수 있었다. 그만큼 치열하고 처절했으나 녀석을 제압하려던 우리의 시도는 결국 무위로 돌아갔고, 도리어 책장 맨 위 칸을 그에게 빼앗기는 치욕을 맛보았다.

다빙의 작은 집은 따로 무대가 없이 가수와 청중이 가까이 앉아 소통하는 라이브 바다. 하지만 얼핏 서점으로 보일 만큼 한쪽 벽면이 책으로 꽉 차 있다. 모두 내가 몇 년 동안 각지를 돌아다니며 사 모은 것들이다. 그런데 이 말똥가리는 의외의 혜안을 가진 모양이었다. 전기물은 쳐다보지도 않고 여행문학에는 발도 대지 않더니 굳이 철학 및 논리학 서적 위에 안착한 것을 보면. 왼발로 비트겐슈타인을, 오른발로 사르트르를 밟고 칸트 위에 날개를 늘어뜨린 그의 모습은 가히 조류계의 니체였다. 꼿꼿이 세운 등과 높게 치켜든 머리, 오만한 표정이 정말 딱 그랬다. 그 모습을 보고 샤오루는 어이없다는 듯 중얼거렸다. "꼭 저 녀석이 가게 주인 같네요."

좋은 점도 있었다. 녀석이 책장을 점령한 후로 쥐와 고양이가 더 이상 책을 망가뜨리지 못했기 때문이다. 리장의 고양이는 이상하다. 잡아야 할 쥐는 잡지 않고 오히려 한 패가 되어서 사람 속을 뒤집어 놓는다. 아니, 쥐보다 더하다. 쥐는 가끔 나타나 책을 갉아먹거나 이빨자국을 내놓지만 고양이들은 매일같이 나타나 책 위에서 잠을 잔다. 물론 얌전히 잠만 잔다면 싫어할 이유가 없다. 문제는 이것들이 툭하면 책을 건드린다는 점이다. 양장본 하드커버에 쫙쫙 발톱 자국을 내놓는 것은 기본이요, 심지어 책에 똥까지 지려 놓는다. 그것도 꼭 새 책만 골라서 말이다. 게다가 사람을 무서워하지 않아서 빈 맥주 캔을 던져도 눈도 깜짝하지 않는다. 오히려 늘어지게 기지개를 켜고 무슨 일이 있었냐는 듯 아무렇지도 않게 책장 위를 사뿐사뿐 뛰어다닌다. 아예 들어오지 못하게 하려고 놈들의 통로인 개구멍을 막아 보기도 했으나 소용없었다. 다빙의 작은 집은 오래되고 낡아서 지붕 여기저기에 틈이 나고 기와가 깨진 탓에 금세 또 다른 구멍이 손쉽게 뚫렸다. 지푸라기라도 잡는 심정으로 커다란 셰퍼드 사진을 붙여 보았지만 바로 다음 날 갈가리 찢긴 채 발견되기도 했다. 가장 짜증나는 일은 길고양이 한 무리가 아예 2층을 점거한 것이었다. 매일 새벽 1시만 되면 놈들은 마치 제집인 양 2층으로 몰려들었다. 가끔 우리가 새벽 두세 시까지 문을 닫지 않고 영업을 계속하면 놈들은 지붕에 올라앉아 시끄럽게 울어 대며 강력하게 항의를 했다. 높게 혹은 낮게 소리를 지르며 기왓장을 달각달각 끊임없이 걷어차는 모습이 어찌나 당당한지, 꼭 정당하게 방세를 지불한 세입자 같았다.

하지만 말똥가리가 나타난 이후 모든 상황은 깨끗이 정리되었다. 그 많던 고양이가 다 사라진 것이다. 물론 몇몇 놈은 끝까지 포기하지 못하고 깨진 기왓장 사이로 머리를 디밀어 몰래 동정을 살피기도 했다. 그러나 말똥가리와 눈이 마주치는 순간, 마치 망치에 얻어맞기라도 한 것처럼 수염을 부르르 떨며 고개를 움츠렸다. 심지어 녀석이 크게 날갯짓을 치면 그 즉시 지붕 위가 조용해지고 길가의 고양이들마저 얼어붙었다. 그러다 한참 만에야 겨우 정신을 차리고 꽁지가 빠져라 줄행랑을 쳤다. 호랑이가 나타난 굴에 여우가 왕 노릇할 수는 없는 법, 가게는 곧 말똥가리의 영역이 되었다. 다빙의 작은 집에 수호신 하나가 더 생긴 것이다.

나는 녀석에게 이름을 지어 줬다. 검은 하늘, 한자로는 대흑천(大黑天). 밀교(密敎)의 설법에 따르면 대흑천은 대일여래(大日如來:석가모니의 삼신(三身)중 절대적 진리를 의미하는 불신(佛身)이다)의 화신이다. 주로 악한 귀신을 쫓을 때 팔이 두 개, 네 개, 여섯 개의 마하칼라(Mahakala:범어, 대흑으로 번역되며 불법을 수호한다는 의미가 있다)로 나타나며 불교에서는 명승의 지혜를 지키는 수호신이라고 본다. 그뿐이 아니다. 재물을 관장하는 재물신이기도 하다.

이렇듯 위엄 넘치는 이름이 생겨서인지 녀석도 왠지 갑자기 달라 보였다. 우리는 직접 나무를 다듬어 둥근 발 받침대를 만들고, 그것을 책장 위에 고정해서 검은 하늘이 쉴 자리를 만들어 주었다. 연화좌처럼 생긴 발 받침대 가운데 서자 검은 하늘의 엄숙함은 한층 배가되었다. 그래서인지 먹이를 줄 때마다 꼭 공양하는 듯한 기분이 들어서 나도 모르게 겸손해졌다. 바이족 출신답게 뼛속까지 불심이 깊은 샤오루는 더했다. 검은 하늘의 식사량을 줄이자는 소리가 쏙 들어간 것은 물론이요, 심지어 먹이를 공양하면서 허리까지 숙여 가며 인사를 했다. 물론 헬멧은 단단히 쓴 채로.

어느새 다빙의 작은 집 식구들은 검은 하늘의 존재를 당연한 것으로 받아들이게 됐다. 아무도 소리 내어 말하지는 않았지만 그가 우리 모두를 제압했다는 사실도 인정했다. 한낱 말똥가리인 줄 알았던 그가 명실상부한 다빙의 작은 집 큰형님이 된 것이다.

6

함께 지내는 시간이 길어지면서 검은 하늘의 비범한 면모가 점차 드러나기 시작했다. 신기하고 놀랍게도 그는 음악을 들을 줄 알았다.

다빙의 작은 집은 포크 가수의 근거지이며 유랑 가수의 요람이다. 그 명성에 걸맞게 수많은 가수가 강물처럼 흘러들어 오고 나간다. 가수가 많은 만큼 노래 장르나 분위기도 다양하다. 예를 들어 진쑹은 묵직하고 다쥔은 부드러우며 라오셰는 소박하다. 아밍은 탁성이, 샤오저우와 샤오송은 미성이 돋보이며 왕지양은 보사노바 느낌이 난다. 이처럼 가수마다 특징이 제각각이지만 이들을 모두 아우르는 것이 다빙의 작은 집의 진정한 매력이다.

검은 하늘이 뭔가 다르다는 점을 가장 먼저 발견한 사람은 왕지양이었다. 그날 그는 〈작은 고양이〉를 부르던 중, 갑자기 기타 반주를 삐끗하더니 역시나 삐끗한 목소리로 이렇게 외쳤다.

"검은 하늘이 박자를 맞추고 있어!"

갑작스런 돌발 상황에 손님들은 술렁이기 시작했다. 검은 하늘이 뭐지? 누가 검은 하늘이야? 나는 재빨리 나서서 사람들을 안정시켰다. "아무 일도 아닙니다, 하하하. 아마 왕지양이 새로운 솔로 부분을 시험적으로 도입해 본 모양이네요, 하하하. 그럼 왕지양 씨, 계속 노래해 주세요. 어서요. 하하하." 손님들은 탄복하는 눈빛으로 왕지양을 바라보며 다시 턱을 괴고 노래에 심취했다.

평소 검은 하늘은 배부르게 먹고 나면 거의 움직이지 않았다. 아무 소리 없이, 깃털 하나 꼼짝하지 않고 발 받침대 위에 앉아 눈을 감고 명상에 잠기는 일이 보통이었다. 그랬기에 손님들이 책장 위에 저 커다란 검은 그림자가 무엇이냐고 물어볼 때마다 나는 늘 박제라고 대답했다. 특히 저녁 영업시간이면 박제라고 해도 믿을 만큼 꼼짝 않던 녀석이 박자를 맞추다니, 왕지양이 뭔가 잘못 본 게 아닐까? 나는 검은 하늘을 뚫어지게 바라보다가 눈을 비볐다. 왠지 녀석이 리듬에 따라 고개를 까닥이는 것처럼 보였기 때문이다. 혹시나 싶은 마음에 얼른 탬버린을 들고 왕지양의 노래에 맞춰 두드려 보았다. 그러자 검은 하늘의 머리가 더욱 세차게 까닥였다. 심지어 다리를 점점 더 넓게 벌리며 몸까지 양 옆으로 흔들기 시작했다. 엘비스 프레슬리 저리 가라 할 몸짓이었다. 그렇다. 검은 하늘은 박자를 맞추고 있을 뿐만 아니라 춤까지 추고 있었다! 그 사실을 깨달은 순간, 기뻐서 나도 모르게 그를 가리키며 소리쳤다.

"이야, 네 녀석이 노래를 좋아하는 줄은 미처 몰랐구나!"

왕지양도 기타를 내던지고 녀석을 가리키며 소리쳤다.

"거봐 내 말이 맞지! 저 녀석 박자 맞춘다니까!"

손님들은 깜짝 놀라 우리가 가리키는 방향을 향해 단체로 고개를 돌렸다. 검은 하늘도 깜짝 놀라 날개를 활짝 펼치고 푸드덕거렸다. 손님들 머리 위에 1미터에 달하는 시커먼 그림자가 드리웠다. "살았잖아!" 곧 여기저기서 비명 소리가 들리더니 너 나 할 것 없이 모두가 밖으로 뛰쳐나갔다. 그날 우리는 막심한 손해를 입었다. 양심불량 손님들이 입구에서

퇴장료를 받으려던 샤오루를 밀어 넘어뜨리고 단체로 토꼈기 때문이다.

왕지양은 득의양양했다. 자신의 노래에 말똥가리마저 박자를 맞추었으니 신이 날 만도 했다. 그는 후에 여기서 얻은 자신감을 가지고 Midi Festival 무대에 올랐다. 리장에 돌아온 뒤 왕지양은 샤오루에게 이렇게 말했다. "내가 공연할 때 말이야, 관중들이 전부 박수를 치며 박자를 맞추더라고." 관중이 얼마나 됐냐는 샤오루의 물음에 그는 수줍게 웃으며 대답했다. "글쎄, 한 50명쯤? 나머지 수만 명은 마디한테 박수를 치러 간 모양이더라."

희한한 점은 정작 마디가 다빙의 작은 집에서 〈남산의 남쪽〉을 불렀을 때는 검은 하늘이 박자를 맞추지 않았다는 점이다. 그는 진쑹의 호소력 짙은 노래에도, 다쥔의 애달픈 노래에도 반응하지 않았다. 세상 풍파 다 겪은 듯한 아밍의 거친 목소리나 라오셰의 시적인 가사, 루핑의 혼신을 다한 열창에도 여전히 눈을 감고 명상만 계속했다. 그러다 S가 연주를 시작하자 갑자기 퍼뜩 정신을 차리더니 전에 없이 열정적으로 박자를 맞췄다. 그때 S는 경쾌한 노래를 하고 있었다. 퀸즈타운, 퀸즈타운, 너는 아름다운 여인과 같구나. 검은 하늘은 아예 한쪽 발톱을 치켜세우고 외발로 서서 몸을 흔들며 노래를 즐겼다.

S 말고도 검은 하늘이 특별히 선호했던 가수는 친하오였다. 하오메이메이밴드의 그 친하오 말이다. 그가 노래할 때 검은 하늘의 반응은 가히 폭발적이었다. 머리끝부터 꼬리 끝까지 그야말로 광적으로 흔들어 대는데, 저러다 떨어지지 않을까 걱정될 정도였다. 친하오는 보기 드문 효손으로 여행 다닐 때마다 늘 할머니인 타오 여사를 모시고 다닌다. 할머니와 손자가 서로 손을 잡고 어디든 함께하는 모습은 언제나 나를 미소 짓게 했다. 하지만 그날은 아니었다. 연로하신 할머니가 검은 하늘을 보고 놀라 심장마비라도 걸리실까 걱정됐기 때문이다. 그래서 미리 판자로 검은 하늘을 가렸다. 하지만 날개만 가리고 머리는 가리지 못한 탓에 판자 너머로 녀석의 머리가 오르락내리락했다. 다행히 타오 여사는 눈을 가늘게 뜨고 손자의 무대를 감상하시느라 당신 머리 위로 시퍼렇게 살아 있는 말똥가리가 오락가락하는 광경을 보지 못하셨다.

조금씩 드러난 검은 하늘의 음악적 성향은 분명했다. 이 위풍당당한 맹금은 어울리지 않게 소녀풍의 상큼하고 발랄한 노래를 좋아했다. 하지만 안타깝게도 나는 녀석의 취향을 만족시켜 주지 못했다. 다빙의 작은 집에서는 대개 거칠고 묵직한 오리지널 포크송을 부르지, 아무도 소다그린(sodagreen:대만의 6인조 밴드. 밝고 가벼운 분위기의 노래를 주로 부른다)의 노래를 부르지는 않았기 때문이다.

7

음악 조류 검은 하늘의 포크송 편식은 갈수록 심해졌다. 나중에는 직접 노래를 고르는 경지까지 이르렀다. 녀석은 금세 공연 차례 및 곡 순서를 파악했는데, 매번 좋아하는 노래의 전주가 울리기 시작하면 어김없이 일어나 워밍업에 들어갔다. 검은 하늘이 우리의 공연 패턴을 꿰뚫은 뒤로는 임의로 곡 순서를 바꾸는 일이 금기가 되었다. 자기가 기억하는 순서대로 노래가 나오지 않으면 산통이 깨졌다는 듯이 엄청나게 성질을 부렸기 때문이다.

하지만 가수가 회사원도 아니고, 정해진 틀에 딱딱 맞출 리 없었다. 즉, 노래를 부르다 흥이 오르면 정해진 순서를 무시하고 즉흥적으로 곡을 바꾸는 일이 비일비재했다. 문제는 그것이 검은 하늘의 심기를 매우 불편하게 했다는 점이었다. 예상한 것과 다른 곡이 나오는 순간, 녀석은 즉시 날개를 활짝 펴고 거칠게 푸드덕거려서 손님들을 놀라게 했다. 그뿐만 아니라 금방이라도 급강하할 것처럼 포즈를 취하며 기어코 자기가 듣고 싶었던 노래가 나올 때까지 사람들을 위협했다. 하루는 S가 시달려 죽겠다고 하소연하자 왕지양이 위로하듯 말했다.

"네가 회사를 다닌다고 생각해. 그런데 갱년기를 맞은 여자 상사를 만난 거야."

검은 하늘이 곡 선택에 참견하는 것은 공연 때만이 아니었다. 나는 종종 오후 내내 가게에서 시베이 포크송을 들으며 글을 썼다. 그런데 그때부터 검은 하늘은 음악이 싫었는지 온갖 패악을 부려 댔다. 결국 어쩔 수 없이 언젠가부터 나는 녀석의 취향대로 상큼한 노래가 담긴 CD를 틀었다. 하지만 녀석이 여전히 성질을 부리면 그때부터 본격적인 스무고개가 시작됐다. 재빨리 노래를 넘기며 묻는 것이다. 이거야? 검은 하늘이 거칠게 날갯짓한다. 재빨리 곡을 넘긴다. 그럼 이거? 아님 이거? 어르신, 이 곡인가요? 상전 같은 어르신, 아님 이 곡입니까? 어느새 녀석은 주인이, 나는 알바생이 되어 그가 만족하는 노래가 나올 때까지 건너뛰기 버튼을 누르고 또 누른다. 마침내 그의 맘에 쏙 드는 노래를 찾은 뒤에는 무한 재생을 시켜야 했는데, 안 그러면 놈이 또 난리를 쳤기 때문이다.

그게 무슨 노래였는지 여기서는 밝히지 않겠다. 다만 그 노래를 만 번쯤 들으며 펜을 놀리다 보니 뼛속까지 짱짱했던 거친 야생작가의 본능이 사라지고, 한없이 감상적이고 야들야들한 글이 나왔다는 힌트만 주겠다. 정말, 진심으로, 너무 야들야들해서 차마 얼굴을 들 수 없었다.

그러던 어느 날부터 검은 하늘은 노래 선택을 넘어 더 민감한 부분까지 손, 아니 날개를 뻗기 시작했다.

다빙의 작은 집은 원래 나름의 규칙이 있었다. 사진 찍을 때 플래시를 터뜨리면 안 된다든가 노래를 들을 때는 정숙해야 한다든가 하는 것들이었다. 다른 의도는 없었다. 다빙의 작은 집이 호수라면 가수들은 물고기였다. 물고기가 마음껏 헤엄칠 수 있도록 적당한 수온과 안락함을 갖춘 환경을 마련해 주고 싶었을 뿐이다. 사실 이곳은 평범한 술집이 아니다. 술을 팔기는 하지만 엄연히 말하면 진정으로 음악을 즐기기 위한 공간이다. 질 좋은 맥주와 음악 외에 다빙의 작은 집은 어떠한 서비스도 제공하지 않는다.

포크송은 일종의 호소문이다. 가수는 전심으로 호소하고 관중은 전심으로 듣는 것이 이 작은 세계의 불문율이다. 조용히 노래에 귀를 기울이는 사람이라면 맥주 한 병만 시키고 하루 종일 앉아 있어도 괜찮았다. 심지어 다 못 마시면 다음에 마실 수 있게 저장해 주기도 했다. 반대로 가수가 노래하는데 소음을 일으키는 사람은 반드시 쫓겨났다.

다빙의 작은 집의 규칙은 몇 년 동안 엄격히 지켜지다가 점점 느슨해졌다. 우리 뜻과 상관없이 그렇게 됐다. 규칙을 지키지 않는 사람이 너무 많았던 것이다. 이른바 1인 미디어 시대였다. 사람들은 스마트폰과 각종 소셜 어플리케이션을 통해 친구를 사귀고 또 소통했다. 그 바람에 불과 1, 2년 사이에 다빙의 작은 집에서 노래를 듣는 청중의 풍경도 완전히 달라졌다. 한 번이라도 휴대폰을 들여다보지 않는 사람이 없었던 것이다. 처음에는 SNS 알림이 울리면 쫓아냈지만 나중에는 양보했다. 많고 적음의 차이일 뿐이지 모두의 휴대폰에서 알림이 울렸기 때문이다. 정말 이상하다. 요즘 사람들은 노래를 들을 때도 휴대폰을 무음으로 해놓지 않는다. 왜일까? 그렇게나 외로운 것일까? 아니면 무엇을 놓칠까 봐 겁내는 것일까?

얼마 후에는 음성 메일 확인과 답장 보내기를 허용했다. 그러지 않을 수 없었다. 조용히 문자를 보내는 것보다 간편하게 말 몇 마디로 음성 메일을 보내는 쪽을 선호하는 사람이 더 많았기 때문이다. 본인들이 엄지손가락 놀리기조차 피곤하다는데 우리가 무슨 수로 제지하겠는가. 다만 다빙의 작은 집은 전통적으로 스피커와 마이크를 쓰지 않는다는 게 문제였다. 가수들은 누구나 기계의 도움 없이 오롯이 자신의 목소리로만 노래했다. 그래도 공간이 작았기에 노래를 감상하는 데는 지장이 없었다. 하지만 음성 메일을 허용한 후, 툭하면 튀어나오는 각종 잡음과 목소리 때문에 분위기가 깨지는 일이 종종 생겼다. 맑은 계곡물에 깨진 술병을 던지는 꼴이었다. 솔직히 가슴이 아팠다. 가수와 손님이 서로 무릎이 닿을 만큼 지근거리에 앉아 함께 노래를 부르고 즐길 수 있는 곳은 리장에서도 다빙의 작은 집이 거의 마지막이었다. 이곳은 가수의 오리지널 곡을 라이브로 들을 수 있는 최후의 왕국이었다. 하지만 변해가는 청중을 보고 있자니 이제 이 공간도 얼마 안 가 사라질지 모른다는 서늘한 예감이 나를 아프게 했다.

요즘에는 마지노선이 끝없이 후퇴하고 있다. 가수가 노래를 부를 때 공공연하게 전화 통화를 하거나 다른 사람의 감상을 심각하게 방해하는 행동만 제지하는 정도다. 사실 겨우 이 정도의 마지노선도 지키기가 쉽지 않다. 최근 몇 년 동안 '손님은 왕이다'라는 의식이 지나치게 커진 탓이다. 친절하게 얘기하면 무시하고, 엄격하게 뭐라 하면 인상을 찌푸리며 불쾌해한다. 심지어 당신한테 실망했다느니, SNS에 다 올리겠다느니 소란을 피운다. 그리고 실제로 다음 날 SNS에 너만 잘났냐는 둥 혼자 고상한 척 예술가인 척한다는 둥 온갖 욕을 써넣고 더 이상 팔로우하지 않겠다고 선언한다. 팔로우를 끊으려면 조용히 끊고 말지, 선언은 또 무슨 선언인가. 팔로우를 하든 끊든 그것은 전적으로 그네들의 자유다. 이는 TV 채널을 바꾸는 것과 다름없다. 채널을 바꿀 때마다 방송사에 선언하고 공표하는 사람도 있나? 이런 사람을 접할 때마다 헛웃음이 나지만 한편으로는 마음이 쓰리다. 청중의 수준이 어쩌다 이 정도까지 떨어졌는가 싶기 때문이다.

어쩌다 보니 넋두리가 되어 버렸지만 어쩔 수 없다. 여기가 아니면 이런 푸념을 늘어놓을 곳도 없으니까. SNS에서는 이런 화제를 속 시원하게 다루지 못한다. 자기 관점과 다르다는 생각이 조금만 들어도 모두가 키보드를 두드리며 전쟁에 돌입하는 그 세계에서는 말도 못 꺼낼 일이다. 사실 폭주하는 누리꾼은 두렵지 않다. 다만 툭하면 말꼬리를 잡아가며 당신은 포용력이 없네, 도량이 좁네, 실망이네 해 대는 어설픈 '인터넷 군자'에게 빌미를 주고 싶지 않은 마음이 크다.

어쨌든 결론적으로 말하자면 나는 다빙의 작은 집에서 노래를 들을 때는 침묵해야 한다는 규칙에 회의를 느끼고 있었다. 그 규칙을 지키려고 관중과 실랑이하는 데 지쳐 있었다. 그런데 전혀 생각지도 못한 이가 해결사로 등장했다. 바로 검은 하늘이었다. 그가 대변 폭탄을 날림으로써 모든 사태를 한 방에 정리해 버린 것이다.

검은 하늘의 대변은 묽고 하얀 것이 꼭 흰색 페인트 같았다. 분사력은 또 어찌나 강한지 사정거리가 무려 2미터에 달했다. 희고 축축한 검은 하늘의 그것이 그 사람의 어깨 위에 떨어졌을 때, 그는 전화 통화 중이었다. 순간 사람들의 시선이 쏠렸고 라오셰도 기타 연주를 멈췄다. '피해자'는 처절한 비명을 올렸다.

"아니, 내가 무슨 잘못을 했다고 이래!"

나는 얼른 행주를 가져다주며 그를 달랬다. "아휴 그럼요. 아무 잘못도 안 하셨죠. 어서 닦으세요, 어서." 그런 뒤 외투를 드라이클리닝 해 주겠다고 정중히 말했다. 그는 잔뜩 성질을 내며 옷을 벗어 던지듯 넘겨주었다. 잠깐의 소동이 지나가고 공연이 이어졌다. 10분쯤 지났을까. 그 사람의 휴대폰이 다시 울렸다. 라오셰는 미간을 찌푸렸지만 무던한 평소 성격대로 아무 말 없이 노래를 계속했다. 그런데 그가 전화를 받고 '여보세요'라고 채 말하기도 전에 또다시 비명 소리가 울려 퍼졌다. 검은 하늘의 대변이 그의 가슴 한가운데 턱 떨어졌기 때문이다. 검은 티셔츠에 하얀 꽃이 핀 느낌이었다.

“왜 또 나야!”

벗으면 꼼짝없이 맨몸이라 이번에는 벗을 수도 없었다. 결국 그는 똥 묻은 옷을 입고 똥 씹은 표정으로 다빙의 작은 집을 나갔다. 신기한 것은 그가 앉은 자리에서 검은 하늘이 있는 곳까지 꽤 거리가 있었다는 점이다. 그런데 어떻게 다른 사람에게는 한 점도 튀기지 않고 오직 그 사람에게만 똥이 쏟아졌을까? 이에 대해 라오셰는 단언했다.

“검은 하늘이 고의로 그런 거야. 엉덩이를 내밀고 한참 조준을 하더라니까.”

그럴 리가. 녀석은 네 노래를 좋아하지도 않잖아? 그런데 왜 네 편을 들겠어? 하지만 라오셰는 검은 하늘이 자신을 도와줬다고 확신했다. 그는 너무 감격한 나머지 영업이 끝난 후에 검은 하늘만을 위한 공연을 따로 열었다. 자기가 생각하기에 가장 ‘상큼하고 발랄한’ 노래만 골라서.

‘기사 양반, 좀 태워 줘요. 나 대학생이에요. 기사 양반, 좀 태워 줘요, 올해 열여덟이랍니다……(〈기사 양반 태워 줘요〉라는 제목의 윈난 지역의 민간 가곡으로 경쾌하고 빠른 리듬과 재미있는 가사가 특징이다).’

이튿날, 같은 일이 또 반복됐다. 이번에는 왕지양이 노래하는 중이었고, 피해자는 역시 뻔뻔하게 큰소리로 통화를 하고 있었다. 검은 하늘은 그의 머리가 반백이 되도록 대변을 갈겼다. 말똥가리 똥에 독이 있다고 생각한 그는 비명을 지르며 대문 밖에서 맥주로 미친 듯이 머리를 감았다. 이번에 똥을 뒤집어 쓴 사람은 구석진 자리에 앉아 있었다. 검은 하늘이 있는 곳에서 본다면 거의 사각지대였다. 그런데 '탄도'가 희한하게 꺾이더니 딱 그 사람 머리 위에 대변 폭탄이 떨어진 것이다. 왕지양의 증언에 따르면 그 기이한 탄도를 성공시키기 위해 검은 하늘은 발톱으로 받침대를 꽉 잡고 균형을 잡아가며 한참 동안 철두철미하게 조준했다고 한다. 왕지양은 텐진 사람이니 헛소리를 할 리도 없었다. 결국 만 하루도 안 되어 거리에는 이런 소문이 파다하게 퍼졌다.

'검은 하늘의 노래 감상을 방해하는 사람은 반드시 흰머리가 된다.'

세 사람이 떠들어 대면 없던 호랑이도 만드는 법. 소문은 일주일 만에 살이 붙고 부풀려져서 이렇게 변하여 다시 내 귀에 들어왔다.

'검은 하늘은 노래 감상을 방해하는 사람을 반드시 대머리로 만들어 버린다.'

얼마 후 한 무리의 사람들이 구호를 외치며 일사분란하게 다빙의 작은 집으로 들어섰다. 나의 안내 하에 검은 하늘의 예술적 기품을 직접 확인하러 온 이들이었다. 하나같이 모자를 쓴 그들은 책장을 둘러싸고 서서 감탄을 거듭했다. 그런데 그중 호기심 많은 한 사람이 나더러 기타를 연주해 보라고 요청했다. 그런 뒤 단체로 휴대폰을 꺼내들고 전화를 걸기 시작했다. 작은 가게 안이 곧 시끄러운 통화 소리로 가득 찼다. 검은 하늘은 그 광경을 냉정히 바라보기만 할 뿐 아무 행동도 취하지 않는 듯했다. 하지만 그것도 잠시, 갑자기 날개를 펼치고 날아오르더니 가죽 족쇄가 허용하는 범위 내에서 빙글빙글 돌기 시작했다. 눈 깜짝할 사이에 모자가 전부 하얗게 변하는 모습을 보며 나는 경탄을 금치 못했다. 이야, 녀석! 권총만 잘 쏘는 줄 알았더니 기관총 솜씨도 예술이로구나!

그날 이후 다빙의 작은 집은 오랜만에 진정한 평화를 되찾았다. 고마운 마음을 말로 다 할 수가 없었던 나는 당장 이웃 밥집에서 생 소고기 100위안어치를 끊어 와 검은 하늘에게 진상했다. 그는 침착하고 여유 있게 고기를 먹더니 딱 40위안어치를 먹자 입을 다물었다. "사양 말고 더 먹어, 실컷 먹어." 하지만 검은 하늘은 내 권유를 무시하고 엄숙하게 고개를 치켜들었다. 그러곤 천천히 날개를 펼쳤다. "아, 알았어.

무슨 뜻인지 알았다고." 나는 후다닥 CD 플레이어 앞으로 달려가 녀석이 가장 좋아하는 곡을 찾아 틀었다. "나는 말이야, 네가 좋아하는 노래를 찾아서 트는 일이 가장 즐겁고 행복해. 꼭 인격이 순화되는 느낌이랄까. 맞다, 무한 재생. 그럼, 당연히 무한 재생해야지!"

8

다빙의 작은 집의 수익 구조를 바꾸게 된 가장 큰 이유도 검은 하늘이었다.

요즘 세상은 너무 빨리 변한다. 변화하는 속도를 따라가기가 벅찰 정도로. 리장도 예외는 아니다. 관광지로서의 가치가 알려지면서 새로운 점포와 여행객이 날이 갈수록 더 많이 들어서고 밀려들었다. 그 결과, 정말 놀 줄 아는 사람들이 줄어들고 원래 리장의 주인이었던 사람들은 하나둘씩 이곳을 떠나기 시작했다. 그때마다 그들은 내게 물었다.

"다빙, 넌 언제 떠날 거야?"

딸린 식구도 없고 부양할 가족도 없으니 사실 결심만 하면 언제든지 훌쩍 떠날 수 있었다. 다만 한 가지, 다빙의 작은 집이 마음에 걸렸다. 한때 리장을 가득 채웠던 포크송 라이브 바는 이제 몇 군데 남아 있지 않았다. 그중에서도 스피커와 마이크를 쓰지 않고 오리지널 포크송만 공연하는 곳은 다빙의 작은 집이 유일했다. 그랬기에 다빙의 작은 집이야말로 리장을 대표하는 깃발이니 절대 그만두지 말라고 독려하는 이도 많았다. 물론 나 역시 그만둘 생각은 없었다. 내게 이곳은 단순한 라이브 바가 아니었다. 심신을 수행하는 도장이자 내 민족의 나라였다. 경제적 이유로 운영이 어려워진다면 피를 팔아서라도 지켜야 할 마음의 고향이었다.

그러나 이곳을 지키는 일은 결코 만만치 않았다. 가겟세가 가파르게 치솟았던 것이다. 우리뿐 아니라 주변 가게도 마찬가지였다. 처음엔 네 자리 수였던 가겟세는 곧 다섯 자리로 뛰었고 금세 여섯 자리를 돌파했다. 도무지 감당할 수 없는 오름세였다.

물론 나 개인적으로는 TV 프로그램을 진행하면서 얻는 수입이 넉넉했고, 작가 인세도 적지 않았다. 하지만 진행자로서의 나와 작가로서의 나, 다빙의 작은 집 주인으로서의 나는 평행우주 속의 다른 존재였다. 각기 다른 세계에서 전혀 다른 역할을 수행했던 것이다. 마이크는 마이크고, 펜은 펜이며, 가게는 가게였다. 베이징은 베이징, 지난은 지난, 리장은 리장이었다. 각각의 세계에서 맡은 역할을 충실히 이행하고 각각의 세계가 경제적 독립을 유지하면서 서로 균형을 이루도록 한다는 것이 내 원칙이었다. 그랬기에 다른 세계에서 번 돈을 가지고 가게를 부양하는 일은 절대 불가했다.

하지만 안타깝게도 술집 주인인 나는 형편없었다. 곧 가겟세를 내야 하는데 만 위안이 모자랐던 것이다. 1년 내내 열심히 일한 것이 무색하게 무려 만 위안이 모자랐다. 그런데 가겟세 때문에 고민 중이던 내 앞에 두툼하고 붉은 지폐 다발이 두둑이 놓여졌다. 돈을 내민 사람은 에르메스 벨트를 찬 남자였다. 그는 나를 재촉했다.

"아직도 고민 중이오? 대체 팔 거요, 말 거요?"

"그게……. 리장에 나시족 자치현이 있으니 매를 기르는 게 불법은 아닌데요. 저 녀석은 2급 국가보호종이라 개인적으로 사고파는 건 불법이거든요."

내 대답에 남자는 손가락을 꼽으며 말했다.

"첫째, 저 매는 당신이 사들인 게 아니오. 둘째, 우리는 내일모레면 이곳을 떠날 테니까 아무도 당신이 매를 판 것을 모를 거요."

그들은 캠핑카를 몰고 로드트립 중인 졸부였다. 남자는 자신의 사장을 대신해서 검은 하늘을 사러 온 참이었다. 사장은 다빙의 작은 집에서 검은 하늘을 보고 한눈에 반했다고 했다. 음악을 즐길 줄 아는 그의 독특함이 사장의 소유욕을 부추긴 모양이었다. 게다가 사업하는 사람이 흔히 그러하듯 사장도 미신을 맹신했다. 올해가 마침 자기 띠의 해인데 여기에 매까지 기르면 합이 맞아서 대운이 깃들 것이라 믿는 모양이었다. 거기에 검은 하늘은 영기가 있고 이름마저 상서로우며 돈을 부르는 기운이 있으니 금상첨화라는 것이다.

"하지만 제가 이 매를 주신 할아버지와 약속을 해서요. 다 나을 때까지 잘 돌보다가 방생해 주기로 했거든요. 이렇게 팔아 버리는 건 좀 아닌 것 같아요."

"우리도 저 놈을 죽을 때까지 기를 생각은 없소. 좀 데리고 있다가 때가 되면 방생해 주리다. 누가 하든 방생하기만 하면 되는 거 아뇨."

그는 지폐 더미를 가리키며 웃었다.

"게다가 당신 입장에서는 공돈이 생기는 셈인데……. 솔직히 팔고 싶지 않소? 아니면 나랑 이렇게 오래 이야기할 리가 없지."

나는 두텁게 쌓인 지폐 더미에서 한동안 눈을 떼지 못했다. 고개만 한 번 끄덕이면 모자란 가겟세가 채워질 수 있었다. 내가 아무 말도 하지 않자 남자는 고개를 저으며 가죽지

갑을 열더니 지폐 한 움큼을 더 꺼내어 위에 얹었다.

"사업하는 사람이 너무 욕심을 부리면 못 쓰지. 총 만오천 위안이오. 이 이상은 못 줘요. 우리도 땅 파서 장사하는 건 아니니까. 사장님도 너무 비싸게 샀다면 싫어하실 테고. 자, 이제 결정해요. 팔 거요, 말 거요?"

나는 검은 하늘을 힐끗 바라봤다. 평소처럼 책장 위에서 눈을 감고 명상 중이었다.

"생각 좀 더 해 보고 내일 결정할게요. 돈은 두고 가셔도 됩니다. 안 팔기로 결정하면 내일 고스란히 돌려드리죠."

남자는 다음 날 만날 약속을 잡은 후 자리를 떴다. 돈도 챙겨 갔다.

가게 안 분위기는 싱숭생숭했다. 다들 바쁘게 영업 준비를 하고 있었지만 아무도 입을 열지 않았다. 공기마저 무겁게 가라앉은 듯했다. 라오셰는 기타를 안고 나를 곁눈질하며 계속 뭔가 말하려다 말았다. 하지만 정작 가장 먼저 총대를 멘 것은 S였다.

"형, 검은 하늘 안 팔면 안 돼요? 저 녀석 성질이 저렇게 더러운데, 갔다가 그 사람들한테 학대라도 당하면 어떡해요. 저, 여기서 엽서를 팔아서 번 돈이 조금 있는데……."

그가 무슨 말을 할지 알았기에 나는 닥치라고 했다. 그 돈은 나중에 세계를 돌면서 두 번째 퀸즈타운을 찾을 때 쓸 여행자금이잖아. 안 돼. 그러자 라오셰가 끼어들었다.

"나도 앨범을 팔아서 돈이 좀 있어. 당장 쓸 데도 없으니 먼저 가겟세를 내는 데 써."

그건 너 시집 낼 돈이야. 안 돼.

"그럼 빌려주는 걸로 하자, 어때? 다빙의 작은 집이 문 닫도록 내버려 둘 수는 없잖아."

안 돼, 쪽팔려. 사나이 자존심에 돈을 빌리다니, 난 그 짓 못한다. 이번에는 왕지양이 나섰다.

"전에 어떤 사람이 내 마틴 기타를 사고 싶다고 했는데, 검은 하늘을 팔지 말고 내 기타를 팔자."

병신아! 나는 그에게 욕을 퍼부었다. 군인이 총 파는 거 봤냐? 가수란 놈이 기타를 팔아서 어쩌겠다는 거야? 어떠한 상황에서도 그딴 헛소리는 지껄이지도 마! 하지만 왕지양도 지지 않고 소리쳤다.

"검은 하늘은 우리 가족이잖아! 기타는 못 팔고, 가족은 팔 수 있어? 그게 도리야?"

그의 목소리가 얼마나 컸던지, 검은 하늘이 깜짝 놀라 번쩍 눈을 뜨고 푸드덕댔다. 그 바람에 깃털 몇 개가 떨어졌다. 나는 왕지양에게 입 닥치라고 했다. 내가 이 가게 먹여 살릴 능력도 없는 줄 알아? 당장 내일 가서 돈 찾아온다. 원칙 따윈 개나 주라지! 하지만 다른 곳에서 번 돈으로 다빙의 작은 집 적자를 메워야 한다고 생각하니 어쩔 수 없는 패배감이 엄습했다. 그때 샤오루가 입을 열었다.

"형, 저한테 좋은 방법이 있어요."

네 녀석한테 좋은 방법이 있다고? 나는 미심쩍게 그를 바라보다 말했다. 한번 얘기해 봐. 그는 자기 방법대로 하면 모자란 가겟세를 금세 메울 수 있다고 장담했다. 하지만 그 전에 검은 하늘을 팔지 않겠다는 약속을 하라고 했다. 나는 고개를 끄덕였다. 약속을 받고도 혹시나 내 마음이 바뀔까 불안했는지, 샤오루는 직접 나서서 매를 사겠다던 졸부 일당을 겁주어 쫓았다. 워낙 상상을 불허할 정도로 괴상한 녀석이라 대체 무슨 방법을 썼을지 추측할 수는 없지만. 아무튼 샤오루가 손가락을 꼽아 가며 내게 해 준 이야기는 이랬다.

"다빙의 작은 집이 늘 적자인 이유는 다음과 같아요. 첫째, 주인 됨됨이가 글러 먹었어요. 성질 더럽죠, 만날 인상 쓰고 있죠, 그러면서 미녀한테는 돈 안 받죠. 둘째, 지금 운영 방식 자체가 돈을 벌기 어려워요. 스피커도 마이크도 없고 즐길 거리도 없잖아요. 거기에 노래까지 심심한데, 돈 많이 쓰는 통 큰 손님이 찾아오겠어요? 마지막으로 세 번째, 여길

제집처럼 생각하는 손님이 너무 많아요. 너무 제집처럼 생각해서 먹튀를 한단 말이죠."

실제로 다빙의 작은 집의 역사를 돌아보면 몇 년 동안은 술값도 받지 않았다. 그러나 그때는 손님도 적고 가겟세도 쌌기에 가능한 일이었다. 그러다 최근 2년간 가겟세가 오르면서 술값을 받기 시작했는데, 그나마도 양심 신고제로 운영했다. 나갈 때 손님이 직접 얼마나 마셨는지 얘기하고 그만큼 술값을 내는 식이었다. 하지만 좋은 의도를 가지고 시작한 우리와 달리, 대다수의 손님은 이 점을 악용했다. 분명히 술을 마시고 안 마셨다고 하거나 맥주 한 박스를 마셔 놓고 나갈 때는 한 병만 마셨다고 거짓말하는 것이다. 그러니 손해가 나지 않을 수 없었다.

"리장에서 술집을 운영하는 건 비용이 많이 들어요. 다른 가게들은 맥주 한 병에 적어도 60위안은 받는다고요. 그런데 우리는 입장료 40위안에 맥주 한 병을 끼워 주잖아요. 게다가 맥주 한 병이면 하루 종일 앉아 있어도 되고 말이죠. 먼저 입장료부터 올려야 해요. 물론 형 마음에 부담이 될 건 알아요. 하지만 손님들도 이해해 줄 거예요."

이해하긴 개뿔. 샤오루의 건의대로 운영 방침을 바꾼 뒤 반 달 동안 나는 평생 들을 욕을 다 들었다. 사람들은 다빙의 작은 집도 상업적으로 변했다며 비아냥댔다. 나를 힐끔거리며 요새 돈독이 올라서 살이 쪘다는 둥, 갈수록 속물로 보인다는 둥 수군대기도 했다. 하지만 어쨌든 돈은 벌었다. 한 달 만에 작년 총 수입의 반에 달하는 판매고를 올렸다. 장사치가 되는 일이 이리도 기쁜 것인 줄 누가 알았으랴. 나는 계약서에 명시된 납부 기한 마지막 날에야 겨우 가겟세를 낼 수 있었다. 더욱 기쁜 일은 주인이 우리가 영업 방식을 바꾼 것을 모르고, 혹시나 내가 피를 팔아서 돈을 마련할까 걱정하며 세를 깎아 주었다는 점이다. 그것도 무려 5퍼센트나! 덕분에 몇천 위안을 고스란히 남길 수 있었다. 얼마나 기쁜가.

샤오루가 평생 쓸 지혜를 다 짜내어 다빙의 작은 집을 구할 아이디어를 낸 덕에 검은 하늘은 팔리지 않았다. 그러나 결국 그는 다빙의 작은 집을 떠나야 했다. 날개가 다 나은 것이다. 이제는 정말로 그와 작별해야 할 때였다.

9

날은 음력 정월 초엿새로 정했다. 먼 길을 떠나기 좋다는 길일이었다. 새해를 맞이하는 김에 검은 하늘을 보내 주자는 의미도 있었다. 아무도 이의를 제기하지 않았다. 아무리 아쉬워도 반드시 지켜야 하는 약속임을 모두 알고 있었기 때문이다. 날이 정해진 후, 다빙의 작은 집에는 한동안 늦게까지 불이 꺼지지 않았다. S와 왕지양은 손님이 모두 돌아가고 난 뒤에도 기타를 잡고 노래를 불렀다. 책장 위 유일한 청중의 취향을 고려해서 소녀풍의 상큼하고 경쾌한 곡들만 선곡했다. 샤오루는 더 이상 동네 밥집에서 고기를 사지 않았다. 대신 스쿠터를 타고 고성을 가로질러 멀리 충의시장까지 가서 신선한 날고기를 사왔다. 그가 돌아오는 길을 따라 붉은 핏물이 뚝뚝 떨어졌다.

이별을 좋아하는 사람은 없다. 하물며 다시 만날 기약이 없는 이별이라면 더더욱 그렇다. 나 역시 이별을 싫어한다. 그러나 이별하기 전에 청승 떠는 것은 더 싫었다. 헤어진다면 깨끗이 보내 줘야지, 눈물 질질 흘리며 십리 밖까지 쫓아가서야 쓰겠는가. 평소라면 배웅조차 하지 않는 것이 내 스타일이었다. 하지만 이번에는 예외를 두기로 했다. 검은 하늘만큼은 제대로 배웅하고 싶었다.

초닷샛날은 날씨가 좋았다. 마침 리장에 놀러온 방송국 PD 룽단니(龍丹妮)에게 옳다구나 술을 퍼먹인 후, 노래나 듣자며 다빙의 작은 집으로 데려갔다. 그녀는 입구에 들어서자

마자 깜짝 놀라며 외쳤다.

"아이구야, 너 아직도 그 버릇 못 고쳤어? 이번엔 매를 기르는 거야?"

나는 그녀의 특이한 감탄사를 따라하며 받아쳤다.

"아이구야, 내가 기르는 거 아니거든. 녀석이 날 기르는 거거든. 내 쪽이 애완동물이라고 해야 맞거든. 혹시라도 만져볼 생각은 하지 마. 저 녀석, 보통 성질이 아니야. 산둥 사람인 나보다도, 후난 사람인 너보다도 더 거칠고 더럽다니까."

나는 술김에 다음날 검은 하늘을 방생할 계획을 롱단니에게 주절주절 털어놓았다. 제일 길하다는 초저녁 시간에 맞춰서 옥상에 올라가 풀어 줄 거야. 족쇄를 풀어 주면 아마 훨훨 날아가겠지? 붉게 노을 진 하늘을 배경으로, 밥 짓는 연기가 피어오르는 푸른 기와집 위로 자유롭게 날개 치며 날아오르는 녀석은 정말 멋질 거야……. 그런 뒤 우리는 내려와서 만두를 먹으러 가는 거지. 롱단니가 고개를 저었다.

"아이구야, 그럼 안 되지. 화면 구도에 문제가 있네."

"화면 구도는 무슨. 내가 말한 건 다빙의 작은 집 옥상이지 후난 TV 스튜디오가 아니라고."

그녀는 궐련을 피워 물더니 콧구멍으로 두 줄기 연기를 뿜어 내며 진지하게 말했다.

"음, 그럼 플롯에 문제가 있다고 해야 하나? 생각해 봐. 방생이라며. 이왕 할 거면 제대로 해야지."

룽단니의 설명은 이러했다. 오면서 보니 리장은 굉장히 넓고 식당도 굉장히 많다. 초저녁이면 거리마다 한창 음식 냄새가 풍길 텐데, 혹시라도 매 친구가 하늘을 날다 말고 그 냄새에 이끌려 어느 식당 주방에라도 날아 들어가면 어쩌겠는가? 사람들이 쟁반으로 매 친구를 때려잡으면 또 어쩌겠는가? 나는 무릎을 탁 쳤다. 맞는 말이었다. 쓰촨 식당에 들어가면 그나마 다행이지만 광둥 식당에 들어갔다간 검은 하늘은 쥐도 새도 모르게 구이가 되거나 찜이 될 게 분명했다.

"그러니까 방생을 하려면 제대로 해. 여기서 15킬로미터쯤 가면 위룽설산이 있지? 그리로 가. 검은 하늘한테 눈가리개를 하고 마대자루에 넣으면 차에 태워도 괜찮을 거야. 먼저 리장을 한 바퀴 빙 돌고, 설산 발치에 닿으면 눈가리개를 풀고 고기를 든든히 먹인 후 보내 줘."

그녀가 검은 하늘을 가리키며 덧붙였다. "무엇보다 중요한 건 황혼 무렵 설산을 배경으로 이별한다는 점이야. 생각해 봐, 그림이 얼마나 멋지겠어?"

그래, 그렇게 해야겠다! 나는 기뻐서 술을 더 권했다. "마셔 마셔, 내일은 설산으로 간다!" 그때 룽단니가 이상하다는 듯 물었다.

"근데 재, 어째 나를 노려보는 것 같다?"

나는 손을 내저었다. "괜찮아, 재는 기본 태도가 원래 저거야. 신경 쓰지 말고 계속 마셔. 좀 이따 노래 들을 때 말만 하지 마. 그럼 아무 일도 없을 거야."

아무 일도 없지는 않았다. 사실 일이 터지긴 했다. 검은 하늘이 롱단니의 등에 대변을 발사한 것이다. 그것도 엄청나게 많이. 그녀가 노래를 들으면서 말을 한 것도 아니었다. 그녀를 비롯해 그날 온 손님들은 하나같이 문화적 소양이 높았기에 아무도 잡음을 내지 않았다. 그런데도 대변 폭탄이 투하된 것이다. 검은 하늘이 무고한 사람을 괴롭힌 적은 이번이 처음이었다. 롱단니는 방송계의 대모였고, 스타 PD라 슬하에 거느린 팬만 따져도 1억 명은 족히 됐다. 이런 거물에게 원한을 샀다간 내 방송 생명이 위험했기에 나는 재빨리 수습에 나섰다.

"아이구야, 대박 칠 길조네! 축하해!"

그녀는 엉거주춤하게 서서 반신반의하며 나를 봤다. 웃어야 할지 울어야 할지 모르겠다는 표정이었다. 나는 얼굴을 붉혀 가며 크게 소리쳤다.

"개똥을 밟으면 운수가 좋다잖아. 그런데 이건 하늘에서 떨어진 매똥이라고! 당연히 훨씬 효과가 좋지! 요즘 하는 일이 뭐야? 조만간 대박 치겠어!"

룽단니는 그제야 환하게 웃으며 등에 '대박의 기운'을 둘러메고 옷을 빨러 숙소로 돌아갔다. 여담이지만 그로부터 몇 개월 뒤, 나는 그녀가 속한 후난 TV가 상장했다는 소식을 들었다.

룽단니가 나간 후 나는 검은 하늘에게 삿대질을 했다.

"너 대체 어디서 배워 먹은 예의야? 내가 그렇게 가르쳤냐? 아무 죄 없는 사람한테 똥을 왜 뿌려!"

화가 나서 막대기를 찾아다가 쿡쿡 찌르기도 했지만 검은 하늘은 눈을 꾹 감은 채 미동도 하지 않았다. 한참 그러고 있는데 문에 쳐 놓은 구슬발이 잘그락거렸다. 맞은편 잡화점의 오우린리였다. 손에는 소등심 한 덩어리가 들려 있었다. 그녀는 아쉬움이 가득 배인 목소리로 말했다.

"내일 검은 하늘을 보낸다면서요? 이별 선물로 고기를……."

말이 채 끝나기도 전에 뿌지직 소리와 함께 오우린리의 머리가 새하얗게 물들었다. 검은 하늘이 그녀에게도 똥 폭탄을 투하한 것이다. 이건 명백한 고의였다!

검은 하늘 이 자식 오늘 왜 이래? 매너가 엉망이잖아! 오우린리가 아무리 가슴이 없어도 그렇지, 그래도 여자 아니냐! 오우린리는 비명을 지르며 소고기를 움켜쥐고 도망쳤다. "고기가 마음에 안 들었나 봐요"라고 외치면서. 나는 더 이상 이 사태를 간과할 수 없었다.

"일부러 선물까지 들고 온 사람을 이렇게 푸대접하다니! 당장 내일이면 이별해야 하는데 이렇게 철없이 굴 거야? 그래 가지고 어느 구석에 가서 발을 붙이겠어?"

뿌지직. 워낙 갑작스러워서 피하지 못했다. 피해 지역은 얼굴이었다. 새삼 생각했다. '아, 새똥이 이렇게나 따뜻하구나.' 그 순간, 한 가지 생각이 퍼뜩 뇌리를 스쳤다. 나는 가설을 입증하기 위해 식구들을 전부 가게 밖으로 불러낸 뒤 한 명씩 들여보냈다. 첫 타자는 샤오루였다. 그는 들어간 지 1분도 안 돼서 정수리에 하얀 대변을 얹고 나왔다. 내가 하라는 대로 말했느냐고 묻자 샤오루는 고개를 끄덕였다. 두 번째로 라오셰를 들여보냈다. 그 역시 옷 여기저기에 하얀 자국을 달고 나와서 시무룩하게 중얼거렸다.

"내 시를 읊어 줬는데 '당신과 이별하네'라는 구절이 나오자마자 싸더라. 나, 이거 설빔인데……."

이 이상 진행했다가는 검은 하늘이 똥 싸다 죽을까 봐 나는 실험을 중단했다. 그랬다. 검은 하늘은 떠나기를 강력히 거부하고 있었다. 여태껏 온갖 기행으로 나를 놀라게 한 녀석이니 새삼스러울 것은 없었다. 하지만 좋든 싫든 녀석은 내일 떠나야 했다.

"성질내려면 내라, 이놈아! 그래도 난 계획대로 할 테니까."

10

우리는 왕지양이 모는 낡은 SUV를 타고 설산으로 향했다. 나는 검은 하늘을 안고 조수석에 앉았고, 나머지 식구들은 뒷좌석에 꼬깃꼬깃 구겨 탔다. 차는 흔들흔들 달려서 위룽설산 밑자락 작은 언덕 아래 도착했다. 목적지에 도착했건만 나를 제외한 나머지는 차에서 내릴 생각을 안 했다. 샤오루가 처량하게 중얼거렸다.

"다빙 형, 우리끼리 상의한 건데요……. 그냥 형 혼자 가서 놓아 주고 오세요. 저흰 마음이 아파서 도저히 못 볼 것 같아요."

오냐, 이것들이 작당을 했구먼. 도저히 못 볼 것 같으면 집에 처박혀 있지 애당초 왜 따라나서고 난리냐! 마음이 아프다고? 나는 안 아프냐? 니들 눈엔 내가 돌심장으로 보이지?

나는 차문을 쾅 닫고 묵묵히 걷기 시작했다. 십여 미터쯤 갔을까. 등 뒤에서 놈들이 애처롭게 외쳤다. "생각해 보니 우리 검은 하늘이랑 사진도 못 찍었어요……. 마지막으로 단체사진 한 번만 찍고 보내요, 네?"

단체사진 같은 소리 하네! 시커먼 사내놈들이 눈물 바람도 모자라서 사진까지 찍자는 거냐? 왜, 나중에 보면서 감상에라도 젖으려고? 됐다, 이놈들아. 청승 좀 작작 떨어! 나는 뒤도 돌아보지 않고 언덕을 올랐다.

언덕배기에 오르자 거센 북풍이 우리를 맞이했다. 머리 위에는 붉은 노을로 뒤덮인 하늘이 드넓게 펼쳐졌다. 하루 중 가장 아름다운 시간, 가슴이 벅차올랐다. 이런 순간 이런 자리에 술이 빠질 수는 없지! ……빠졌다. 가져오는 것을 까먹었다. 괜찮다, 우리에겐 시가 있으니까. 마침 지금과 딱 어울리는 시가 있다.

'어찌 비단옷으로 사나이의 마음을 붙들고 어찌 작은 방에 매를 가두겠는가. 저 멀리 푸른 하늘 너머로 가겠다고 하면 내 오늘 너를 위해 속박을 풀어 주리.'

나는 시를 읊으며 검은 하늘의 족쇄를 끌렀다. 그리고 마지막 구절에 이르러 그를 힘껏 하늘로 밀어 올렸다. 퍼드덕퍼드덕, 검은 하늘은 엄청난 날갯짓 소리를 내며 창공을 향해 날아올랐다. 녀석은 정말 높이 날았다. 지상에서 3, 4미터쯤 되는 높이까지 단숨에 도달했다. 하지만 이윽고 어여쁜 포물선을 그리며 멀지 않은 곳에 내려앉았다. 어찌된 일일까. 설마 날개가 다 낫지 않은 건가? 나는 눈을 비비고 자세히 바라봤다. 검은 하늘은 아무렇지도 않게 두 발로 땅을 박차더니 낮게 날아 다시 내게로 돌아왔다. "임마, 놔줬는데 다시 돌아오면 어떡하냐." 나는 투덜대며 한쪽 발로 녀석을 슥 밀어냈다. 검은 하늘은 몸을 피하는가 싶더니 곧 펄쩍펄쩍 뛰어와서는 내 신발 앞코를 콕 쪼았다. "야, 너 이 자식 진짜 맞아 볼래? 이거 새 신발이란 말이다. 타오바오(淘寶:중국 최대 인터넷 쇼핑몰)에서 제일 핫한 가죽 구두라고. 무료 배송 뜬 김에 큰 맘 먹고 질러서 오늘 처음 개시했건만 감히 흠집을 내? 진짜 이러기야?" 나는 벌컥 화를 내다 가까스로 평정을 되찾았다. 연초부터 성질을 부리면 재수가 없지. 암, 참자 참아. 마음을 가라앉히기 위해 그 자리에 주저앉아 담뱃불을 붙였다. 검은 하늘 역시 얌전히 날개를 접고 내 옆에 바싹 붙어 앉았다. 흡사 암탉 같았다.

"떼쓰지 말고 가랄 때 가라, 이놈아." 나는 녀석에게 말을 걸었다. "지금 이게 무슨 상황이냐? 너도 이제 애가 아니잖아. 독립해야지. 평생 널 길러 줄 사람은 없어. 캥거루족처럼 한심한 게 또 있는 줄 알아?" 검은 하늘이 또 신발을 쪼았다. 나는 재빨리 발을 피하며 계속 말했다. "……게다가 친구든 연인이든 지인이든 가족이든, 이 세상에 평생 헤어지지 않는 관계란 없단다. 녀석은 갑자기 피곤하다는 듯 눈을 감고 박제인 척하기 시작했다. 좋아, 좋아. 설득만으로는 부족하단 말이지. 그럼 진심으로 승부해 주마. 나는 한층 부드러운 목소리를 냈다. "가기 전에 마지막으로 노래 한 곡 같이 듣자. 노래 다 듣고 나면 이제 헤어지는 거야. 알았지?" 내 휴대폰에 저장된 최신곡 중에는 검은 하늘의 취향에 맞는 노래가 없었다. 그래서 아쉬운 대로 옛날 노래 중 그나마 가볍고 상큼한 곡을 골랐다. 나는 리수퉁(李叔同:20세기 초반 중국에서 활동한 종합예술인)의 〈송별〉을 틀고 음량을 최대로 높였다.

'정자 밖 오래된 길 옆, 향기로운 풀이 하늘과 맞닿아 있네. 늦바람이 버드나무 스치며 피리를 불고, 석양은 산 너머에 한층 더 짙구나. 친구들은 하늘 가장자리, 땅 끝으로 뿔뿔이 흩어지나. 오늘밤은 술 한 잔으로 정을 다하고 아쉬운 마음을 떨어버리리.'

석양이 마른 풀을 금빛으로 물들이고 설산을 붉게 불태웠다. 정월, 리장의 저녁노을은 눈부시게 아름다웠지만 바람은 거세고 차가웠다. 산에서부터 불어온 칼바람이 어찌나 매서운지 귀가 금방이라도 얼어 떨어질 것 같았다. 나는 귀를 문지르며 말했다. "이 노래는 참 명곡이야. 수십, 수백 번을 들어도 질리지 않지. 하지만 너무 슬프니까 그냥 1절만 듣자. 자, 이제 어서 가. 정말 헤어질 시간이다." 하지만 나도, 검은 하늘도 움직이지 않았다. 휴대폰에서는 간주가 끝나고 2절이 흘러나왔다.

'그간 쌓은 정을 술 한 잔에 묻고 어서 떠나라 재촉하네. 그대에게 이제 가면 언제 돌아오느냐 묻노니, 부디 돌아올 때는 주저하지 마시게.'

"됐다, 이제 가. 멀리 안 나간다."

시간은 차곡차곡 흘러갔고 저녁 해도 차차 산 너머로 가라앉았다. 담배 반 갑을 다 피우자 날이 완전히 어두워졌다.

좀 쓰다듬어도 될까? 쪼지는 마라. 나는 검은 하늘의 날개 밑에 가만히 손을 넣었다. 따뜻했다. 꼭 손난로 같았다. 그 느낌을 뭐라 하면 좋을까. 마치 오랜 친구가 따스하게 손을 잡아 주는 것 같았다. 나는 녀석의 날개 밑에 손을 넣고 중얼거렸다. 내가 예전에 이런 글을 쓴 적이 있어.

'친구는 인생길 위에서 만난 동행이다. 서로 우연히 만나 미소를 나누고 한동안 함께 길을 가는 동행. 그러나 인연이라는 것은 깊든 얕든, 맺어질 때가 있으면 풀어질 때가 있는 법. 헤어져야 할 때는 헤어지고, 다시 만나야 할 때는 다시 만나야 한다. 그렇기에 얼마든지 인연을 아쉬워할 수는 있지만, 억지로 붙들 수는 없다. 친구는 우연히 만난 동행일 뿐이다. 서로 멀지도 가깝지도 않은 거리를 유지하며 함께 길을 가는 것 자체만으로도 이미 충분히 좋은 것이다.'

"내가 써놓고 내가 잊고 있었네. 인연에 집착하게 될 것만 걱정했지, 인연을 아쉬워해도 된다는 사실은 잊고 있었어. 깊든 얕든 하늘이 허락한 인연인데 그것을 아쉬워하지 않는다면 그 역시 인연을 따르지 않는 것이겠지?"

나는 일어나 언덕 아래로 걸어가기 시작했다. 걸어가면서 왼팔을 쭉 뻗었다.

"가자, 집에 돌아가야지. 우리가 있어야 할 곳으로 돌아가자."

푸드덕, 경쾌한 날개소리와 함께 왼쪽 어깨가 묵직해졌다.

11

지금 나는 다빙의 작은 집에서 이 글을 쓰고 있다. 햇살이 느릿느릿 창문을 비집고 들어와 등허리를 따스하게 덥혀 주는, 평범한 오후다. 왕지양은 피아노 연습을, 라오셰는 독서를 하고 있고 S는 엽서를 만든다. 검은 하늘도 있다. 내 타자소리에 맞춰 리듬감 있게 고기를 먹는 중이다. 샤오루는 여전히 헬멧을 쓰고 고기를 공양한다. 오케이. 소리를 들어보니 또다시 40위안이 사라졌다.

문밖이 시끄러워졌다. 아마 꾸러기들이 또 술래잡기를 하는 모양이다. 오늘은 운동화를 신고 왔으니, 검은 하늘을 데리고 나가 그들과 같이 놀아 볼까 한다. 잠시 나갔다 오겠다.

돌아왔다. 오늘도 나랑 안 놀겠단다. 저번처럼 벽돌도 던졌다. 그냥 글이나 계속 쓰기로 했다.

내가 이 글을 쓴 이유는 작년 오늘, 검은 하늘이 다빙의 작은 집에 왔기 때문이다. 우리가 작은 인연을 맺은 지 오늘로 딱 1년째이기 때문이다. 우이가 80번지에 자리한 다빙의 작은 집은 나무 대문이 달린 흙담집이다. 이곳은 포크송의 성지이고 검은 하늘은 이곳의 수호신이다. 만약 다빙의 작은 집을 방문하게 된다면 반드시 검은 하늘의 질서 유지 규칙을 따라 주기 바란다. 예를 들어 사진 찍을 때 플래시는 터뜨리지 말고, 가수가 노래할 때는 정숙하며, 검은 하늘 앞에서는 '이별'이라는 단어를 꺼내지 말 것. 못 믿겠다면 한번 어겨 보라. 그 즉시 머리 위에 하얀 대변이 내려앉을 것이다. 규칙만 지킨다면 당신도 그와 좋은 인연을 맺을 수 있다.

검은 하늘과 우리의 인연이 언제까지일지는 모른다. 나와 어린 아이 같은 리장의 인연 역시 언제까지일지 알 수 없다. 구체적인 때는 알 수 없으나 언젠가는 나의 동족과 다빙의 작은 집과, 또 검은 하늘과 이별하게 될 것이다. 맞잡은 손을 놓고, 나의 리장과도 작별 인사를 하게 되겠지. 이 세상에 영원한 것은 없으니까. 한 치 앞도 볼 수 없는 인생살이지만 가끔은 생각을 조금 느슨하게 풀어놓는 것만으로도 많은 위로를 얻는다. 그렇지 않은가?

깊든 얕든, 한 번 만난 인연은 언젠가 헤어지기 마련이다. 그렇기에 인연에 집착하지 말고 그저 물 흐르듯 따라가는 게 좋다. 그렇게 따라가다 헤어지기 아쉬운 인연이 생기면, 그 역시 자연스레 따라가면 된다.

아미타불 뽀뽀뽀. 이리저리 생각해 본 끝에 앞으로는 그렇게 살아가기로 했다.

12

2015년 봄, 순조롭게 진행되던 '전국순회청년토크콘서트 2.0'은 정저우에서 뜻밖의 암초를 만났다. 원래 행사를 진행하기로 했던 대학교에서 직전에 일방적으로 취소를 통보한 것이다. 급하게 구한 새로운 장소도 학교 측에서 본교 학생 외에는 출입을 불허하는 바람에 역시 취소되고 말았다. 출판사 담당 편집자인 저우이는 내게 여동생뻘이었는데, 잔뜩 의기소침해져서 정저우는 그냥 건너뛰자고 제안했다. 하지만 그럴 수 없었다. 반드시 허난에 가겠다고, 이미 SNS를 통해 독자들과 약속을 했기 때문이다. 상황이 좀 어렵게 됐다고 해서 내 입으로 직접 한 약속을 저버릴 수는 없었다.

나는 직접 장소 섭외에 나섰다. 예전부터 친분이 있던 7 Live House 측에 도움을 요청했다. 이곳은 꽤 큰 규모의 라이브 바로 700명 정도를 수용할 수 있었다. 내가 장소를 알리자 저우이는 울상을 지었다.

"하지만 선생님, 세상에 어느 작가가 술집에서 독자와의 만남을 가져요? 격이 너무 떨어지잖아요."

나는 그녀의 머리를 쓰다듬었다.

"괜찮아. 술집이 뭐 어때. 오히려 더 멋질 거야. 술 마시며 노래도 하고 대화도 하고, 함께 문학 이야기를 하면서 한쪽에서는 게임도 하고. 아니, 차라리 다 같이 술래잡기를 하면 어떨까?"

"선생님은 만날 놀 궁리뿐이시죠? 제발 이미지 좀 신경 써 주세요. 어떤 작가가 그러겠어요?"

"부탁이야. 이번엔 내가 하자는 대로 따라 줘. 게다가 나는 그냥 작가가 아니라, '야생작가'잖아?"

2015년 4월 22일, 전국순회청년토크콘서트2.0이 정저우에서 예정대로 열렸다. 7 Live House 앞 거리는 허난 각지에서 몰려온 4천여 명의 사람들로 가득 찼다. 장관이었다. 이 지면을 빌려 허난 독자들의 열화와 같은 사랑에 다시 한 번 감사한다.

하지만 귀찮은 일이 또 생겼다. 행사가 시작되기 전, 경찰 몇 명이 나를 찾아왔다.

"이게 다 무슨 일이오? 혹시 무슨 시위라도 벌이려는 거요?"

행사 취지를 설명했지만 그들은 여전히 긴장한 기색이 역력했다. 이렇게 많은 인원을 통제하기에는 일손이 너무도 부족했던 것이다. 이해가 되지 않는 것도 아니었다. 보통 이 정도 규모의 활동이 진행되다 보면 질서가 흐트러지고 사고가 생기는 일도 종종 발생했다. 경찰은 만약 이 행사도 사고가 생길 것 같으면 즉시 해산시킬 테니 각오하라고 으름장을 놨다. 난 침착하게 대답했다.

"저는 제 독자들의 수준을 믿습니다. 또 우리나라 경찰의 능력도 백 퍼센트 신뢰하고요. 그러니 잘 부탁드립니다, 경찰 아저씨들!"

그들은 변발을 응용한 나의 독특한 헤어스타일을 유심히 바라보다가 단체로 한숨을 내쉬었다. 그런 뒤 어쩔 수 없다는 듯 질서 유지를 하러 총총히 뛰어갔다.

콘서트는 이른 저녁부터 한밤중까지 진행됐다. 모든 것이 기이할 만큼 순조로웠다. 비록 다 같이 술래잡기를 하지는 못했지만 4천여 명의 독자와 일일이 악수를 하고, 서로 미소를 주고받고, 사인을 해 주었다. 오로지 나를 보기 위해 달려와 준 사람들과 악수를 하고 있자니 너무 감격해서 눈물이 날 것만 같았다. 게다가 그 수많은 사람이 최대 여섯 시간씩 줄을 서서 기다리면서도 질서가 흐트러진 적은 단 한순간도 없었다. 알고 보니 행사진행요원 외에 수많은 독자가 자발적으로 나서서 질서 유지를 도왔기에 가능한 일이었다. 남녀노소 가리지 않고 많은 이가 '자원봉사'에 나섰다고 했다. 비록 정저우에 대해 많이 알지는 못하지만 나는 이미 사랑에 빠져 버렸다. 사랑해요, 정저우.

자정이 한참 넘은 시각, 행사가 끝나고 인파가 모두 흩어진 후에도 나는 길에 서 있었다. 마지막 한 사람과 악수를 하기 위해서였다. 그 역시 자원봉사자라고 했다. 일부러 멀리 카이펑에서 온 팬인데, 물 한 모금 마시지 못하고 얼마나 열심히 일을 도왔던지 목이 다 쉬어 버렸다고 했다.

털털털털, 한눈에 봐도 온갖 풍파를 다 겪었을 것 같은 낡은 오토바이가 내 앞에 멈춰 섰다. 그 자원봉사자였다. 헬멧을 벗자 새하얀 머리카락이 바람에 날렸다. 낯익은 가무잡잡한 얼굴이 나를 보며 미소 지었다.

“어여 타.” 노인은 오토바이 뒷좌석을 팡팡 쳤다. “내가 약속했지? 가자고, 내 회면 한 그릇 대접함세.”

남은 이야기

꽤 오랜 세월 속세에 몸담고 분야를 넘나들다가 방송계에도 발을 들여놓은 탓에 분에 넘치는 명성과 약간의 풍요를 얻긴 했지만 타고난 성질은 고치지 못했다. 그래서 글이 거칠고 입은 더욱 거칠다. 만약 이로 인해 독자들의 미간을 찌푸리게 했다면, 부디 이 작품집에 실체적 진실만을 담으려 노력했다는 점을 감안하고 널리 이해해 주시길 부탁드린다. 아, 물론 앞으로도 크게 바뀔 생각은 없으니 걱정 마시라.

어떤 사람이 네 개의 문장으로 문화를 표현했다. '내면에 뿌리 내린 수양', '일깨울 필요가 없는 자각', '자기 절제를 전제로 하는 자유', '다른 이를 배려한 선량함'. 나는 문학도 마찬가지라고 본다. 곰곰이 생각해 보면 문학은 결국 인간의 본성에 관한 것이다. 인간의 본성을 발견하고 발굴하고 묘사하고 이해하고 해체하여 마침내 더 높은 단계로 이끄는 것이다. 사실 인간상은 너무도 다양하고 복잡해서 현재 나의 나이와 경험, 수양 정도로는 이렇다 단정 지어 말할 수 없다. 어쩌면 나는 아직 인간의 본성에 대해 논할 수 있는 수준이 아닐지도 모른다. 그러니 내가 주제넘게 다 안다는 듯 시시덕댄 부분이 있다면 부디 이해하고 품어 주시길 바란다. 그저 독자 여러분들께 웃으며 이야기를 들려줄 수 있었던 것만으로도 나는 충분히 만족한다.

이 책 『당신에게 고양이를 선물할게요』에는 이야기 여섯 편이 담겨 있다. 각 글에는 직접 개발한 좌우명을 끝인사처럼 달았다. 바로 '아미타불 뽀뽀뽀'이다. 왜 이런 이상한 말을 만들어 냈을까? 세상에 요사스러운 기운이 충만하기 때문이다. 악한 기운이 가득하기 때문이다. 이 시대를 뒤덮은 요사스럽고 악한 기운은 초미세 먼지보다 더하다. 하지만 굳이 예를 들지는 않겠다. 입에 올려 마음을 힘들게 하고 싶지 않기 때문이다. 사실 예를 들지 않아도 이 시대가 그렇다는 것은 우리 모두가 알고 있다. 뱃속에서부터 뼈저리게, 너무나도 잘 알고 있다.

악한 것이 있으면 마땅히 없애야 한다. 그러나 쉬운 일은 아니다. 마음을 깨끗하게 닦고 청소하는 일은 결코 쉽지 않다. 어떻게 없애고, 어떻게 청소해야 할까? 갑자기 엄청난 인물이 나타나 모두의 마음을 감화시키고 양심을 되찾아 주길 바라야 할까? 아니다. 그것이 얼마나 비현실적인 기대인지는 우리 모두 잘 안다. 절에 부처의 법이 있다면 세상에는 세상의 방도가 있다. 누군가의 도움을 바랄 수 없다면 각자 자신을 위한 부적을 갖춰야 한다. '아미타불 뽀뽀뽀'는 내게 바로 그런 부적이다.

아미타불이란 무엇인가? 불교에서 아미타불은 한량없는 광명을 발하는 부처다. 불자라면 누구나 간절히 소원하는 서방 극락정토의 주인이다. 듣기로 극락세계는 우리 사바세계와 달리 원한, 증오, 성냄과 어리석음, 욕심이 없다고 한다. 사람과 사람 사이는 한없이 평등하고 행복하며 모두가 편안하고 만족해한다고 한다.

역사적으로 따지면 당나라 때부터 '집집마다 관세음, 사람마다 아미타'라는 말이 있었다. 모두에게 아미타불이라는 명호를 부르게 한 것은 살아서 정토를 누림으로 선과 인을 얻어 가라는 의미였다. 스스로를 갈고 닦음으로 다른 이도 감화시킬 수 있다는 가르침이었다. 세계 어느 종교에나 이와 비슷한 가르침이 있는 것을 보면 어쩌면 이는 인류가 공통적으로 추구하는 정신적 경지인지도 모른다.

나 개인적으로 느끼는 이 명호의 진짜 매력은 바로 대업왕

생(帶業往生: 중생의 모든 죄업이 소멸되지 않아도 극락왕생을 발원하고 아미타불의 명호를 염불하면 극락세계에 왕생하게 된다는 의미)할 수 있다는 것이다. 내가 좋은 사람이 아니어도, 심지어 과거에 어떤 사람이었어도 끝까지 아름다움을 믿기만 하면, 멍청하게 죽기만 기다리지 않고 자포자기하지만 않으면 얼마든지 평등한 기회와 출구를 얻을 수 있다니 이 얼마나 고마운 일인가. 사람마다 기회와 출구가 늘어나는 만큼 요사스럽고 사악한 기운은 줄어들 것이다. 그렇지 않은가?

아미타불 뽀뽀뽀는 그럼 무엇일까? 뽀뽀뽀는 뽀뽀하는 소리다. 왜 엄숙하기 그지없는 아미타불에 이런 엄숙하지 않은 소리를 덧붙였을까? 내 생각은 그렇다. 종교적 색채를 지우고 본다면 '아미타불 뽀뽀뽀'는 일종의 태도이자 마음가짐이다. 선과 인을 추구하는 태도이자 자신을 수양함으로써 남도 감화시키고자 하는 마음가짐이다. 사실 우리에게 필요한 것은 대단한 이념이나 행동, 대단한 자비나 슬픔이 아니다. 아주 작은 위로, 서슴없이 내미는 따스한 손길이야말로 우리가 바라는 것 아니던가. 그렇기에 아미타불 뽀뽀뽀는 축복이며 기원이고, 찬탄인 동시에 한탄이다. '안녕'이라는 인사이며 '괜찮니?'라는 물음이고 '잘 지내?'라는 안부다. 어쩌면 이 선의 어린 짧은 어구를 중얼거리는 것만으로도 악한 기운을 조금은 밀어낼 수 있지 않을까? 누가 알겠는가? 그러니 한번 해 보자. 아, 오해는 마시라. 불교의 권위를 모독하려는 것은 아니다. 좀 더 편하고 쉽게 선을 이루어 가려는 마음일 뿐이다. 결국 추구하는 바가 같다면 꼭 엄숙하기만 할 이유가 없다. 조금은 가벼워도 괜찮지 않을까. 하지만 결국 판단은 듣는 여러분들께 달려 있을 터. 자신의 도량만으로 세상만사를 규정짓지 말지어다. 할렐루야, 아미타불 뽀뽀뽀.

나는 절대 도덕적으로 흠 없는 사람이 아니다. 그저 천하를 유랑하는 천둥벌거숭이일 뿐이다. 그러나 부족하나마 나름의 가치관을 세워 오면서 한 가지 굳게 믿게 된 사실이 있다. 바로 선량함은 천성이고 선의는 선택이라는 사실이다. 그리고 선의를 선택하는 것은 인간의 본성 중에도 가장 밝게 빛나는 면이라 믿는다. 비록 선의가 우리의 인생을 밝히는 순간은 찰나에 불과하며 곧 다시 어두움에 휩싸이게 된대도 우리는 선의를 선택해야 한다. 그렇지 않으면 결국 어둠에 익숙해지고 어둠을 받아들이며 어둠에 안주하게 된다.

한 오랜 친구가 이런 말을 했다. 예의가 무너지고 기쁨이 사라진, 강호의 도가 땅에 떨어진 이 시대에도 사람들 사이에는 여전히 전수되고 계승되어야 할 귀중한 깨달음이 있다고. 부디 이 책에 실린 따스한 이야기와 소중한 인연들이 그대들에게 깨달음을 주고, 악한 기운을 조금이나마 물리치며, 어둠을 잠시 걷어 낼 수 있기를 바란다.

이 책의 이야기는 여섯 번의 '아미타불 뽀뽀뽀'이다. 각각의 빛나는 인생이며 여섯 개의 빛나는 선의다. 이야기의 주인공은 모두 보통 사람이기에 독자의 삶을 뒤바꿀 대단한 깨달음을 줄 수는 없을 것이다. 그러나 이들의 진실한 인생 이야기가 독자의 인생 수련에 조금이나마 도움이 될 수 있기를 소원한다. 여러분 역시 인생이 수행이라는 점을 인정한다면 말이다. 또한 이 이야기들이 촛불처럼, 혹은 별똥별처럼 잠깐이라도 그대의 길을 밝혀 주기를 바란다. 한치 앞도 보이지 않는 어두운 길을 헤매는 그대에게 잠시나마 밝은 등불이 되어 주길 바란다. 그래서 그대 마음 속 선의를 불러일으키고, 그에 의지해 스스로 행복한 이야기를 만들어 나갈 수 있게 해 주기를 바란다. 아미타불 뽀뽀뽀, 진심으로 그대의 행운을 비는 바이다.

다음은 이 책에 등장했던 옛 친구들의 뒷이야기이다.

저우싼 내외는 딸아이를 얻었고 식당을 개업했다. '셋째 형수'는 토실토실 살이 올라서 위용이 한층 더해졌다.

왕지양은 여전히 〈작은 고양이〉를 열창 중이다. 샤먼의 다빙의 작은 집 분점에서. 나는 문을 열고 들어가 문가에 기대서서 관중들과 함께 합창했다. 야옹야옹 야오옹, 야옹야옹 야야옹옹.

책을 탈고한 후, 나는 웨양의 부모가 교편을 잡은 중학교에서 한참 동안 교실 밖에 서서 몰래 수업을 듣다 돌아왔다.

마오와 나무 역시 샤먼에 머물고 있다. 다행히 나무의 건강은 많이 좋아졌다. 마오는 내게 게 요리를 대접했는데, 가장 맛있는 내장과 알은 딱딱 긁어 전부 자기 마누라에게 주었다.

나의 웬수 라오장은 앨범을 냈다. 앨범명은 〈셔츠를 입은 사람〉. 〈지아〉가 타이틀곡일 줄 알았으나 아니었다. 미친 짓은 그때가 마지막일 줄 알았는데, 그 역시 아니었다.

검은 하늘은 아직도 다빙의 작은 집에서 질서를 잡고 있다. 매일 꼬박꼬박 고기 40위안어치를 먹어치우고 있고. 그가 언제 떠날지는 아직 모른다. 어쩌면 내일일 수도 있다.

2015년 여름, 신장 나라티초원에서 다빙 씀.

당신에게 고양이를 선물할게요

초판 1쇄 인쇄 2017년 4월 20일
초판 1쇄 발행 2017년 4월 25일

지 은 이 | 다빙
옮 긴 이 | 최인애
펴 낸 이 | 정상우

인쇄·제본 | 두성 P&L
용 지 | 진영지업사(주)
펴 낸 곳 | 라이팅하우스
출판신고 | 제2014-000184호(2012년 5월 23일)
주 소 | 서울시 마포구 월드컵북로 400 문화콘텐츠센터 5층 10호
주문전화 | 070-7542-8070
팩 스 | 0505-116-8965
이 메 일 | book@writinghouse.co.kr
홈페이지 | www.writinghouse.co.kr

ISBN 978-89-98075-37-8 (03820)

* 라이팅하우스는 독자 여러분의 원고 투고를 기다리고 있습니다. 출판하고 싶은 원고가 있으신 분은 book@writinghouse.co.kr로 기획 의도와 간단한 개요를 연락처와 함께 보내 주시기 바랍니다.
* 파손된 책은 구입하신 서점에서 교환해 드리며 책값은 뒤표지에 있습니다.
* 이 도서의 국립중앙도서관 출판예정도서목록(CIP)은 서지정보유통지원시스템 홈페이지(http://seoji.nl.go.kr)와 국가자료공동목록시스템(http://www.nl.go.kr/kolisnet)에서 이용하실 수 있습니다.
(CIP제어번호:CIP2017006547)